庞国斌 著

天台山杂记

TIAN TAI SHAN ZA JI

方志出版社
Publishing House of Local Records

目 录

卷一　溪畔风

卷二　作家梦

卷三　觅春韵

卷四 闯论坛

天台山礼赞

台岳风范，琼台月朗，华顶日踊。赞法华佛宗，暮鼓晨钟；紫阳道源，绿野仙踪。桃女弈棋，书圣师"永"，寒山、济公笑虚空。曾记否？歌赤城栖霞，三教共荣。

神山秀水浙东，诱多少志士露峥嵘。礼五百罗汉，游戏雪瀑；万米卧佛，教化云松。御史铁面，庞矮直声，严蕊桃花千古红。放眼望，明万斛迷尘，莲叶重重。

吴越国时德韶云："通玄峰顶，不是人间；心外无法，满目青山。"关键还是在于心境。心情好，一切也都好了。

序

我替天台庞国斌老师的书作序，这是第三次了！

第一次是2001年。天台文化馆曾标营送来长篇电视剧作《张伯端》，我一口气读完，不禁为庞国斌老师与他的合作者袁水清老师的“笔底尽融桑梓情”所感动。他俩在教学之暇，花了五年心血，写出了全国第一本反映道教南宗祖师紫阳真人的传奇一生，为山水神秀、佛宗道源的天台山进行润色、讴歌。这么多年过去了，尽管还没拍成电视连续剧，但庞老师并不气馁，继续笔耕不辍。

第二次是2010年，为庞老师《庞泮谏垣稿笺注》这本书作序。该书是对明代谏官庞泮的十七篇奏疏进行注解翻译，加上述评及几篇研究论文，这既是庞老师对“魏征第二”庞泮几年来研究成果的总结，也是为创作大型电视剧本《直声动天下》作好热身工作，同时为他人研究庞泮文化开启了方便之门。本书收录的《天台粽，天下第一粽》节选自《直声动天下》，无不显出庞老师深厚的文化功底。

这次庞老师将读大学以来近40年的所有练笔中选出若干诗歌、散文、论文及小说、剧作等汇编成一本二十余万字的书，图文并茂，为的是在退休时对过去的写作之路、教学生涯作一回眸。往事并不如烟，书生意气依旧。翻阅庞国斌老师几十年来之心血结晶，为庞老师“为师为文两相宜”而欣慰。从本书中得知，庞老师的60年人生有不幸的一面，更有幸运的一面。中小学时，恰逢“文化大革命”，在苦于无书读中能够碰到好机遇，读书时遇见好老师而直接影响了他的大半生；1981年大学毕业分配到山村，不出几年就干出业绩，村民好评，迄今仍未冷却，天台的乡民淳朴啊！一位伟人说过："一个人做点好事并不难，难的是一辈子做好事。"俗语说得好，百姓心中自有一杆秤。读过《雷锋全集》的庞老师认为"时尚的"雷锋是个不可多得的"多面手"，若不牺牲将成为名作家。庞国斌这个"书呆子"，从旗前到前山，从"拼命三郎"到"老黄牛"，勤奋数十年，我手写我心，得失寸心知。如对"山前看前山"与乡土文化的深情描述，对天台山文化与庞氏文化的坚持研究（并深受祖国优秀传统文化的濡染，自有见解），对有理想道德的讴歌以及对宗亲和合的期盼，无不显示出一个草根学者的拳拳之心，一个业余作者的殷切之情，一个乡村教师的仁爱之意。

从本书中可看出，庞"书生"平素好学不辍，治学严谨，宁坐板凳十年冷，宁可枝头抱香死，故在语文与历史教学上、学术研究与文学创作上，皆是个多面手；也可看出庞老师近年来他写作语言在进步，开始显示出"这一个"，这是可喜可贺的。具体而言，本书收录的诗词歌赋，如祭祖文、《祖源叹》、《崇阳匆匆》等，效法"古典"像模像样，这从其在大学时对古诗词赏析中得到印证；现代版"格律诗"，讲意境，诉真情，颇有韵味。其散文，文笔细腻，含蓄隽永，篇篇精品；寓言《无毛鸡》、故事新编《刘阿斗北伐》诸作亦春兰秋菊。其杂文针砭时弊辛辣，对寒山子、"朱唐交恶"之研究成果亮相于全国性刊物。

天台俗语"六十转少年"，庞老师写作劲头正旺盛，但他不喜以什么"作家"自诩，认定山外有山天外天，"活到老，学到老，一生一世学不了"。"苦心人，天不负"，唯愿庞国斌老师在未来岁月中，不辜负天台山色的企盼，而晚霞尤红。

中国作家协会会员、研究馆员　赵征

2018年4月于杭州

卷一　溪畔风

1990年秋，前山中学第二届学生会欢聚天台母亲河始丰溪

人生就像始丰溪，自然是她的历程，
平淡是她的本色，清纯是她的馈赠。

我欲鞭打春风，翠色夺我手；
我正沐浴秋水，金色摄我眸。

一、庞氏放歌

天台庞氏戊戌祭

一树新景念旧枝，梨花风起正祭祀。
戊戌新春隆重过，二月丁卯(二十)不嫌迟。
阴云低压拭草木，台岳迤逦寄哀思；
始丰悠悠碧水远，松柏森森高碑直！
旌旗开道腰鼓起，敬抬祖像吉辰时，
牲仪、香帛、鲜花簇，塘头主祭诸派致。
祖陵前，供桌外，醒狮点睛“礼花”飞；
东场地，人墙内，红黄两对舞狮来。
蒙童吟诵《弟子规》，雨丝飘洒伞花开；
敦煌“飞天”飞身侧，绸带双色缠绵醉。
缭乱刀花跃拳棍，老天收泪望新人；
“草桥结拜”唱清幽，琵琶声缓狂草真。
桃花飘逸梨花娇，女神翩跹静悄悄。
手机、相机看不够，何计录像装不了！
“相亲相爱一家人”，歌合清酌酹人潮，
见证祭后日影俏，宗亲感恩眉花笑。
花开花落见碑高，铭记祖德光华照。
吾从何来可知晓？薪火传承星月耀。
耀我佛宗道源地，台岳巍巍岁月稠；
耀我先祖恩泽广，始丰悠悠千古流；
耀我“直声动天下”，民居可造“五凤楼”；
耀我族众散五洲，风云擎旗立潮头。
潮头翻卷品清明，慎终如初苦思亲，
清白明白清风拂，恋根的家国枝叶荣欣欣！

浙江庞氏联谊会

(2018年4月6日)

仪式开始，先“醒狮点睛”。主持人念念有词：

“一点天庭，福星高照，国泰民安；二点眼睛，眼观六路，鹏程万里；三点口利，笑口常开，大吉大利；四点铁角，钢筋铁骨，顶天立地；五点耳朵，耳听八方，左右逢源；六点头尾，六六大顺，由头顺到尾。

金狮开光，愿大家身体健康，万事如意；愿庞氏学子学业有成；愿庞氏族人排除万难，再创辉煌，繁荣昌盛！”

祭天台庞氏始祖文①

参天之木有其根，怀山之水溯其源。饮水思源，慎终追远。年年缅怀，阖族拜祭，人山人海，庄严肃穆。今又清明，阖族再拜，鲜花果品，心香一瓣，特致祭于先祖灵前。

呜呼！念我天台庞族之始祖，讳修，字正已，号镜吾，远绍卧龙师父庞氏德公，近宗"绍兴城隍"庞玉先祖。生有异禀，志切经世。秘书省校书郎，雕锦玉璁；为待选节度使，勤劳国事。奈时运多乖，贬谪天台；感枳棘栖鸾，挥羽仙山。在京华，梦萦"霞起建标"；履台岳，心醉"飞流界道"。任县尉，兼主簿。黜费冗，轻刑罚，察奸剔隐，无容无漏；迁县堂，建学庠，移风易俗，善始善终。溪南之青山岊突兀云天，浙东之庞"神君"鹊起颂声。解绶时士庶挽留，迁居日民众盈门。天台庞氏，发祥邑西。

念邑西之平桥，紫阳真人故里；拜石湖之西岗，爹路庞村胜地。俯视盆地似雄鹰，夹岸溪流径迎朝晖，玉带飘动；环顾远山若锦屏，仰面"卧佛"首枕晚霞，光晕供奉。九州山水凝精华，百业英才尽拔萃。镜吾照世清、勤、慎，正已为人齐治平。悦我四派繁枝叶，喜咱千载成望族："爹路"邻"塘头"，"东林"远"花墅"；"花墅"花五瓣，"东林"耀紫阳。庞石壁"直声动天下"，五凤楼走向民间；元积公"岳碘"福乡邻，廿四都润泽至今。平桥筛网独步海外，庞氏儒、商傲立潮头。

岁次乙未(2015)初冬，举国宗亲首聚乎沸头"和园"，和乐逾宇内；渐近丙申(2016)佳春，《中华庞氏》创刊于这方热土，热心共

---

①为使族众听得懂，祭祖者另改以通俗语言念之，且有删节。本文旋上传于浙江庞氏网。

海外。四海五洲争飞跃，血浓于水，不惧云烟苍茫万顷波；三山五岳齐相聚，情同此景，岂计车旅颠簸千里遥！千里行尘追身躯，身躯充盈兄弟情；万顷惊涛化杯酒，杯酒酿成诗画意。诗画何温馨，赢得盛会圆满；兄弟贵知交，全凭肝胆相照。嗟乎！溪浪奔涌时，倚堤坝之戮力，平桥桥平；风霜高洁日，赖祖宗之护佑，"爹路"路爹。感恩祖德，鉴照未来。

始丰溪流流东海，庞氏脉源源陕西。鹿门一时啸龙凤，庙宇千里专城隍。坚公血战叛军，忠义贯金石；始祖德树风范，恩泽遗民间。千秋瓜瓞绵绵来，世代裔孙簇簇新。踊跃祖籍，共拜祖宗。

呜呼！忍看云天多雾霾，所谓"骗局"恶谥未去，惊闻"疫苗之殇"毒害十八省，近两百万宗亲齐指目，今朝复见清明；放眼沃野皆锦绣，《庞氏家训》世泽方长，吟诵"涌泉跃鲤"名列廿四孝，数千年血脉遍江河，未来永续春秋。

伏维尚飨！

天台庞氏裔孙敬撰

2016年4月6日跪拜

天台庞氏祭祖现场

为庞泮[1]乔迁新墓庐而歌

鸣呼庞公！天台族人之翘楚，举国宗亲之楷模，大明史册之明珠。五百年来伴风雨，坟前草青复草枯。唯有“直声动天下”，未见褪色世注目！

想当年屡陈忠谏龙颜怒，赤手半生为砥柱。奔趋尽畏熊当路，草窃时惊虎啸谷。身陷诏狱为民诉，五凤楼外恩泽布；千里南疆清官步，蛮荒烟云难模糊。天台县城八门出[2]，民居可造皇家屋。群山巧将盆地护，春花秋月等闲度。

自古平桥传耕读，工商、文教产业固。始丰溪由西向东彩绸舞，俯视着“盆地”似鹰双翅鼓！而今改革百姓富，道源又逢新雨露。芝山之原见威肃，族众踊跃绘蓝图。为建“花前新园区”，政府要移公墓庐。清明吉旦开墓庐，青铜镜边骸骨拄，还见两把旧头梳，公之清廉名实符。五百年间可孤独？重见天日令唏嘘。铜镜重留人世间，隆重护灵至新居。

五凤楼后公新住，五凤楼前远山伏，层层沃野泛新绿，背靠老家恋花墅。面向西南紫气舒，且展羲经看卦图，极目长天正肃穆，始丰溪源云深处。

花墅松声起山麓，思公亦将瑶琴抚[3]；石壁风声长啸呼，见公风采胜樟树；隔壁书声绕苗木，想公眉飞兼色舞。喜见族众四五万，明朝花发繁枝簇。

回看我族始迁祖，恩泽未随溪流去；县尉任满留卜居，天台民众何期许！扎根繁衍千年余，豸府子孙成望族。“正己”修身为“镜吾”[4]，走出庞公直声路。

追溯鹿门不辞苦，育出卧龙并凤雏；德公血脉毕公根，三千载江河流九曲。支流天台多富庶，忠孝节义作家谱。庞公直声动广宇，五凤楼前频驻足。

巍巍台岳[5]连五湖，始丰代有才人出；至今始丰奔前途，广大的龙凤任飞舞！我公曾将日月举，芳名丘山重千古；护佑着龙飞鹰舞开新局。徘徊此热土，蓦见青山卓突兀南天白云驻！

①庞泮(1450—1516)，字原化，号石壁，浙东天台平桥花墅(今为花市)人，明朝时著名谏官。明弘治时历任工科给事中、刑科都谏十年，曾因谏君而入诏狱，并被处以罚俸禄半年的处分。然“奔趋尽畏熊当道，草窃时惊虎在山”(庞泮朋友赞庞诗句)，其凛然气节感动得弘治帝“特命建坊于台邑之西郊，御笔亲题曰：‘直声动天下’”(《天台庞氏宗谱》卷一)。接着历任福建右参政(布政使的下属官员，从三品)、河南右布政使、广西左布政使(从二品)等职。弘治帝恩准于天台故里建造五凤楼，开历代大臣荣宠致仕之首例。庞泮五凤楼历经五百余年风雨沧桑，迄今仍在，“直声动天下”的双龙金匾仍熠熠生辉。纪念庞泮的“抢高台”活动及“庞矮代皇三日”等民间传说已成为天台非物质文化遗产。

②明嘉靖时，天台县城开八门。

③出自庞泮的《花墅松声》：“花墅山冈绕，长松覆绿荫。好风时自至，满径奏瑶琴。”“花墅松声”曾为古天台景致之一。

④天台庞氏始祖庞正己(956—1029)，号镜吾，汉末三国庞德公后裔，初唐时“绍兴城隍”庞玉的十三代裔孙(庞玉—庞翀—庞承裕—庞善始—庞坚—庞方义—庞逊庵—庞苹哲—庞顺原—庞克恭—庞自慊—庞存宝—庞思兼—庞正己)。天台庞氏族联：“豸府(指庞正己)家声远，鹿门(指庞德公隐居地)世泽长。”

⑤台岳，对天台山的尊称。

(2013年4月13日，载于中华庞氏网)

为表彰庞泮，明弘治帝御书『直声动天下』金匾，悬挂于庞泮五凤楼前

石壁樟（庞泮五凤楼东侧）

附:

庞泮五凤楼

千年庞氏旺天台,谏官直声动四海。
五凤楼前五百载,樟如龙伞荷花开。
荷叶田田荷塘盖,樟树层层吾族来。
斜阳脉脉古迹少,有幸民间续朝晖。

(2017年6月21日)

庞泮五凤楼修复图。庞泮五凤楼已于2018年正月十四(3月1日)起动工修复

祖源叹

上篇

（一）华夏之歌

羲皇[①]女娲草创难，龙腾虎啸稻花闲[②]。
大河咆哮擎卦图，洛水窈窕观书展[③]。
黄帝战车辗涿地[④]，老君青牛叩关山[⑤]。
木兰跃马啸西风[⑥]，四大发明烟波翻。

①伏羲创八卦，结渔网，教民渔猎畜牧。

②在河南濮阳距今6500多年的墓葬中，1987年出土了贝壳堆成的“龙虎堆塑”，被誉为“中华第一龙”。

③1987年，安徽含山凌家滩出土了距今5300年的“玉龟衔符”，玉龟上排列“洛书”图样，与古书载“河出图，洛出书”“龙马驮图，神龟献书”吻合。

④约公元前2697年，黄帝联合炎帝于涿鹿（属河北省）战败蚩尤，统一黄河流域。

⑤老子名李耳，春秋时陈国苦县（今河南鹿邑县）人，道家学派创始人，道教尊其为道教始祖，并被称为太上老君。相传他骑青牛来到函谷关，遇守关长官尹喜，著《道德经》。

⑥北朝时木兰代父从军世出名，唐室封其为“孝烈将军”。其故里有河南虞城县、武汉黄陂等五六种说法。虞城、黄陂举办“木兰文化节”方兴未艾。

(二)庞氏脉流

凤鸣岐山歌礼乐,庞乡源流始作波。
始平郡望达鹿门,襄阳血统依山河。
鹿奔中原弯弓月,裔融湖海旺祖脉。
南安、南阳复谯郡,绿水青山松柏多。

相传周文王有德政,有凤凰在岐山(陕西岐山县)憩息。公元前1046年西周建立后,周公制定礼乐制度,成为中华礼仪文明的源头。周文王第十五子毕公高之后,其支庶封于庞乡(今陕西兴平境内),毕公高为庞氏始祖。"始平郡"是庞氏最早堂号,"遗安堂"发扬光大。"遗安"来自汉末三国庞德公"世人皆遗之以危,吾独遗之以安"的话。庞德公高隐襄阳鹿门山,又成为全国许多庞氏支流的发祥地。我庞氏除了最早的"始平郡望"外,其支流先后发展成"南安郡望"(甘肃陇西)、"南阳郡望"(河南南阳)及"谯国郡望"(安徽亳县)等。南阳是庞氏在繁衍播迁中形成一个重要的根基祖地,但绝不能混同于庞氏总源"庞乡"。甲骨文无"乡"字,"乡"字由"卿"字发展而来,"卿"是两人对坐而食之意。古"庞乡"意为大型祭祀之地,"乡"字出现在春秋战国时期,战国时才有行政区域之意。

(三)聚会郑州

三千年来始聚首,未在陕西在郑州。
折腰毕公涕泪忍,洗冤庞籍岁月稠。
笑谈尘土成烟雾,对接宗谱续春秋。
联谊方兴苗春笋,研讨正酣望秋收。

2012年9月至2013年9月,中华庞氏宗亲总会先后于河南郑州筹备、成立。两次聚会时对接家谱,针对北宋名相庞籍在舞台上被歪曲为"庞太师"而鸣不平。在此前后,各地宗亲联谊会相继成立。

（六）反击“虚无”

先祖有灵泪溅衫，砖家无行稗作餐。
古稀家人起拍案，血性小子闯论坛。
恼却城郭逐迷雾，怒罢山林卷巨澜。
侧听高歌秋收曲，正视低挥割草镰。

（五）南阳其地

三省交会在南阳①，南船北马系帝乡。
光武龙兴皆溢彩，庞氏支流亦发祥。
哪怕总根化春泥，何抬粗枝压霄壤。
愧对孝妇②泉涌鲤，笑煞他族论短长。

①南阳位于豫鄂陕三省交界处，又是北京通往湖广与云贵川的交通要道，陆路驿站与水陆码头相接，称为“南船北马”。南阳又是刘秀（光武帝）龙兴之地，建立东汉王朝，其开国文武多为南阳人。

②孝妇指东汉广汉（属四川省）人姜诗的妻子庞氏。相传她的婆母喜饮长江水，庞氏便按期去汲水；婆母嗜鱼，家门前忽涌出泉水，跃出双鲤。为此有联云“孝妇感天，曾闻鲤跃；德公避世，偕隐鹿门”。庞氏事迹成为二十四孝之一，今入选小学课外读物。

（六）为人根本

田园有格怕虫劫，堤坝谨防溃蚁穴。
“专家”若罩灯下黑，斧锤必锻砧上铁。
空腹尖笋先修节，危崖苍柏久耐雪。
慎终追远为人本，悔过自新从头越。

(七)庞氏烟云

念我战国相纵横，战死马陵锁烟云①。
骄咱宋相德业强，悲侬戏台粉墨浓②。
“庞氏骗局”③恶谶语，广宇腾龙真英雄！
吾辈当雪今古恨，枝繁叶茂参苍穹。

①战国前期，庞涓强魏，与孙膑的恩怨向谁诉说?恰与战国末期李斯毒死同学韩非相仿佛。李、韩史上为正面人物，而李斯在始皇崩后伙同赵高矫旨立二世，造成秦王朝顷刻间覆灭。

②宋朝名相庞籍是个著名的“田园贫宰相”，司马光对恩师评价颇高；而戏曲中将其处理为“庞太师”形象，蒙冤千年啊！

③当今所谓“庞氏骗局”音译于一个名叫查尔斯·旁兹这个投机商人的骗术，即“空手套白狼”“拆东墙补西墙”是也。

一个名叫“旁兹”的音评外来词，与“骗局”组合时却言什么“庞氏骗局”，易受他人误会甚至曲解，中华庞氏易遭伤害，敬请所有媒体更名为盼！

2012年9月，于郑州筹备会议

(八)珍惜“新家”

大鹏呼号舍家宅,宗亲风尘走天涯。
难得七载洒血泪,赢来一朝建新家。
新家难造河滩上,旧影咋随骄阳下!
雨后小草净尘垢,风前彩蝶亲群葩。

(九)缅怀族祖

吾家本是周文武,先祖创业摔汗珠。
东伯赤胆佐成康,太师丹心耀简牍。
始平望出“遗安”发,皇族绵延繁枝簇。
后辈诸君啸云天,长歌为我歌一曲。

周成王(周武王之子)病逝前,命毕公高为东伯,统师东方诸侯。康王即位后升为太师,为“成康之治”贡献巨大。“遗安堂”即指庞德公留给后世的德泽。

(十)英雄赞歌

烽烟滚滚江河涌,“一道闪电裂长空”。
地陷进去双脚踩,天塌下来只手撑。
千年烈焰铸金汤,八荒锦绣架彩虹。
齐歌同赞英雄谱,龙的传人热血迸!
啊——
“晴天响雷敲金鼓,大海扬波作涛声。”
“为什么战旗美如画?英雄的鲜血染红了她。”

(注:前后各四句几乎套用《英雄赞歌》的原歌词)

(2014年10月6日)

下篇

（十一）直面压制

感慨时事何痛楚，组歌上网竟封堵。
五岳默默敢代理，三江沉沉作咒诅。
煌煌圣谕即倒下，区区蚁民只拜舞？
莲池翠盖压浮云，直看曙光散晓雾。

（十二）“专假”误族

历史不是小女孩，祖籍亦非梳妆台。
只许“专假”指鹿马，不容宗亲论是非。
死者株连承“章程”①，源头截断说梦寐。
微影照错放不误②，不孝反判孝顺罪。

①指悼念天台庞氏联谊会老会长的有关诗文专辑竟被从庞氏网上撤下一事。

②指以总会名义拍摄的微电影《庞氏起源》中有明显错误，至今仍在放映，对宗亲提出修改的意见似“鸭背浇水”一事。

（十三）应有担当

风本有向水有源，上梁不正怪下椽。
掠起故地逼寒气，沟通外宗滑深渊。
依山劫客行人远，傍树伐根栖鸟喧。
做人敢作又敢当，更待整装追先贤。

（十四）联合“声明”

“联合声明”汹汹来，虎皮大旗猎猎飞。
赞赏推崇新源说，严禁封杀无名辈。
谁知西区声讨烈，怎耐诸乡电讯追。
QQ群外风萧萧，油浇怒火火焰催！

（十五）自信人生

学如弓弩用如镞，人生何处不身躯！
青山巍巍连关隘，溪水悠悠奏丝竹。
德公高隐啸龙凤，草民低就伴芝鹿。
勤慎耕耘祖居地，千里翻卷喜稻菽。

（2014年10月31日）

2013年9月,庞氏宗亲在郑州祭拜黄帝陵

(十六)只有"龙降"

庞氏始祖是毕公,举国宗谱多推崇。
花飞花落始平出,潮退潮涨血脉涌。
北宋传诵《百家姓》,潜龙腾傲广宇中。
《百家姓注》言"庞降",满清至今数百冬。

(十七)是假难真

颛顼有子名龙降,《左传》《史记》历历详。
龙然大物"龙"即庞,千载曾见黔驴章。
四千余年云悠悠,何存李杏代桃僵?
近人不解说荒唐,岂向荒唐演大谎!

（十八）失道寡助

世无庞降谁拜祭，局促斗室自娱戏。
华西华东奉毕公，华南华北酹史记。
灰灰尘霾没郑州，朗朗光亮耀天地。
遥对夕阳衔荒草，残歌半阕抒胸臆。

（2014年冬至）

中华庞氏，今古奇冤

上联：

本家庄敏，固田园宰相；但恨戏文诬言太师奸邪，蒙尘千载，年年丑净旦生袅娜风——因吾姓多遭损害，正待诸君龙象力。

下联：

海外“旁兹”，专空手白狼；堪怜媒网哄传“庞氏骗局”，流布当前，月月东西南北窝囊火——盖译音易被念歪，亟需泰斗佛陀心。

（注：庄敏为北宋贤相庞籍谥号。）

（2018年末）

崇阳匆匆

去也匆匆来匆匆，崇阳一日似惊鸿。
九百公里两地牵，身生彩凤两日中。

自打加入湖北群，才识崇阳吾同宗。
同宗谱序入我眼，同宗才俊铭我胸。
同宗费力三年整，重修宗祠拜准公。
宋初准公毕公裔，根深干壮叶葱茏。
祖恩浩荡千秋在，懿德昭彰百业顺。
要问准公发源处，崇阳白霓繁广龙。
鄂南三县咽喉地，湘鄂赣境民风淳。
提琴戏演鼓声动，故地白霓传文韵。
大市河流流繁荣，钟九闹漕义旗红；
双合莲乍开未开歌长恨，唯凭吊男女故居绕爱魂。
崇阳人文吾尊崇，准公贤裔人敬重：
孝彰天阙世无双，美其济世雨滋润。

今至宝地见恢宏，庞祠巍然远山崇。
祠堂内外红彤彤，枝连“庞”字根本同。
楼阁层层飞檐鸟，殿堂重重似皇宫。
准公高坐神座中，袅袅清香留苍穹。
腰鼓敲起响咚咚，彩绸飘舞礼炮隆。
欢歌笑语白露村，披红挂彩悬长虹。
姻亲他族争致贺，九州随喜来蜂拥。
中华联谊会锦上添花丛，诸群争相来祝诵。
敬祖孝亲为本分，溯源怀远是初衷。
天佑哭爹天动容，光耀庞门吾族雄。

庆典进香三鞠躬，跪读祭文何谨恭！
面对毕公、淮公圣，朗朗天地飘彩云。
公高千古族裔盛，三千载江河星光涌。
大哉庆典贯始终，火凤凰舞起火熊熊。

熊熊火势映龙凤，凤舞龙飞乐无穷。
祠堂内外镬沸镬，广场上下踵接踵。
支支香烛虔诚意，杯杯米酒血肉浓，
桌桌团圆笑吟吟，间间厅堂闹哄哄。
小小村庄建殊勋，接待方面宜包容。
办场喜事岂容易？何况车水复马龙！
双节临近忙庆贺，神州处处喜气冲。
国庆中秋争先锋，普天同庆皆融融。
六十八春华诞日，五千余载秋月溶。
中秋千载婵娟共，国庆万里中华龙。
中华龙凤傲广宇，方有庞祠古木春。
身处盛世思恩泽，木本水源血汗耘。

火凤凰舞

正当情深意犹浓，怎耐回程步匆匆！
电光石火回首过，孝义千古和风送。
此处庆典还三日，家乡喜庆填满胸。
至爱亲朋盼聚首，青山不改绿水醇。
未满一日转匆匆，车尘远离崇阳风。
崇阳离远吾惆怅，细雨缠绵路匆匆。
雨中武汉车主去，雨中华灯闪光晕，
雨中机翼凌云志，雨中车轮撵匆匆。
未听提琴戏悠悠，未撞灌溪寺院钟，
未游隽水小漓江，未登金城墨池书香熏。
步匆匆，小庐山金沙风景印梦中；
步匆匆，洪下村十里画廊谁与共？
步匆匆，何地梦遇《双合莲》主人公？
步匆匆，何时复来崇阳聚同宗？！

啊——
海内同根宗，天涯咫尺微信群。
若得情义永，他乡故乡非惊鸿！
同行书聘慰勉我，我心秋月盼碧空。
碧空澄清忘匆匆，不虚此生看虚空。
元朝状元明尚书，偏远崇阳盛文运。
文运国运总关情，今朝复见彼才俊。
白霓老者燕衔泥，耕读传家家风醺；
崇阳龙凤风舞云，百年树人怎匆匆？
花开花谢正匆匆，云卷云舒可从容？
潮起潮落方匆匆，舟渡彼岸怕匆匆。
朝晖夕阴急匆匆，千点事业抛匆匆；
宗祠文物岁月磨，敬祖孝亲不匆匆。
不忘初心惜青春，管他匆匆不匆匆！
千秋功过有标准，——就是那，准公的准！

（2017年9月30日）

庞氏赋

千载风雨，宫阙泥土。唯我周陵，巍巍千古。
毕公讳高，得姓始祖。周初四圣，成康擎柱。
唯公懋德，克勤小物，弼亮四世，慎终如初。
君子坦荡，临事而惧。泽被异域，扩我华族。
三千年余，胤裔繁复。十二姓氏，江河沉浮。
念我庞家，始平望出，南安、南阳，谯郡接续。
树德务滋，星光前途；潜龙腾渊，志在广宇。
庞涓庞煖，战国云鼓；孝泰庞勋，民族英武。
庞参德政，田园宰辅；德公遗安，龙凤齐舞。
城隍绍兴，维摩东土。星汉灿烂，仁济普度。
孝行无双，贤良翘楚。直声天下，家训鹏路。
怪才振坤，清官庞屿，侍郎五部，俊杰谁数？
涌泉跃鲤，旷世贤妇；木头奶奶，拼死族护。
灵照伴父，生死自如；不燕丧夫，长歌当哭。
如磐风雨，南浔异珠；血沃中华，黄花忠骨。
红色军旅，琼花馥郁；鏖战倭寇，汉桢捐躯。
韶山庞祠，长夜微曙。阳光雨露，渔樵耕读。
书画风靡，商海啸呼，潮头擎旗，巾帼威肃。
两广冀豫，密集敞屋；南北东西，族裔流布。
堪喜联谊，频聚江湖。溯源致远，吾宗何处？
何来庞降？只待考古；今至毕塬，亲祭吾祖。
悠悠此心，皇天后土。我族万世，吾祖赐福。
伟哉吾祖，公高千古！壮哉我族，枝茂叶簇。
大哉周陵，皇皇巨著。天地翻覆，巍然如初。呜呼！

中华庞氏联谊会第二届秘书处敬书

（2017年9月15日）

笔者为中华庞氏联谊会第二届副秘书长，浙江庞氏联谊会暨石壁文化研究会秘书长。

天台老会长，一路走好！

教师佳节，中秋拜月，白云驻鹤。悼庞氏顶宪，节后永诀。元老会长，生前不歇。移坟填圹，披藤斩索，前山学校苗怒茁。更兼那、遍稻花阡陌，桃李果硕。

堪悲七十年缺，怨人世沧桑向谁说！念联谊方长，痛失英烈。研讨正热，骤逢雨雪！镜吾墓畔，五凤楼侧，忍对山前残阳血。承遗愿，谱长歌一阕，云天响彻！

天台庞氏联谊会、石壁文化研究会老会长庞顶宪于2014年9月15日(农历八月廿二日辰时)不幸病逝，享年六十九岁。老会长生前被誉为“农民教育家”，为前山小学的新建、为前山中学的崛起付出巨大心血，使中小学成绩斐然，享誉全县。每逢教师佳节，老会长总是携带礼品、巨金，慰问辛勤园丁。我天台庞氏先祖正已公(号镜吾)墓庐千年完好，老会长功不可没。如今，正当我天台庞氏族人发扬光大先祖宏愿，为计划修建庞泮五凤楼即将万事俱备时，骤闻老会长永远地离开了我们！老会长，一路走好！

(2014年9月17日)

最后一程送君去

炊烟低回，秋雨凄凄，哀乐切切。记砖窑忙时，寒士踊跃。校园深处，绿枝摇曳。真情君留，遗愿谁接？赢来夜深人心热。遗容在，对白帏素烛，展拜莫歇。

抹泪村村落落，言造福后裔齐台岳。便触绪还伤，松菊秋月。结缘未了，人间天阙。初中、小学，教委、关协，送归青山山翻越。君去也，缠苦雨悲歌，声声不灭。

9月20日，午前雨，午后阴。送罢老会长归于青山林莽间，心甚怏怏。网上偶得清代词人纳兰性德悼亡诗《沁园春》，仿作之。是夜难寐，倾听秋雨沥沥至翌日，不绝如缕。

老会长庞顶宪（中）给前山小学学生颁奖

二、庞门专抒

礼赞庞氏

公高一树枝叶簇，龙广四海浪沉浮。
广汉甘泉鲤鱼跃，鹿门烟月龙凤舞。
千里城隍拜庞玉，万册金石贯谏疏。
漫天星斗垂周陵，千载风雨高千古。

（2017年5月26日）

携手吧，湖南庞氏

才品耒阳联谊润，又赏韶山映芙蓉。
唯楚有才炎陵起，于斯为盛东方红。
广龙元末湖湘入，皇族明初岳麓荣。
钱塘潮涌洞庭浪，江北江南风雨同。

湖南，位于洞庭湖以南而名，因湘江流通全省，简称“湘”，自古广植木芙蓉有“芙蓉国”之称，现有“唯楚有才，于斯为盛”之誉。“江南”一词，最早来自湖南，有著名炎帝陵、岳麓书院等，近代涌现出曾国藩、毛泽东等诸多名人。据“湖南庞氏网”介绍，湘潭石羊庞氏始祖为元顺帝时迁入，临澧庞氏始祖为明洪武时迁入，汝城西岭庞氏始祖为明弘治时迁入。2014年，湖南庞氏各地宗亲相继成立了联谊会，中秋节新宗祠落成，喜事连连。2015年元月成功开通“湖南庞氏网”。

（2015年1月19日）

贺两广联谊兼感某些人之所为

两广联谊扑鼻芳，千古忠节飞云嶂。
飞云嶂[①]内巨石在，博白城外云雾伤。

今闻南国起春潮，昨见孤州落秋霜。
又知重庆庆新生，怎耐金华盛夏长？
①广西博白飞云嶂葬着初唐民族英雄庞孝泰。

（2017年4月16日）

贺重庆主城区庞氏联谊会成立

重庆双喜日，复聚五洲时。
纵隔千里遥，幸有对面谊。
校园绊身侧，雾都入手机。
耳畔春歌闹，眼前橘灯提。

（2017年4月22日）

观赏重庆庆典相册

重山碧水岍，庆典永恒间。
举杯邀诚意，对饮成团圆。
游艇光彩溢，血脉湖江卷。
相册凝精美，花蝶恋歌欢。

（2017年4月25日）

贺中华妇女儿童委员会会议闪亮登场海南澄迈

双滩赴海椰风韵，独珠回峰琼北魂[①]。
叶如长剑导弹树，血沃琼花儿女勋。
几滴岛屿浮泡沫，一柱天涯定乾坤。
笑谈姑嫂观浩瀚，龙裔凤雏舞风云。
①双滩赴海、独珠回峰均为澄迈县名胜。

（2017年11月5日）

达州风

——贺四川庞氏联谊会成立

石桥春闹火龙赶，元九登高去严寒。
黄花岂憾秋霜久？遍地香椿、油橄榄。

达州，古通州也，巴人故里。中国黄花之乡、苎麻之乡、中国香椿第一县、中国气都、油橄榄之都、富硒茶之都。有正月初九“元九登高节”、“石桥火龙”闹元宵的习俗。气候为春寒、秋霜长。

拟联：四川川流通州畅，广龙龙翔庞乡长。

（2017年12月8日）

一伟万里新疆行

华西会长入僻壤，教宣主任走新疆。
移栽金花正雨汗，颠簸动车方铿锵。
古都西安笑尘土，乌鲁木齐美佳酿。
葡萄串起哈密瓜，哪比万里情谊长！

（2017年7月15日）

伊宁聚罢上天山，未会七剑接请柬。
才饮西母瑶池酒，又借公主芭蕉扇。
瑶池蜜意醉千古，铁扇柔情灭火焰。
三山宝聚两盆地，族谊春风玉门关。

（2017年7月23日）

庞氏西北游

花雨丝路今翻新，华西、海南万里行。
荒漠戈壁胡杨树，边塞关山庞家影。
传道不惧火焰烈，布施岂言冰雪清！
金花盛放雪莲艳，倾舀天池浇灌勤。

（2017年7月25日）

教宣群重组

才赴边塞赏雪莲，旋见大家扫狼烟。
万里征程甲方卸，几条乱棍影枉现。
幅幅相片草原靖，顿顿野蔌雪域甜。
无垠荒漠若蹈火，有限风沙岂迷眼？

（2017年7月28日）

拟　联

博白博白，孝泰魂魄，千载寄托，云雾焉能压清白？
木贤木贤，善政风范，双凤蹁跹，松柏自然成高贤。

博白博白，孝泰魂魄，千载寄托，云雾焉能压清白？
天台天台，佛道品位，万古丰采，松鹤随意凌高台。

木贤宗祠庆典（广东化州）

博白博白，孝泰魂魄，千载寄托，云雾焉能压清白？
老庞老庞，毕公心脏，万世芬芳，蛟龙终究成鸿庞。

（2017年4月21日）

金华吟

三面环山涵三江，黄氏大仙香香港。
浦江郑门千秋义，东阳木雕百世芳。
乱世飘萍远婺剧，盛会广龙近华章。
乐见百川汇湖海，金星婺女争华光。

（2017年6月16日）

自豪吧，庞宝根

根扎古越文为韵，宝涌钱塘潮擎旗。
会稽山麓潜龙起，广宇飞翔写传奇。

（2017年8月20日）

赠晓田

桃花灼灼阳春意，桃果累累盛夏枝。
何惧风雨碾花卉，且看晓日抚田诗。

（2017年5月9日）

与庞龙夜聊后

昨夜聊天久，得知兄弟苦运筹。
一身尽系家国事，感叹辗转同身受。

与庞晓田(左)一起

江湖风险向谁云？人生飞蓬自匆匆。

山区飞金凤，云贵起玉龙，

武汉立家业，湖北小荷映江中。

夜览湖北群，鱼龙波涛浑。

寻根真知见，无聊需避免。

寄语吾兄弟，千里系情谊。

吾欲夕阳留余光，欣见东升月儿朗。

（2017年5月24日）

与庞龙(右)一起

赠平阳庞登强

两天南麓念兄弟，同在平阳却两地。
月前金华复同室，前秋平阳初知己。
金华三昼促两膝，平阳六夜助一臂。
汗兮血兮文心雕，文心雕龙望天际。

（2017年7月22日）

与庞登强（左）一起。

有感于庞传芬找到同字辈亲人

坐拥危房观雨瀑，立听喜讯望云压。
山阴道上寻梦蝶，始丰溪间摇柳叶。
人说根是东林地，物证本为血亲结。
芬妹欣慰祖墓侧，庞门正好抹痕裂。

（2017年7月）

与庞传芬(右)一起。

为庞家人杰点个赞

铁树开花昔为梦,汽车喝水今是实。
家人首创双臂挽,宝业争先四季痴。
蜻蜓小荷顶上立,文献谱牒白发丝。
清华、牛津引擎日,茶叶香品湖海时。

(2017年8月25日)

寒门学子庞众望

河北小县出状元,江南大地闻众望。
瘫痪病母泪带笑,失忆老父脸增光。
当家童稚捡菜叶,寒梅少年吐芬芳。
吴桥连紧清华苑,铮铮风骨归众望。

严父天天顶梁焦,慈母日日轮椅摇。
五岁手术血泪换,六载垃圾雨雪浇。

病榻殷殷儿信近，奖状红红双亲遥。
惊羡柴扉飞金凤，十八年华望云霄。

自古草根磨石压，至今寒门霜剑割。
贩夫走卒非蝼蚁，引车卖浆潜龙蛇。
雪中送炭岂相识？锦上添花莫奈何。
枯苗久旱望云霓，寄语甘霖早润泽。

（2017年8月）

湖北女幼师庞盼盼京华圆舞梦

盛夏炎炎荫下热，繁叶累累甜果结。
多少龙凤收汗谷，几许柳风念舞诀。
千里京华鹤亮翅，七尺讲台花恋蝶。
盼妹广宇舒袖日，盼来秋收歌万阕。

（2017年8月12日）

与庞盼盼（左）、乡土作家庞书聘（右）在一起

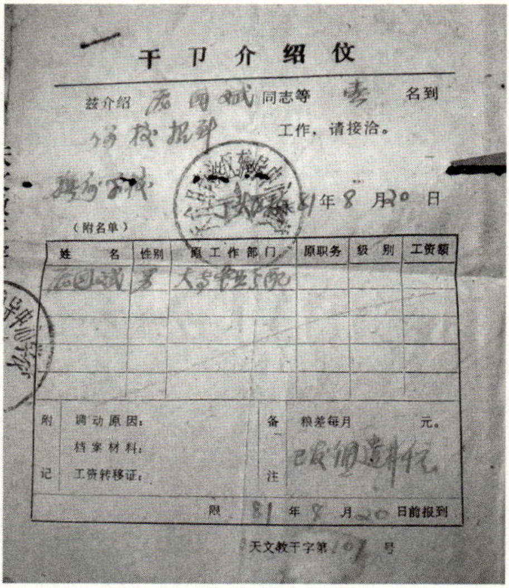

干卩介绍仪

兹介绍　　同志等　　名到　　工作，请接洽。

81年8月20日

（附名单）

姓名	性别	原工作部门	原职务	级别	工资额

附记	调动原因： 档案材料： 工资转移证：	备注	粮差每月　　元。

限81年8月20日前报到

天文教干字第　　号

1981年8月20日，街头区校分配笔者到旗前学校的“干部介绍信”。

教师节感怀

七尺讲台灰满首，一根教鞭指春秋。
课本木本花耀日，教室寝室夜复昼。
优质母父笑迷月，严厉子弟哭跳楼。
为人师表今朝泪，苦辣酸甜谁分忧？

七尺讲台卅六载，半截粉笔一头灰。
始丰溪水旗前出，乡野季风前山归。
成夫成父旅尘客，为师为文风月晖。
紫阳故里觅道难，五凤楼畔复徘徊。

七尺讲台学道严，一根教鞭桃李妍。
男丁修省顶梁柱，女孩得撑半边天。
星辰日月非梦远，酱醋油盐尽眼前。
有教无类书香透，莫教铜臭训门廉。

（2017年9月10日）

三、窗前偶成

后蒋之歌

词:庞国斌、梅吉源
曲:陈蒙江

青山岊前紫气旺,紫阳宫外圣迹广。
始丰溪流流村北,风雨无阻义渡忙。
明初蒋公邻袁家,行慈庵后立村庄。
明代集市兴四方,一十八姓争自强。
哎呀哎呀哎呀,
棕绳棕线牵三江,随着手摇放歌扬,放歌扬。

兴山庙前白鹤鸣,月湖塘面莲藕香。
漾油碑水游田垟,东坑水路多宽畅。
老有所乐乐松竹,少有所为为栋梁。
六县知事成尘网,造福乡邻换新装。
哎呀哎呀哎呀,
稻花香里飘书香,日出岊顶放眼望,放眼望。

(2015年11月)

此歌连同曲谱已陈列在后蒋村文化礼堂中。此歌旋律优美,已在后蒋村传唱着。后蒋村位于平桥镇东林片,笔者老家。

漾油砩风光（笔者祖上伯献公义造于清乾隆年间）

后蒋村文化礼堂

壮歌行

七一颂

铁锤砸碎旧锁链，镰刀挥出金浪翻。
嘉兴红船破黑幕，韶山庞祠迎曙天。
乒球盛转湖海畔，“神舟”直上银河边。
九十六岁华诞日，红旗飘舞向浩瀚。

（2017年6月30日）

广西英烈颂

汉桢将军门，抗战英烈魂。
鏖战倭寇久，血沃国土雄。
溯祭博白①云，回望南岳②松。
两广动地歌，九州战旗红。

①广西博白埋着初唐民族英雄庞孝泰，飞云嶂中千年云雾缭绕而近年散去。

②南岳衡山有庞汉桢墓及英烈祠，抗战胜利70周年时列为三百英烈之一。

（2017年4月20日）

湖北吟

神农架外神农风，黄鹤楼前黄鹤踪。
云蒸梦幻洞庭北，霞蔚圣光武当中。

屈子未闻武昌武，德公怎见红安红！
通衢九省千湖在，情满三峡九州浓。

（2017年5月24日）

温州望海楼

首楼青岙东南出，远播晋唐绕钟声。
楼前千帆托日起，阁内万珍听潮生。
百岛耕牧瓯江月，一海泓澄闽南风。
宝岛遥望悬海外，滚滚高天热浪腾。

望海楼在温州洞头县青岙山上，南朝宋时永嘉太守颜延之初建，今复建，旁有泓澄亭钟声浑厚。洞头县称“百岛之县”，兼具闽南、瓯江风情，战略位置重要。

（2017年7月18日）

红色洞头

第二渔场闲中瞅，东海栈道第一筹。
观音驯狮现祥瑞，巾帼守屿慨同仇。
望归崖上相思树，海霞光里济渡舟。
百岛一望连宝岛，骇浪犹闻鼓未休。

洞头为省第二渔场（舟山为老大），其仙叠岩景区有洞头来历、观音驯狮、望归崖，栽种着台湾相思树亦即洞头区树。洞头于20世纪60年代时，“海岛女民兵”闻名于世，70年代电影《海霞》风靡天下，如今“海霞精神”成为该地独一无二的金名片。

（2017年7月19日）

从瑞安港到南麂岛

水天苍茫瑞日鲜，歪坐摇篮低高间。
舵前逆溯白浪激，艇后顺犁福田翻。
窗外孤帆浮浩渺，室内众宾沉梦幻。
梦游南极方逐麂，不见冰雪见岛南。

（2017年7月20日）

南麂风光

凉席发霉风扇聋，热闷转身抛海中。
门外贝藻戏水碧，岛上华灯耀霞红。
狮象抱亲蛙声远，猿猴拜佛妙音弘。
金蟾争出迎旭日，海上珍珠七彩晕。

平阳县的南麂岛被称为“绿色牧场”“贝藻王国”。景点有猴子拜观音、金蟾出海、海上珍珠(成片鹅卵石)、熊猫听潮、狮象抱卧，难得的是听到久违蛙声。

（2017年7月21日）

雪

耕耘苍穹棉花盛，花絮纷飞弹棉绒。
大庇天下冬青树，树色水光摄彩云。

（2017年12月）

无病吟

自题诗

宁可枝头抱香久，不随枯叶任漂流。
萧萧风雪挥手过，绿坠枝头香依旧。

（2017年2月26日）

中秋月

尝闻千秋月婵娟，皆贺万里人团圆。
人间团圆望圆月，焉知月圆心可圆？
吴刚醺醺桂树伴，嫦娥翩翩玉兔观。
借问月老今何在，月宫喜柬三界传？

（2017年10月4日）

贺旗前85届同学群建立

卅六年前初秋意，卅六年后盛夏谊。
三载窗下绿拂笑，百年浙顶日耀旗。
半世人生云月在，三代同堂枝丫挤。
犹喜六十转童稚，与君复聚庆六一。

（2017年6月1日）

旗前（浙嶺）村，位于西南向东流去的始丰溪转弯处南侧，“浙嶺面干”闻名全县。大学毕业后来此担任首届班主任。在此八年留得身后香满路，至今村民、学生的情义回味隽永（第二排右五为笔者）

伤逝

愁对梅雨撕江河，悲闻同胞殒山坡。
连日暴虐峰峦坍，整夜咆哮猿猴躲。
风云不测谁神算，人生苦短何争夺！
聚散福祸一眨眼，起承转合半截歌。

（2017年6月）

人生参

茫茫雨雪无尽头，匆匆尘旅频回眸。
哼曲自能泄郁闷，登山焉不赏云游？

青天辽阔门牖敞，碧水玲珑琴曲悠。
一朝一夕皆来世，新念何必念旧留！

（2017年7月）

送君

家人来台何匆匆，济公故居唯留踪。
五凤楼前祖墓侧，雨丝牵扯碧树耸。

（2017年6月20日）

祝伟佳兄弟一路顺风

昨宵和园手把手，今晨惜别五凤楼。
楼前细雨飞碧树，君乘双翼云中游。

（2017年6月20日）

校园白雪茶花红

父亲节(二首)

默默大地草木接,巍巍高山男儿烈。
吾门歌咏金色花,回眸松柏连天节。

家庭顶梁柱,儿女大树荫。
风雨走天涯,胸涌海潮音。

(2017年6月18日)

重阳感怀

挥镰方唱秋收曲,望远必吟登赏文。
峰峦怒聚夕阴罩,枫树喜传晚艳芬。
血痕一杖君子伪,银甲满园侠女真。
老枝抱恨风霜笑,幼蕊含芳黄叶赠。

南宋时朱熹与台州知府唐仲友交恶,对营妓严蕊施以杖刑,严蕊宁死不污真君子。字幼芳的严蕊这位天台人被后世视为侠女、桃花神,而朱熹被后世一些人称为“伪君子”。

(2017年10月28日)

突变

一觉梦醒风声诡,山野沉沉群战围。
千里浊浪吞子夜,万盏华灯合朝晖。
霞前叠翠深秋画,雨后清污沧海催。
起迎松鹤寒冰过,挺立竹梅暖气追。

(2017年10月30日)

无题

蜷缩黛壑寻旧药，裸露白霜舔新痕。
三秋迎战多源箭，半世梦萦始祖魂。
讲台七尺鬓发白，微信一年雨雪纷。
漫山铸铁馅残月，遍野鞍马裹风尘。

（2017年12月6日）

98届20周年同学会暨班主任退休欢送感怀

忆昨绕母姗姗步，梦伴同窗醒岂无？
掉包分配困笼入，编刊救赎破茧出。
阴晴雨雪随朝暮，聚散沉浮爱荣枯。
杏坛笑涌擎旗浪，雾海峰峦望鹏途。

（2018年7月）

明珠之光

——为路桥明珠校庆20周年而作

栉风沐雨七千日，砺志婆心又一年。
岁月如歌歌蘸浪，桑田化笔笔添帆。
江南筑梦筝声远，塞北归秋雁韵连。
更见明珠东海耀，荷花绽放兴无前。

（2018年11月25日）

四、古诗赏析

辛弃疾《摸鱼儿》上阕赏析

更能消、几番风雨？匆匆春又归去。惜春长怕花开早，何况落红无数。春且住！见说道、天涯芳草无归路。怨春不语。算只有殷勤，画檐蛛网，尽日惹飞絮。

长门事，准拟佳期又误，蛾眉曾有人妒。千金难买相如赋，脉脉此情谁诉？君莫舞，君不见、玉环飞燕皆尘土！闲愁最苦！休去倚危栏，斜阳正在、烟柳断肠处。

辛弃疾的《摸鱼儿》上片写的是作者即景生情，采用比较隐晦曲折的比兴手法——惜春，对南宋王朝苟安一隅失去恢复中原的大好时机表示惋惜，抒发报国有心，但力量薄弱的感慨。

作者即景起兴，用反问的句式“更能消，几番风雨”，写春天禁不起几番风风雨雨的考验，匆匆归去。面对着这样的景象，作者惜春：“啊，娇嫩鲜艳的花，你迟点开吧。我独怕你开得太早了。——为什么？因为风雨声，花落知多少！”作者以春来影射南宋小朝廷的抗金政策，只是昙花一现就万花纷谢一时稀了。希望花儿迟点开，多么沉痛的语言！怨恨朝廷摧残抗金志上，只落得“落红无数”，雨打花朵入尘埃，风送蓓蕾随红波，剩下光秃秃的枝头上挂满了晶莹的泪珠……难道就这样下去算完了吗？

不！作者大喝一声：“春且住！”抗金的大好时光不能白白地消逝过去。听说一直长到天边的萋萋芳草遮住了春天的归路，全国各地的多少志士仁人和无名英雄迫切要求把抗金事业进行到底啊！“天涯芳草”，一望无垠，绿色如海，生机盎然，蕴含着多少巨大的力量啊！这与前句“落红无数”形成了鲜明的对照，表达了抗金人士抗敌卫国的决心。

无奈芳草绿透了天涯，残春仍然拘留不住哇！山河破碎，青青的芳草只能更增添人们的怨恨和愤懑！记得抗战时期，诗人臧克家针对国民党的不抵抗主义，写了一首诗，末句为“芳草绿遍了天涯”。臧君以为此句是“诗眼”，含意无穷，想来臧君大概受辛氏《摸鱼儿》的影响吧！可见爱国之词篇激励着后辈，影响深远。因此，作者“怨春不语”。怨恨小朝廷怯懦，还有什么话可说呢？提起它来，只能摇摇头儿。

算来只有“画檐”下的蜘蛛正在“殷勤”地结着网。这纤细的网儿整日惹住轻薄飞扬、并无主意和根基的飞絮，却网不住春天。春天，就这样不声不响地逝去，而不留一点儿踪迹。

（台州师专温岭教学点，1980年“古诗词赏析课”中的小组发言）

深巷春色拦不住　　　　（袁明霞　摄）

《木兰诗》多角度赏析

《木兰诗》是南北朝中最杰出的作品。它歌唱女英雄花木兰代父从军的故事,在劳动人民中有广泛的影响。老百姓说起花木兰,总是津津乐道,比如:打仗结束后元帅要把女儿许配给木兰,走到木兰家,方知木兰是女的,最后由木兰做主,把元帅之女介绍给木兰弟弟……暑假前,我校也放过河北梆子常香玉主演的《花木兰》,是以《木兰诗》改编成的。《木兰诗》又被选进了中学课本。可见此诗影响之深远和教育意义的重大了。

下面准备从四个方面来浅谈《木兰诗》,与大家共同欣赏:

1.“关山度若飞”——用复叠和排比进行渲染,想象丰富。

2.“唧唧复唧唧”——叠字的妙用。

3.“雄兔脚扑朔,雌兔眼迷离”——谈谈南朝与北朝文风的异同。

4.“双兔傍地走,安能辨我是雄雌?”——《木兰诗》的思想意义和我们的看法。

第一节:“关山度若飞”

——用复叠和排比进行渲染,想象丰富

木兰代父从军走万里,迤逦起伏、绵绵不断的一座座关山在女主人公的眼前掠过去,女主人公骑着马,像飞一样……这五个字渲染了木兰为了保卫祖国,恨不得一下子跨到战场的焦急心情,也给读者以丰富的想象——木兰挥长鞭御战马的英姿,嘶鸣的战马奔跃向前的“动”与巍巍关山的“静”的对比映衬,给人印象鲜明。

这首杰出的民间叙事诗，是无名氏极力渲染木兰代父从军的传奇性故事。俗语说"文似高山不喜平""弯弯眉月耐人看"，渲染这种手法也是被古典诗歌特别是民歌常用的手法之一。渲染，是属于正面描写的手法，往往一两句可以了结的，诗人多会一而再再而三地描叙。比如画家在作画时，很少平均使用笔墨。一般都是在需要强调的地方浓墨渲染，使画面形象的某一方面更为突出，使整个画面黑白分明。这种加浓形象的手法，就是渲染。

《木兰诗》的艺术表现，非常完美，最显著的特色是运用复叠和排比的手法进行渲染。

"东市买骏马……"的四句排比，也是东、西、南、北来了一遍。有人会问道："马和马鞍之类的难道不可以在一个或两个地方买，非要到四个地方去买吗？"这就是有意渲染。如果孤立地看它，是最呆板的形式，但放在诗中非常谐适。

"爷娘闻女来……磨刀霍霍向猪羊"的三次复叠，难道不可以单写爷娘出城迎接吗？可以的。但作者偏要写姐姐穿花衣裳、弟弟杀猪宰羊，其中的"向"字运用得妙。这也是有意渲染。

这些渲染，不只是加深了木兰出征前的紧张气氛和归家时的热闹气氛，而且使得全诗生动活泼，音调和谐而饶有情致。

"爷娘闻女来……"六句曾被杜甫模仿过。他在《草堂》一诗中，写他回到成都草堂时的情景是："旧犬喜我归，低回入衣裾。邻舍喜我归，沽酒携葫芦。大官喜我来，遣骑问所需。城郭喜我来，宾客隘村墟。"对他自己重返故居时的热闹景象也大肆渲染。这一渲染，把诗人当时的喜悦心情和盘托出。

此诗的对偶句用得很多，对得很工致。如"朔气传金柝，寒光照铁衣""将军百战死，壮士十年归"，后联以十个字交代了十年的经历，叙事简练得不能再简练了，而且包含丰富的内容。意思是多少个将军、壮士经过了千百次的壮烈、残酷的战斗，一个个都血染疆场了，但最后总算赢得惨胜，只有活着的将士凯旋归来。木兰经过艰苦的战争考验，已无愧于一个"壮士"了。读了这两句，我们如临其境，摆在我们面前的是仿佛一幅浴血奋战图。从这幅图画里，我们既看到将士正义凛然、慷慨殉难的精神，也感到了壮士捍卫祖国的爱国热情。

此诗中还有大比喻套小比喻的句子，令人拍案叫绝：

"旦辞爷娘去，暮宿黄河边，不闻爷娘唤女声，但闻黄河流水鸣溅溅。旦辞黄河去，暮至黑山头，不闻爷娘唤女声，但闻燕山胡骑鸣啾啾。"这为"万里赴戎机，关山度若飞"两句描画出一幅生动的画面——军情急如火，少女思亲之情也很强烈啊！

此诗的排比句还套有对偶句："开我东阁门，坐我西阁床。脱我战时袍，著我旧时裳。当窗理云鬓，对镜贴花黄。"说明花木兰对故居的怀念，对女儿装的喜爱，体现了一个女孩家的情态，更是恢复女装与朋友相见作好的铺垫。

此诗最后一节的"雄兔脚扑朔，雌兔眼迷离"不仅是对偶句，而且是绝妙的比喻句。这不仅是作者的赞叹，在"安能辨我是雄雌？"中用了"我"字，又好象代木兰传达了自喜、自豪的心情。这自喜自豪的，却好像仅仅是乔装得叫伙伴莫辨雌雄的狡狯。把"同行十二年，不知木兰是女郎"这一件不平常的事看得如此平平淡淡，使读者感到一片天真的憨态和无穷的余味。

此诗还给人以丰富的联想。如"不闻爷娘唤女声，但闻黄河流水鸣溅溅""……但闻燕山胡骑鸣啾啾"，记叙的是木兰行军路上思亲情景，却一喉两歌。我们可以想见：木兰的爷娘是如何的挂念着心爱的女儿：以为女儿还在屋里，不禁叫道："木兰，木兰"，没有答应的声音，爷娘似乎"惊醒"过来，不禁惘然若失；在梦中叫唤着女儿，可醒来一看，哪有女儿的踪影？只有女儿的音容笑貌浮现在眼前……

作者不腾出另外笔墨去写木兰爷娘"唤女"的篇章，却通过木兰设身处地的想象她爷娘思念她的情景，一箭数雕，令人惊叹。黄河的溅溅水声，鸣啾啾的胡骑声，表现了木兰的思亲之情。它既像一个离别亲人的少女的内心独白，又是绵绵絮语的母亲、老马舔犊的阿爷情谊的具体化写照，显得婉转亲切。这种手法，杜甫也进行了模仿，如他的《月夜》：

“今夜鄜(音夫)州月,闺中只独看。遥怜小儿女,未解忆长安。香雾云鬟湿,清辉玉臂寒。何时倚虚幌,双照泪痕干。”不是直叙自己在月夜里如何怀念自己的妻子儿女,而是反过来设想自己的妻子如何在月光下怀念自己。

“归来见天子……”这一自然段也给人以丰富的联想。这些壮士们赢来惨胜,“马敲金鞭响,人唱凯歌还”。在这种情况下,诗中的天子是怎样的一个人呢?“天子坐明堂”“万岁圣明”的天子高高地坐在接见臣子的“明堂”上,我们可以想见这位“天子”的尊贵程度了。你瞧,“策勋十二转,赏赐百千强”后(也就是封了官,赏赐了财物以后),这位“天子”(可汗)问道:“木兰卿,你功劳大得很啊,需要什么官职呢?噢,寡人封你为尚书郎,你看如何?”一般情况下,那些立了功劳的人以为身沐不世之皇恩,霑被浩荡的雨露,总要舞拜谢恩,三呼万岁万万岁。大概此时的可汗也是这样想的吧!

谁知木兰没有谢恩,就用了七个字推卸了:“木兰不用尚书郎”。尚书郎,官儿大大的了,难道木兰你还嫌官欠大乎?这里,天子的情态可能与戏曲片《刘明珠》中那位皇太后赏赐给刘明珠

2012年暑假,小学毕业生洪浩(左)多次借书(2015年,考上天台中学)

财物，被推却，立即恼怒地站起来，又转了一下眼珠，就封赠“玉如意”的道理一样吧。那刘明珠总算受了玉如意；而我们的木兰呢，她需要什么？她要的是一匹“明驼”（骆驼），“愿借明驼千里足”，明驼借来干什么呢？原来是“送儿还故乡”！

大家想想，可汗放木兰回家，木兰又是怎样回家的呢？回家的经过虽然诗中没有交代，但我们可知木兰是骑着“明驼”回家的。木兰去从军，骑的是一匹马，这与回来骑骆驼，相得益彰。我们可想象木兰回家时，总没有去从军那样的紧张、抢时间争速度的吧？何以见得？“爷娘闻女来，出郭相扶将”，女儿未到家，可消息比“千里足”的“明驼”还要快呐。

木兰“不用尚书郎”，既是对她不慕荣利之优秀品质的赞颂，也是对封建社会的有力批判。

一、统治者宣传什么“女子无才便是德”，说什么“女人踏进金銮殿，国家不太平”等。试想，木兰在朝廷为官，其乔装一旦暴露，岂不是要杀头吗？

二、统治者以为用官职、赏赐来收买将军、壮士，达到为他一人效劳的目的。木兰看穿了天子的用心，表明她是为保卫祖国而不是为了一姓的江山而“百战”的。

三、每一个封建王朝，基本上都要大杀功臣。统治者打天下时，需要大量的“将军”“壮士”；等到坐稳了龙庭，就变着法儿把功臣一个个杀干净。汉初的刘邦不是这样吗？木兰也是看清了统治者这种惯伎的。她的立功回乡，也是对这种做法的消极抗议。

下文的“向猪羊”的“向”，“火伴皆惊惶”中各人惊惶的表情、状态的程度，也会激起读者无穷的遐想。

总之，古典的作者都是施展了丰富、新颖、大胆、奇妙的艺术想象，而读者的想象翅膀也会随着作品的境界而翱翔、回旋的。但是，想象不能离开作品而随意发挥，有时甚至歪曲了原意。如暑假间，我问一同学“木兰不用尚书郎”三句的意思，他说：“木兰不要尚书的丈夫，愿意靠着两只腿，千里送所生的儿子回故乡。”令人哑然失笑！

第二节："唧唧复唧唧"

——叠字的妙用

在古典诗歌特别是民歌中，运用叠字的很多。《木兰诗》开头第一句"唧唧复唧唧"，就用了叠字。"唧唧"是叹息声，仿佛织布机在叹息，实际写木兰的叹息。花木兰为什么要叹息呢？因为她"昨夜见军帖"，军帖上"卷卷有爷名"，官府要征她父亲去当兵。因此，用"唧唧"这个叠字开头，就不仅是音韵和修辞的需要，而且是展示故事情节和加深思想内容的需要。这一声叹息，一下子把矛盾提出了，把诗的情节序幕拉开，把木兰代父从军的最初感情状态显示出来，也把诗的气氛加浓了。所以"唧唧"这个叠字对全诗的思想内容和情节发展很有作用。还如"鸣溅溅""鸣啾啾""磨刀霍霍"亦是。

叠字对诗歌有几条作用：其一，增加音律美和修辞美。其二，使自然景色的描写更生动形象，达到情景交融的境界（如"溅溅""啾啾"）。其三，使思想感情表达得更为深刻（如"唧唧复唧

2015年春，与江西来的曹宏（右）在翻阅评点有关图书

唧”)。但是,运用好叠字并不容易。比如元代乔吉的《天净沙》:

“莺莺燕燕春春,花花柳柳真真,事事风风韵韵,娇娇嫩嫩,停停当当人人。”

这叠字显得堆砌,因为作者是“为文造情”,不是“用情造文”,这说明——舍本求末,弃源逐流,只在字面上模仿,不以对生活的理解、感受为出发点,是创作上的一条形式主义歧路。

另外,《木兰诗》某些句子用“钩句”(顶针)承接,音节美妙,悠扬摇曳也不可忽视,如:“军书十二卷,卷卷有爷名”“壮士十年归,归来见天子,天子坐明堂”“出门看火伴,火伴皆惊惶。”

第三节:“雄兔脚扑朔,雌兔眼迷离”

——北歌与南歌的比较

在今天,表现在古典戏曲上,南方仍旧是纤柔、缠绵、轻婉、艳丽,北方是直率质朴、豪迈高亢为主。比如《红楼梦》,我们最近看了的《荔镜记》,就是缠绵哀伤的例子,它们的许多猜疑和哀伤,在北方不一定会有;像河北梆子《逼婚记》,写到皇姨与兰中玉的爱情,没有丝毫含蓄,直截了当。

这是什么原因呢?是有历史根源的。远在南北朝的时候,就有了南北民歌中不同的文风。南歌写相思离别,往往用“泪”字,北歌里就没有。《木兰诗》里木兰“且辞爷娘去”以下几句就没有泪痕。

当时的南歌,几乎全是写男女爱情的。因为吴国、东晋、南朝都建都在南京,这些民歌产生于少数繁华的城市或其附近,以及统治阶级只采集民间情歌,以致造成南歌清一色。如:“郎歌妙意曲,侬亦吐芳词”。历代以来,江南比较稳定,轻歌曼舞的气氛很浓是难免的。而北歌反映的社会画面比较广阔。即使写恋爱和婚姻的诗,采用“没遮拦”的表情法,如:“月明光光星欲堕,欲来不来早语我”。可见，北歌产生在广大的下层群众之间，往往带着劳动人民特有的粗犷和干脆。地理环境的不同和习俗的不同，影响了这些民歌的风格。

《木兰诗》是北歌最杰出的民间叙事诗。以下就以它为例，与南歌作比较：

例如：旦辞爷娘去，暮宿黄河边，不闻爷娘唤女声，但闻黄河流水鸣溅溅。旦辞黄河边，暮至黑山头，不闻爷娘唤女声，但闻燕山胡骑鸣啾啾。

《读曲歌》：

其一：柳树得春风，一低复一昂。谁能空相忆，独眠度三阳？

其二：折杨柳。为鸟啼园林，道欢不离口。

《读曲歌》“其一”头两句：女主人公以春风比所欢，以柳树自比。柳树得春风就飞舞起来，自己离所欢就没有乐趣。“三阳”指

1999年，陈玲丽（前中）与部分文学社成员沈敏君（前左）、葛丽维（前右）、庞赛赛（后左）、庞爱爱（后右）等合照。2000年，前山中学的中考成绩斐然，震动全县。

春季的三月。“其二”中的“欢”，指鸟的所欢，也可指女主人公的所欢。女主人公心中无时不有“欢”在，因而觉得林中百鸟都在说着他了。

两例相同处：都有人情味。

两例不同处：木兰思念爷娘，并不哀伤，只是情真意切。以思念为鞭策，“万里赴戎机”。

那《读曲歌》作者所写的是听官的错觉，诗中的女主人公在苦思所欢的长夜里，仿佛听到所唤的意境与溅溅的黄河水有相似的地方，但有“空相忆”“独眠”的哀怨。一个难以“独眠”，而木兰却是“关山度若飞”；一个难以“度三阳”，而木兰却“壮士十年归”。其思想境界的高低是不言而喻的。

又如：雄兔脚扑朔，雌兔眼迷离。双兔傍地走，安能辨我是雄雌？

《读曲歌》：怜欢敢唤名？念欢不念字。连唤欢复欢，两誓不相弃。

《西乌夜飞》：阳春二三月，诸花尽芳盛。持底（持何物）唤欢来？花笑莺歌咏。

“怜欢……”首是描写热恋。那热情的女子对所欢既不呼名又不呼字，只是连声地叫“欢”，把他叫应是为了立一个热情的誓。我们读了，并不因为其中多少带点傻气和天真的言语觉得可笑，相反的却觉得缠绵婉转。而木兰的本来面目被伙伴们识破了，她有天真的憨态和自豪的心理，但没有热烈的语言，只是把此事看作平平常常而已。

《西乌夜飞》写一个在春光诸花衬托下的妇人拿着东西“唤欢来”？那羞涩、脉脉的表情如“花笑”，那娇憨的声音似“莺歌”的女主人公，活生生地站在我们的面前，觉得她甜蜜蜜、情悠悠；而木兰在伙伴面前没有一丝一毫娇娇滴滴、扭扭捏捏的做作，却是落落大方。

第四节："双兔傍地走，安能辨我是雄雌？"

——《木兰诗》的思想意义和我们的看法

下面接着谈谈《木兰诗》的意义：

一、木兰代父从军，从狭的方面来说，是"孝"的表现，比缇萦代父赎罪、秦女休为宗报仇的事更要难办得多，社会意义要大得多。从广的方面来说，是对重男轻女的封建社会的有力冲击。她凯旋后，不受官爵，足以羞死"须眉浊物"。

二、《木兰诗》给后代以相当大的影响，如今面提到的杜甫诗有学习《木兰诗》的痕迹。还有，如越剧《孟丽君》，戏中刘国丈审问孟丽君一段对话，很有意思：

刘国丈问："你究竟是男还是女？"

孟丽君答："我如果不是女，老爷何必费精神？"

刘国丈再问："谁是你女扮男装的指使人？"

孟丽君再答："花木兰就是我的指使人。"

刘国丈把惊堂木重重一拍，大声呵斥："花木兰在哪里？快快把她找来对证！"

于是，满朝文武哄然大笑，观众也忍俊不禁，为之捧腹……

这说明，花木兰的形象深入人心，鼓舞着封建社会的女子进行抗争。

三、这首诗是以北朝游牧部族强悍尚武的社会风气作基础，以北魏和柔然的战争作背景。诗中提到的黑山（黑水）、燕山分别就是今天的内蒙古自治区和蒙古国境内（燕山，即今蒙古国境内的杭爱山）。

读了此诗，能给我们增加强烈的爱国情感。祖国的大好山河血换来，岂容敌寇逞疯狂！

好啦，东拼西凑，谈到这里为止。《木兰诗》说："双兔傍地走，安能辨我是雄雌?”今天的欣赏,本人无非欣赏了她的“皮毛”而已。她所包含的杰出思想内容和隽永艺术魅力,还是大家去进一步钻研吧,本人只不过抛砖引玉。

《木兰诗》的某些解释,报纸杂志上众说纷纭:

①“唧唧复唧唧”,一般解释为叹息声,可有人又解为“织机声”。听声音,似为“织机声”妥当,诗中接着是“木兰当户织”,这句交代出木兰当户织布,那“唧唧”的声音不是“织机声”又是什么?可是,下面紧接着是“不闻机杼声,唯闻女叹息”,根据这两句意思,“唧唧”声分明又是“叹息声”了。前后句有矛盾,怎样解释才妥当?答:当面写织布机声仿佛在叹息,实际上是写木兰在叹息。

②“当户织”之“户”字,任课老师解释为:“古代单扇为户,双

2018年,前山中学毕业班67人参加中考,考上省级重点高中12名,其中正取6名。图为九(2)班参加中考第一天出发前在教室的合影。(吕林娇　摄)

扇为门”。一般书中解为“门”字，又有人解为“窗户”。我认为“窗户”较妥。

③在大学读书时，某次文学讲座后，有同学问：“可汗为什么指天子？天子就是可汗吗？”当时我答：“我国封建王朝的统治者都称‘天子’（皇帝）；‘可汗’是音译来的，是我国北方少数民族的首领的称呼，相当于‘天子’，也可称‘天子’。”（但是，“可汗”不能用在中原王朝的统治者身上，否则，是要闹笑话的。）

（台州师专温岭教学点，1980年古诗词赏析课中的小型讲座）

卷二　作家梦

人生最大悲哀，是对前途没有希望；
人生最坏习惯，是对工作没有计划。
失败者，往往是热度只有五分钟的人；
成功者，往往是坚持最后的人。
无言，心心相印，是谈话最高艺术；
无相，事事默契，是做事最高境界。
万法相互缘起，世事不必强求；
只要因缘具足，自能水到渠成。

——过尘客开示

无毛鸡(寓言)

鸡窝门打开了,小公鸡——红冠将军第一个挤出来,向着主人咕咕直叫。主人捧着鸡食,不紧不慢地向食槽跑去。鸡们团团围着主人,红冠将军还跳起来抢吃哩!乌眼鸡也学他的样。主人轻轻地拍了红冠将军一下:“又是你……”等食物倒进槽里,红冠将军蹦进去,边吃边“爪”,有时还朝草鸡们啄一口。这些鸡们只管低头一口又一口,没有闲情雅致与红冠将军“对课”。在这些鸡的后面是一只身上长着细毛,两个膀子还光光的矮小草鸡——就是被她的手足称为“多余的无毛鸡”。她只能吃被“爪”出来的食物。

鸡的主人早拿枪上山打鸟兽去了。这些鸡吃得饱饱的,有的志得意满找窝下蛋,有的在阳光下散步、玩耍;那红冠将军与乌眼鸡一起,在“扇”着地塘,泥土被扇成灰蒙蒙的一片。他俩侧身躺

2015年正月初,与陈中清(左)、学生何善本(右)在同学会上合影

下，眼睛盯着还在空槽里折腾的无毛鸡，十二分得意地“咯咯咯”起来。

这时，天空中箭一样地射下了黑色的老鹰，鸡们吓得振翅乱飞。没等红冠将军还过魂来，老鹰便咬住了他的头颈。红冠将军拼命鼓动着翅膀，绝望地叫着：“救救，救救我……”乌眼鸡呢，此时早钻到刺蓬里，后半身还露在外面，双腿像弹弦琴似的瑟瑟发抖。

正在槽里为肚皮忙碌的无毛鸡见状，忘记了恐惧，慌忙忙地追来，用小嘴朝老鹰的眼睛狠狠地啄了一口，老鹰痛得嘴一松，红冠将军拍着翅膀忙不迭地逃进鸡窝里。老鹰恼羞成怒：“你这瘦小东西，胆敢到老子头上动土！”他啄住无毛鸡的一只光秃秃的膀子，箭一样地朝天空飞去。

“砰！”一声枪响，老鹰跌了下来，无毛鸡也昏死过去了。红冠将军从鸡窝里探着头，好久才钻出来，“这，这是怎么回事啊？”鸡们告诉他：“是无毛鸡救了你！”“真的？我对不起你啊！”红冠将军抱住无毛鸡大哭，“我对不起你啊……”

提起“对不起”的事情，红冠将军还清楚地记得——

我们的无毛鸡在以前真可怜啊！她的兄弟姐妹都穿上了衣裳，可她还是赤条条的。她是最后出世的一只，时常在妈妈的翅膀里过日子。鸡窝的门槛太高，她跳不过，总是“喳喳”直哭，妈妈蹲下，她才勉强挪上，又像滚元宝似的滚过另一边，放开嗓子直叫。真拿她没办法！她妈妈被老鹰叼去了以后，她就孤零零了，兄弟姐妹们把她当作玩具。

一天，乌眼鸡摇摆着肥胖的身子走来，亲热地对她说：“无毛妹，可不能像不会采蜜的乌蜂啊！”红冠将军约着姐妹们也来了，不由分说地“簇拥”着无毛鸡走到大粪池前。

鸡们掀着翅膀飞上了池岸。红冠将军看了乌眼鸡一眼，说：“有本事的飞过对岸。”随后便一跃而起！乌眼鸡滑动着乌眼珠说：“飞得慢的是小狗。”趁自己起飞时，把无毛鸡推下粪池……等到主人把她救上来，已沾了一身臭。而红冠将军抖抖身上美丽的

2016年拓展课

羽毛，翅膀“拍拍拍”地扇了一阵，伸长脖子“喔喔喔——”

现在，瘦小的无毛鸡在充满了泪水的红冠将军眼中变成了一只金凤凰！

后来，无毛鸡身上长满了羽毛，还能下蛋呢！别的鸡总要“个个大”地来一番自我显功，而我们的无毛鸡——不，“有毛鸡”却一声不响，默默无闻地下着一个又一个椭圆形的蛋。

此文写于1980年

范雨漫（左）庞旭娇（右）2018年3月24日请笔者讲授《周易》入门知识。

皇上的画像(童话)

——续《皇帝的新装》

三月，野外花儿怒放，溪边柳树爆青，小草发芽，一派大好春光景象。御花园里，粉红的桃花，雪白的梨花，一团团，一簇簇，缀满枝头，美不胜收。但如此美景此刻却无人来欣赏，皇宫里走过的人个个哭丧着脸，尽管手拿着各种各样的皇上新装。

究竟是为了什么呢？都说这日皇上穿着两个骗子编织的——那件并不存在的“美丽”的“精致”的衣服在街上举行游行大典。百姓们先是沉默不言，继而议论纷纷，最后都说：“皇上确实没穿什么衣服呀！”皇帝不听尚可，一听则吃惊非凡，但他还是摆出更骄傲的样子举行完了游行大典。回到宫里，皇帝躺在床上辗转反侧，百姓的话在他耳边萦绕着，使他不得安宁。他确也怀疑没穿什么衣服，越想越怕，忍不住爬了起来。皇帝平生第一次破了那个怪癖——每天每一点钟换一套衣服。他没去更衣室，只穿了一件普通的衣服，便召集文武百官，阴着脸说道：“朕问你们一件事，你们得说真话。要不，哼！”皇帝面露杀机，狠声道：“斧钺的厉害，你们都是知道的。”大臣们闻听此言，大惊失色，忙不迭表白：“陛下有何事，尽管问来！臣怎敢不以实相告？”皇帝听了，方才缓声说：“朕问，你等昨天真看见了朕的新衣？”大臣们面面相觑，进退两难。最后，只好无可奈何抖抖索索、三三两两地说：“臣没，没看见！”皇帝一听，却似晴天里打了个霹雳！要知道，一个皇帝，没穿什么衣服，在百姓面前走过，成何体统！最可怕的事终于发生了。皇帝顿时怒气中烧，血液上涌，脸颊绯红，一时间竟一翻白眼，口吐鲜血，“咕咚”一声栽倒在宝座下。大臣们顷刻六神无主，一个个手忙脚乱，七手八脚总算把皇帝抬上了龙床！

经过一番急救，皇帝好歹总算醒来了。皇帝一睁眼，便气势汹汹地吼着："蠢材，还不给我把两个骗子抓来！我要抽他们的筋，剥他们的皮！"大臣们一个个如梦初醒，嚷着、叫着去追骗子了。皇帝躺在床上，左思右想，心里一阵阵绞痛。两条忿气直冲脑门，心头那一股无名之火，焰腾腾按捺不住，咬牙切齿："把这两个骗子剁成十八截，也难解我心头之恨！赤身露体游行，在臣民面前失去威信，我的'金口玉言'还会灵吗？"这时，他的大臣都回来了，他们颤抖着告诉他："皇上，两、两个骗子……""两个骗子抓住了吗？""两个骗子已、已经……""已经抓住了？好！押上来！""已……已经跑了！""什么？！"皇帝一听，暴跳如雷："你们这些笨蛋！给我追！给我追，追不上拿脑袋见我！"

皇帝又气又急，但就在此时，他突然喜得两眼眯成一条缝，发疯似的放声大笑，还得意扬扬，自言自语说："对！我要把这两个骗子的丑样画出来，贴到全国各地，看他们怎样逃？抓住他们，治他个欺君之罪！哈，哈，哈！这真是气中生智。"而且这一阵狂笑，竟使他把精神上的抑郁和体力上的疲乏均甩到九霄云外去了。他居然一下子跳下床来，连忙去拿笔，也许是太高兴了吧，连扣子碰在桌案上被弄掉都没觉察！

皇帝拿起笔，便画了起来。可是他从来没有画过画，所以对于画画真是老虎吃刺猬——没处下手。他涂呀画呀，废掉了好几十张纸还是没有成功。他有些厌烦了，便伸了个懒腰，打了个呵欠，嘴里说："还是叫人家画一下算了！"但他马上又想："不成，可不能这样！否则会被他们嘲笑的！""还是自己画吧！""想过去，我爱新装被骗子捉弄了，大臣们也靠不住，看来百样事情自己怎样想就怎样做，这才显出皇上的杀伐决断！我要自己画，既把骗子搞臭，无处藏躲，又可在臣民面前显显朕的能耐！"皇帝又画了一张，但一点也不像。皇帝有些吃惊，心想："我难道不够格当个皇帝吗？为什么我老是画不像呢？我并不相信我是一个蠢笨的家伙呀！"（因为欣赏宫廷画师的画时，稍有不满，他便要骂一声"蠢笨的家伙！"）皇帝越想越怕，但他眉头一皱，立即又计上心头："别怕，是两个骗子欺人太甚了，上帝惩罚他们长得难看！没关系！”于是他模仿着那些画家的神态，提起笔来东点一下，西涂一下，心里还念念有词：“这是他们的鼻子，让它长一点，嘻，瞧这丑鼻子！这是他们的眼睛，我要挖掉他，变成瞎眼。对！把它涂得黑一点……”终于成了。虽然画上的人是三分像人，七分像鬼，可皇帝却得意扬扬，仿佛两个骗子已被抓住了，而且仿佛自己已挖了他们的眼睛，并像牵牛一样拉着他们的长鼻子玩弄着……皇帝手舞足蹈了。

没多久，那些倒霉的大臣都回来了，他们浑身筛糠般抖个不停，因为他们只是竹篮打水一场空。皇帝倒也没动多大肝火，因为这正好使用他的“锦囊妙计”。他马上拿出自己的“杰作”，摇头晃脑地问：“朕画得像吗？”看着这丑八怪，大臣们又一次面面相觑了。“你们说，朕画得像两个骗子吗？”皇帝竟兴奋得娇声娇气，而且把“骗子”两字拖得长长的。大臣们这才开了窍：“陛下画得像极了！”“真难以与真人相辨！”“比照片拍出来还像！”皇帝得意非凡，马上讲出自己的“妙计”，只讲得天花乱坠，唾液四溅。大臣们把头点得如鸡啄米似的，连声不迭地说：“高！”“妙！”“绝！”皇帝在一片赞颂声中腆着肚子，踱着方步去更衣室了。

皇帝画的画，很快被复制成几万张，散发到各地，“按图形捉拿骗子。若拿住骗子有官加官，无官平地封官！”百姓们见了，都暗暗好笑，心里说：“上帝哟！你看这画儿！”几十天过去了，骗子就像皇帝游行时所穿的衣服一样，连个影踪也没有。皇帝呢？从那天画画时狠狠地“惩罚”了两个骗子，并且把“画”散发到各地极大地贬低骗子的声誉后（至少皇帝这样认为），似乎又已忘了这件事，又每天每一点钟换一套新衣服了！

（写于1980年）

刘阿斗北伐(故事新编)

话说刘禅即位的几年来,蜀国连年丰收,兵强马壮,边境安宁,就雄心勃勃地与心腹黄皓等商议北定中原统一中国。当时诸葛亮自告奋勇担当北伐统帅,黄皓提议:“北伐前,在宫中举行一次歌功颂德会,以显扬皇上治国的丰功伟绩,让臣民感恩戴德,让敌国也知晓皇上的文韬武略,为诸葛丞相北伐来个总动员。”刘禅喜在心头,却谦逊地摆摆手:“朕几年来全靠爱卿的辅佐,丞相的忠贞,才有今日汉室的兴旺。朕欲效法先贤虚心纳谏,还是由爱卿选派魏延主持召开一次求谏会吧! 让大臣们知无不言,言无不尽,朕好有则改之,无则加勉。”

是夜,天上的圆月不时被乌云遮没,皇宫中的刘禅走来踱去,他多想早点知道大臣们的心里话啊! 回想朕即位时,形势多么严峻! 前任先帝被东吴营烧七百里,使举国元气大伤,几年都不能还魂;即位时,曹魏、东吴五路进兵,幸而朕驾幸丞相府,举国皆知朕洪福齐天,向丞相面授机宜才能安居平五路啊! 接着命诸葛孔明平南,收服了孟获,显示出朕宽广的胸怀和高超的统御能力,连蛮荒之地都伏字加一点了,何况治下的臣民?! 思前想后,没有什么差错可找的呀! 这次北伐,举国上下士气旺盛,皆是朕日理万机才有今日汉室大好的局面啊! 谅这次求谏会上,大臣们提不出什么高见,尽管由心直口快的魏延主持,要有的只能在“皇上圣明”的前提下说些不痛不痒的鸡毛蒜皮之事——以此诏告天下,表明朕虚怀若谷,曹魏、东吴的臣伏指日可待!

正当刘禅飘飘然驾到月宫,一派仙乐盈耳,举目美景赏不尽的当儿,“启奏皇上!”“启奏万岁爷!”的接连声将刘禅的心绪拽回到有些凄凉的皇宫中,眼瞟着恭谨地跪着的一个太监和一个近臣,愤然作色:“朕的心绪就像这皎洁的月光被乌云遮没那样,被卿等败兴到了极点!”

一阵“臣该死”的叩头声后,那太监神秘兮兮地启奏:“万岁爷!臣刚才躲在朝堂外偷听,只听见诸葛丞相在大放厥词,恶毒攻击圣上。”

刘禅惊奇:“哦,有这回事?相父几年来任劳任怨,没有半句怨言,今晚怎么会——丞相怎么说的呀?”

近臣凑近几步:“因为丞相是元老,所以大臣们让他先发言。他倚老卖老,开头就把我国的风调雨顺、海晏河清描绘得一团漆黑。他说:‘先帝统一中国的大业还没完成,却半途逝世了;现在天下三分,我国贫困衰弱,已到了危急存亡的关头了!’”

刘禅:“他竟会这样说?!”

太监:“圣上,诸葛丞相还把圣上贬得一文不值呐!”

刘禅有些怒气:“你说下去!”

太监:“恕臣无罪,臣才敢将狂悖之言奏上。”

刘禅:“朕恕你无罪,只管奏来!”

太监:“诸葛丞相说圣上‘不宜妄自菲薄,引喻失义……’”

刘禅:“什么意思啊?”

太监:“他说圣上不应该随便看不起自己,说话不恰当。也就是说圣上不英明,平时话乱说,那些下达的‘圣旨’都是圣上‘不宜妄自菲薄,引喻失义’的……”

刘禅怒:“诸葛亮,你竟敢如此狂悖!竟然将我国大好韶华描绘得一无是处,将朕贬损得一文不值!朕不用你,你的才华怎能得以发挥?你食君之禄,却如此大逆不道!再去探听,随时奏来!”

“遵命!”两人悄无声地退下。

刘禅急促地走来走去,吓得服侍的太监、宫女们上也不是,不上也不是。只见他呼呼地喘着粗气,咬牙切齿:“诸葛亮!诸葛亮!亏朕叫你一声相父……”

一大臣幽灵般进来,跪奏诸葛亮又在述说前任“先帝”如何如何,一连用了十几个“先帝”,说先帝创业不易,说今日的局面是先帝奠定的基础。惹得刘禅大发雷霆："先帝这也好那也好，置朕于何地？他为什么有营烧七百里之惨败？而朕却能安居平五路，平定南方？朕比前任先帝强得多，这不是有目共睹的事实吗？至于敌国的曹丕、孙权，哪能与朕相比！"

黄皓来了，将求谏会上众大臣的看法的记录本恭谨地献给刘禅……

翌晨上朝时，诸葛亮将昨夜所言的内容一字不漏地写成《出师表》，出朝班交给刘禅。刘禅置之龙案旁，怒色冲天："昨夜，众爱卿提了许多忠言，朕很感激。不过，有人借求谏会之机，却将我大汉一片欣欣向荣的景象说得暗无天日。试看今日这东吴和曹魏，能有我大汉帝国这么兴盛吗？有人还说我大汉'疲弊'，也就是说帝国衰弱，百姓穷困，这是闭着眼睛说瞎话！倘若我大汉帝国还衰弱，能北伐吗？百姓还穷困，还会粮草丰盈、士强马壮吗？朕登基几年来，夙夜忧叹，鉴于前任先帝之失，勤于国事，帝国迅即大治，连蛮荒之地都臣服，敌国也刮目相看！众位爱卿，既然食君之禄，当为君分忧，不要离心离德，要共同把我汉室治理好，完成先帝也完成不了的统一大业！退朝！！"

刘禅拂袖而入，连带将龙案上的《出师表》拂了下来！众大臣聚集在朝堂上，只见诸葛丞相热泪盈眶，欲语还止。他缓缓地，俯下身子拾起《出师表》，几滴老泪滴在上面……

众围拢来看，只见表上写道："先帝创业未半，而中道崩殂，今天下三分，益州疲弊，此诚危急存亡之秋也。然侍卫之臣不懈于内，忠志之士忘身于外者，盖追先帝之殊遇，欲报之于陛下也。诚宜开张圣听，以光先帝遗德，恢宏志士之气；不宜妄自菲薄，引喻失义，以塞忠谏之路也……"

这时，昨夜那个偷听的太监出来宣读圣旨，着诸葛丞相快快北伐，不得再在朝堂耽搁一刻；由黄皓任监军，全权代理皇上，拥有先斩后奏之权。

众大臣钳口结舌，默默散去。

含泪的诸葛亮郑重地将《出师表》交给宣旨的太监："公公，恳请皇上将臣的《出师表》全文仔细御览一遍，方能知晓老臣的一片苦心啊！”

在美女们掌扇、捶背、按摩中的刘禅指着《出师表》中被泪打湿的几处，对太监说：“诸葛亮这人就是老奸巨猾，将恶毒攻击朕以及施压朕的言辞却用舒缓的语气写出，对朕千嘱万吩咐。朕身为一国之君，又不是三岁小孩！”

太监问：“万岁爷，那就将他召回来，改由廖化挂帅，如何？”

刘禅喝了几口人参汤：“他还不敢背叛朕，因为他平素以‘忠贞’自我标榜；否则，连敌国都看他不起。北伐成功，当然是朕运筹帷幄、统御有方也。朕能统一中国，当与秦始皇、汉武帝并起并坐！”

“万岁爷英明！万岁爷当为千古一帝，世代景仰！”

刘禅笑了。他一挥手，太监退下。他左拥右抱美女们，乐不可支。在刘禅的眼前，已经出现了曹丕、孙权这些敌国君主匍匐在自己脚下。只见他头戴朝天冠，身着龙袍，在“旧都”的城阙上发号施令，“万岁！万岁……”声此起彼伏，传得很远很远，回荡在天际间。

（1999年11月）

隐形"残疾人"(小说)

秋晨,我在村旁的自留地上锄草,不时抬头擦汗,只见玉米、青菜长势喜人,村庄与田野阔路交错,田野间的独季稻穗一片片泛着金黄,与一两丘长满稗草的荒田相映照。村内外的通道皆是水泥路面,"衙院"似的三四层新房与砖木结构的低矮老屋相间着鳞次栉比,不时传来几声狗吠和老人、小孩的笑声。

猛地,一阵清晰的嚎哭声传来:"我实在可怜啊!做人为什么介可怜啊!我肚里实在难过呵!"只听见一个老头子在劝说着痛哭的老妇人:"你有三个儿子,总体上待你不薄,你呀比上不足比下有余么,有什么可哭的?又不是十年二十年前,上厨(餐)接不

在山村张贴宣传单

了下厨，肚皮吃不饱；如今上下三村几乎听不到哭声了。你小儿子在县城医院挣工资，多次叫你去住，你自己不肯去，钞票也每月寄给你用；你二儿子今年为了你，也不出门挣钞票了，这在我们这一带村堂上与一个个钻进铜钿眼、去挣钞票的相比，屈指可数，别身在福中不知福了。除了过年，我们村堂大都老的、小的在家，'居民户口'(国家工作人员)的在家，打工的在家，十个指头有长短，你别老是指望老大同老二、老三一样好不好？你大媳妇平时嘴多些，从没骂过你什么，也没咋背后讲你坏话，人还可以么！你大儿子平时打工，日子艰难些，待你总的还不错。你要钞票用，自己不向大儿要，反而叫人家代讨，你大儿不给你，也是有道理的。你大儿对我说了：'只要你亲自去要，要一百就一百，要二百就二百，随时随刻。'还不快去？还哭什么，惹人笑话？"

我想真的子女待大人不好，或者真的"上餐接不到下餐"，就是号啕痛哭，声音也不会这么清脆，像"唱戏文"似的。记得三十年前，就是刚才痛哭的老妇人，她住在我家的前道地，一次我瞥见她拿着麦皮、糠粉制成的"麦饼头"，一大口一大口的吞吃着，碎渣纷纷掉下。母亲要我送碗粥过去，她喝了后的感叹，我至今记忆犹新："我只要白米饭整碗有得吃，就是没菜蔬，死也口眼会闭了。"真是事过境迁哪！

我刚将几株"杂草"丢出菜畦，抬头看看阴转多云的天，那个老妇人的话清晰地传入耳膜："我小儿子家为什么不去住？城里各家自顾自，在那里像坐监一样，打死我都不去！再讲村里各家各户有事都要问我，无我可不行呐！住在我隔壁的丁有富家，尽管三重楼起了三层崭崭新，房前屋后种些什么花啊树啊的，丝瓜、南瓜一点都不种，每次都到市镇上买，啧啧，我实在相(看)不惯。还有，住在我家后道地的王国武家，到现在新屋也不起，住些老屋壳，还算在外面挣钞票挣了二十几年呐，不知咋搞的？"老妇人品头评足得兴致盎然时，遭到了一个中年妇女的斥责："我家种什么不种什么同你何相干！我家买不买丝瓜吃还需要你来批准啊？我家新屋崭崭新又咋啦？碍你啥眼啦？你说人家新屋不起，算你家起了新屋啦？不要日日管人家的事儿，将自家的先管好再讲吧！哼！”一顿抢白，可以想象得到，那老妇人的眨巴着的眼睛肯定也像雨打的蛤蟆。这一类人哪，上嘴唇一张，下嘴唇一翘，横竖都要做“闲事保长”。刚才那老妇提到的王国武，就是我的亲兄弟。若不去理会她，在农村听得耳朵生了茧，肚皮也会气胀的；若去理会她，只会降到她们的档次上，人家会说你一个读书人有文化，同一个农村妇人争什么是非？男子汉大丈夫还会计较鸡毛蒜皮？唉！

肩扛锄头转回家门的路上，不时与村民打着招呼。有人说“你教书先生，每月有工资发，还种田地？”我说：“每月只那么点工资，上有老下有小，老婆是农业户口，不种点粮食，氽氽实在太伤手。”未到家门，只听见一个中年妇女大声嚷嚷：“你家王国武在外面开玻璃店，为什么要开两家？另一家送给谁啊？”我兄嫂大声应对：“我的店开一家、两家同你何干！凭我开几家！我们虽然做了‘亲家’，但钞票各人自挣自。”“王国武多次对我讲过，你女儿给我家做媳妇，送一套商品房给我儿子。”“我家国武还说过，要送十万、二十万钞票给你，你要吗？我和国武已在市集上买了一套别墅，想要的话，你先在你家屋顶瓦楞上乘风凉吧……”

到家后，我有事当作无事样，彼此打过招呼。妻搬出早饭，“亲家母”和兄嫂都说吃过了，我坐下用膳。兄嫂的“亲家母”夸了我“勤快”几句，话题转向“工资多少一月？”我说：“老鼠拖豆腐，吃不饱也饿不倒。”她三番几次地问我：“啊？多少钱一个月？”我顾左右而言他；她说我侄女给她做媳妇，我这个做叔的会送哪些嫁妆，我只答“表一点心意”而已；再加上兄嫂冷言热语，“亲家母”怏怏而去，嘀咕着：“不听老人言，吃亏在眼前。我家堂侄儿在学堂威信真高呢，老师、校长个个都向他请教。哼，你们！”我不禁笑了，这个赵姨娘……

妻问兄嫂：“怎么前世勿修，结了这门亲眷，日日结怨？”嫂答：“女儿自找对象，做大人的有啥办法？这个‘亲家母’连四亲九眷都得罪完了。在外头与人开浴室，日日相骂，生意做折为止。自己没本事挣钞票，就想到四亲九眷那儿一铁耙掏满，白得钿财！”妻说：“同村人做亲眷，夜里不见日里见，日日相骂、死缠，一生世怎么过哇？”兄嫂说：“死囡……这样的人，药王汤无解。”

饭毕，骑自行车匆匆赶向一所农村独立初中的“守礼中学”。一路上心想：无聊的人总将泼皮充大将。这类市井气，但愿后继无人为好。

不觉来到办公室，已是语文早读课了。教务处通知我上午去镇“特殊教育中心”参加“素质教育提升工程”会议，我立即调好课。在操场远远地望见窗内的我二(1)班坐着还安稳，就松了一口气。安排好我班的代理班主任，正向校门口出发，只听见一位年轻的男老师老远地就直叫嚷起来：“王国文！你班语文课我不想再上了！全班学生都‘鬼拆’(吵闹)一样，没一个会读！”我停住脚步：“恐怕只五六个‘鬼拆’吧？”“你要立即给我处理好！你快去课室看看！”我说：“到底什么情况？”“你班还有什么好情况？我教书教到现在，像你这样的班级碰都没碰到过！你班不如二班。二班乖，二班个个会读；你班一个都不读，各门都不读，全班‘鬼拆’

2018年10月23日，在街头区校校长室，对校长周兆金(右)主编的天台县小学三、四年级地方教材初稿进行修改。

一样。你做班主任的不去解决，我语文课不上了！”我说：“你教语文，各门读不读同你无关；我班不好，你只顾说我班好了，何必扯远了！”几个老师聚拢来，有的还笑着，老教务主任对他说：“现在还在早读，你不要这么大声好不好？要注意影响，注意老师形象。有情况向班主任反映，但班主任不是万能钥匙，上课期间的班级纪律是由任课老师管的。”老教务要我去班级看看，自己便叫走那位气呼呼的老 师。

这位老师在山区任教了几年，今年调到我校，向校领导说自己能力怎样怎样的强，以致老师们百样事情都非要替他代做不可。于是就担当了二(1)班班主任兼二(1)、二(2)两个班的语文课。这二(1)班在初一时成绩一般，有几个“吵客”。谁知本学期不出1个月，课堂里的“早教”如同农村相骂一样，学生的声音盖过老师的声音。学校无奈何，央求多年来未当班主任的我代理这班班主任(这班思政兼社会是我从初一开始教的)。我苦口婆心做学生工作，要班干部维持语文课纪律，谁知班干部说不想当了，理由是语文老师经常说：“你们班纪律委员在干些什么？带头吵，‘鬼拆’一样；你们二(1)班班干部个个都不行！”有时语文课时我在窗外巡视，几个“吵客”便立即齐声诵读古诗文。语文老师一瞥见我，马上停止朗读：“你们语文作业到现在为什么还不交？会读就读，不想读就死出去！”为师，怎么能这样？我避开学生，找其谈话，要注意方式方法，他嘴一撇：“这些我都晓得，还用你教？”我内心叹息着：这就是我兄嫂亲家母的堂侄啊！怎么能够这样？唉，山山有怪鸟，处处有奇人，小县多知府。

立即找了五六个“吵客”，软硬兼施地警告一番，便赶去镇参加会议了。来到特教中心，只见学校如公园，二十几个男女教师正向聋哑学生打着手势。看上去学生大的有三十多岁，小的只有七八岁，他们的双眸中闪着纯真的光波……不到半上午，手机响了，代理班主任告诉我，那个语文老师同二(2)班中的“吵客”冲突起来，先动手打学生，反被学生所殴！该老师如今正送往镇医院。

病房里，脸上青一道紫一道的年轻男教师看见我，就吵开了：

“都是王老师这班的缘故！二班这班本来蛮乖，几个调皮捣蛋的学生是跟一班学来的！”我想反驳，但想了想忍住了，走出了病房。几个男女教师在劝着，他还是抱怨个不停！

病房里，一个童稚的声音猛地传出：“大叔，请安静些吧，我要睡觉。”一个病友大声说：“我看你还算一个人民教师了，还不如一个小孩童！你瞧，这个孩子双腿截肢了，痛得自己直流泪，也不哼一声，说是怕影响其他病人休息！”

我心有所动，重回病房，蹲下去仔细端详着那充满青春气息的小女孩，她的双眸正溢出晶莹的秋水。病友告诉我，小女孩的父母是特教中心的教师。我同小女孩父母聊了起来，心想：“在精神文明建设的路上，首先就要医治那类‘残疾人’，以便减少人们在前进道路上的噪音，也不至于在文明的道路上落下一人。”这时，窗外洒进灿烂的阳光，正在酣睡的小女孩身上、脸蛋上静静地抚摸着，摩挲着。我同校的这位同仁，说起来好歹与我还有亲戚关系的眼前这位同行，正眼噙泪花，若有所思……

2008年10月

参加2014年4月11—13日在南京举行的第十届中国阅读论坛暨亲近母语教育研讨会

天台山风范(解说词)

上部:情系天台山

九龙腾飞啸吼,造成巍峨天台山,留下璀璨的“恐龙之乡”。母亲河始丰溪由西而东蜿蜒流动,两岸是丘陵、山脉围着大盆地,俯瞰似展翅之鹰。西乡两卓(岊)突兀云天,隔溪遥望,“十里铁甲龙”称为“小张家界”,寒岩夕照伴松竹,九遮秀谷一遮一景引人入胜。东乡万马渡气势恢宏,石梁飞瀑举世无双,琼台双阙明月朗,百丈崖称作“小黄山”。华顶似莲心,其他峰峦似朵朵莲花簇拥,又似天然大棋盘。一轮红日跃出东海,红日中现出孔子、老子、佛祖三束彩光,交相辉映着天台山水。

一位老妪飞下碧空,凝睇化作天姥山。

周太子晋(王乔)乘鹤盘旋,慢慢地与天台山融为一体——成为天台山神、佛道守护神。

项羽亚父范增撑着石船,溯溪至九遮秀谷,教山民采药、造拱桥。

嵊州人刘晨、阮肇两小伙汉代服装,采着乌药,红白桃花漫山遍野,仙女们翩翩起舞。桃为媒,两仙女与二人洞房花烛意绵绵;两对夫妻弈棋,鹤唳桃源。

晋朝孙绰信步天台山,吟诵着《天台山赋》:“天台山者,盖山岳之神秀者也……”

在《天台山赋》声中,叠映出中原人士纷至沓来天台山,朝拜、礼赞、定居、繁衍。

书圣王羲之风尘仆仆赶往华顶,白云先生授以“永”字八法。王氏蘸墨挥书大大的“鹅”字。

华顶茅棚茶圃，高道葛玄炼丹、种茶。茶树吸云雾，茶叶如碧流向日、韩地，彼地品茗伸大拇哥。

高道顾欢手持书本，深山冷岙间书声琅琅。童蒙与小树林茁壮成长。

才女娄逞新娘装饰，伴娘们背着围棋，在西乡土地上一代代演绎着……

文人雅士、高道大德身背行囊，恭谨地向天台山进发，天台山一派鼎盛气象。

中部：鼎盛天台山

智老大师在西乡紫凝山说法，紫气霭霭，鸾凤和鸣。东乡赤城栖霞，五峰环抱，长松蔽日，云蒸霞蔚——智老大师俯视着国清寺和朝拜的日、韩信徒，欣慰地笑了。举止疯癫的隐逸诗人寒山子与和尚拾得月下林间漫步，丰干骑虎啸山林，隐现出西方人争阅《寒山诗》场面。

赤城栖霞映着云锦杜鹃，琼台仙谷环抱桐柏宫观，千僧万道和谐相处，彼此切磋。高道司马承祯修炼桐柏宫近40年，桐柏宫成为东南道教圣地。青龙、白虎纵跃，灵芝、铁斛婀娜。道教南宗祖师张伯端从紫凝山路沿着始丰溪走向桐柏宫，著世界上第一部人体科学研究专著《悟真篇》。

智老大师在天台山开创了中国佛教第一个宗派“天台宗”，谓为“东土小释迦”“东方黑格尔”，国清寺成为日、韩祖庭；张伯端在天台山开创了道教南宗，著成“万古丹经王”《悟真篇》，谓为紫阳真人、丹经之祖，桐柏宫成为道教南宗祖庭。一座山水神奇之天台山，佛宗道源共存，举世无双！

随着李白的“凤楼龙阙不肯住，飞腾直欲天台去”，400多位诗人来了，唐诗之路形成了，最终点就是咱天台山。唐画家项容善画山水媲美吴道子，五代画家钟隐善画鸟兽珍藏皇宫；两宋庞正己、陆淞、许仁等卸任后定居天台山，校舍雨后春笋。天台山间渔樵耕读，琴棋书画，伴随着风味小吃“饺饼筒”“糊拉汰”“肉圆麦饼”以及请贵宾的“十六会签”，节日的“拾阁”等等，增添了文化气息、祥和气氛。天台山红白桃花相映红，各种花卉争奇斗艳，吴咏边鉴赏边著《全芳备祖》这本世界上第一部植物学辞典；桃花神严蕊正在翩翩起舞，吟着“道是梨花不是，道是杏花不是。白白与红红，别是东风情味。曾记，曾记，人在武陵微醉。”

随着“帽儿破，鞋儿破”，破扇破衣的济公手持酒葫芦醉走着，一路行医、行侠，风靡天下；而理学家朱熹一本正经走向天台山，天空一朵朵乌云伴随着“大胆严蕊”声。

下部：悲喜天台山

暗转复明，天台山山花烂漫。浑身伤痕的严蕊对朱熹大义凛然：“贱妾就是一死，岂承浪语污君子！”高吟着“若得山花插满头，莫问奴归处！”

翻滚的乌云中漏出几束血红的光线。明媚、朗润的天台山不见了，处处风雨沧桑。明朝徐霞客三上天台山，沉思再三，将两篇《游记》置于篇首。明代紫凝道人胡宗衡著成我国第一部武术专著《易筋经》，他眼前闪烁着紫阳拳、南宗剑、盘龙棍……

帝师徐少保、齐召南分别为明、清服饰，明太子、清仁宗谨受教。齐之《水道提纲》溯源竟委，是继郦道元《水经注》后又一部地理学巨著。

明谏官庞矮（庞泮）手捧龙匾“直声动天下”走来，身后是天台的“五凤楼”民居。

“铁面御史”鲁穆的棺木缓缓而来，上覆“材罩”，伴随着太后声：“鲁穆官清，还是鲁夫人清！”

清刽子手举起滴血屠刀，披枷戴锁的齐周华仰天大笑，其所著的《名山藏副本》遍历宇内，可与徐霞客并擅胜场。笑声中，一群农民锄头木棍蜂拥而过，县堂大火熊熊——这是清末“西乡反”；笑声中，出现标语“还我河山”，数学家陈荩民和青年学生火烧赵家楼；笑声中，斧头镰刀红五星，桐柏暴动了！笑声中，文学家陆蠡面对膏药旗和日本侵略者刺刀，含笑倒下；一大批热血青年奔赴前线！

艳阳天，天台山水妍。国清寺雄伟庄严，敞开山门接纳虔诚跪拜的日本人和五湖四海友好人士。山花烂漫，红白桃花相映，化作各类女画家、女棋手、女音学家、女艺术家和女强人的风采；晋榧、隋梅、唐樟、宋柏，化作各类风云人物的英姿。琼台仙谷祥瑞霭霭，桐柏电站上端的新桐柏宫正拔地而起，国际道教研讨会、和合文化研讨会正在举行。石梁飞瀑间，电影《少林寺》等正在开拍；天台城乡，首届“天台山文化节”吸引得各省地纷纷仿效。“石梁啤酒”“铁皮枫斗精”扬名中外，“平桥筛网”“坦头木珠”伴随着经商的天台人走遍穷乡僻壤。天空中闪烁着数学家王以康、经济学家袁贤能、世界棋王俞斌、“世界断肢再植之父”陈中伟……群星灿烂；54余万名天台人正以新的英姿奋进在新世纪的“三百六十行”上！

（刊于2010年1月13日《天台报》，原题为《天台山文化应形象化大手笔推出》）

庞泮五凤楼聚屋　（摄于2018年4月12日）

天台粽，天下第一粽（影视剧本）

一、朝堂内外

脸颊上还隐约着五个指爪印的鸿胪卿张峦率领着小太监们排列成长长的两行，于宫外扯开嗓门高喊：“安南国王子率使臣前来觐见大明皇上！”

宫门敞开着，安南王子趾高气扬进来，神情间很是倨傲和不屑。随后的使节抬着一个竹蒂做的面桶。

安南王子随着“觐见”的一声声吆喝，跨入大殿。只见黑压压的朝堂上，东檐柱前序立着手捧朝板的阁臣、六部官员等大小九卿，西檐柱前序立着林俊、叶绅等数十个六科言官。殿前站着每

庞泮像

科的一个言官，共六人，把笔插在帽子上，面对皇帝，随时取笔记录——成化帝在两宫女日月掌扇的映衬下，精神萎靡地高踞在御座上。

安南王子等来到帝座前，举手行礼，大大咧咧，却恼怒了朝臣们。

礼部右侍郎李孜省狐假虎威出来指斥："尔等小邦，来到大明京都，特意安排于会同馆的南馆歇息，今日皇恩浩荡至极，还不跪拜？"

安南王子睥睨着朝堂："尔龙廷根本不像个龙廷上国的样子，何跪拜之有？回想数十年前，贵国郑和郑大人七下西洋，那才叫四海宾服、万邦来朝呢。而今日，吐鲁番占据着哈密，鞑靼小王子虎眈着中原，倭寇任意出入于南疆，还有几个邦国来朝进贡？敝国公主遭受了尔等龙廷大臣的蹂躏，香消玉殒，举国蒙羞。但敝国还以两国邦交为重，特派小王前来，已是给龙廷莫大的面子了！还云什么跪拜不跪拜！就是不跪拜，又能拿我怎么样！"

叶绅、林俊等一群言官怒形于色，成化帝摆摆手："看在安南国恭觐来朝的份上，算了算了。"

言官林俊："这是我大明皇上包容四海，不与尔等计较。尔等当感激涕零才是。"

阁臣刘吉出场："请贵国消消气。既然来了，亦表明贵国有诚意。只要坐下来，什么都可以谈，贵我两国之间还有什么疙瘩解不开的呢？"

安南王子："除非还我家小妹来！"

刘吉："哎呀，王子殿下，贵国公主不幸，我大明深表遗憾和痛心。皇上和朝廷已将肇事者严惩了，并修书给贵国国主，恳请以两国和好为重。"

安南王子："严惩？小王得知，由于巡抚云南的王恕老大人告御状，郭景那厮被活活吓死的，郭景可是你们东厂头儿梁芳派去采办太监钱能手下的得力人儿哪！难道说郭景犯事，丧失大明国格，郭景的后台没责任？尔等严惩了吗？别以为我安南国小，就敢欺蒙！只因尔等龙廷世风日下，奸邪辈出，故而宵小之辈无所顾忌，竟将敝国当作大明国内的一个地方——敝国虽是进贡之国，本是大明的保护对象，却未见保护，反而蒙受奇耻大辱，就是哑巴也会哑几声。请诸位说说，是不是这个道理？”

李孜省：“我堂堂大明，已给尔等小邦莫大的面子了；连四海仰慕的皇上也修书示好，深表痛心了，尔等还想怎么样？别以为我大明龙廷……”

安南王子冷笑：“什么？别看尔等衮衮诸公高踞庙堂，威风八面，不可一世，实际上，嘿嘿！敝国亦闻华夏几千年来，凡天子之圣，将相之贤，故天下四夷望而归之，如百川归于江河大海。传之今朝，必以为有辅佐明君的周公、召公、丙吉、魏相、姚崇、宋璟，有名将霍去病、卫青、李靖、郭子仪、岳武穆，有直臣魏征、方孝孺、于谦、商辂之再现，而使我等凛然有畏惧之心耶！现在哪，号称堂堂的龙廷，是肥大而非强大也。陛下以为呢？”

兵部尚书余子俊：“我大明地大物博，能臣车载斗量，贵国不要看扁了尔之宗主国！有谁胆敢前来侵犯，只要皇上一声令下，三军将士必将气吞万里如虎！不信，可以试试看！”

刘吉：“王子殿下，既然前来两国修好了，就该拿出修好的诚意来！不瞒贵国说，假若吐鲁番等觊觎我大明国土的话，臣有妙计破之。”

安南王子：“小王亦知刘阁老在大明阁臣中左右逢源，智在善附会上。——哦，今日小王奉敝国国主之命，为消弭彼此之罅隙，续修两国之和好，特进贡敝国特地做成的竹蒂面桶一只，以表敝国之诚心！抬进来！”一挥手，两使臣抬进面桶，放在御座前的陛下处。

安南王子：“还请大明皇帝陛下笑纳！”

成化帝兴奋地：“好！既然安南国有此修好之诚心，我大明何乐而不为？待贵国使者回国之日，朕另有大量的赏赐，并派使臣出使贵国以宣谕朕的旨意。”

安南王子：“陛下有此心意，小王代敝国父王谢过了！陛下，敝国进贡的竹蒂面桶寄寓着敝国父王、臣民‘仰慕’龙廷的一片心意。陛下何不命众臣工赏鉴一番，小王会倍感荣耀，回国亦可宣示龙廷给敝国带来无穷的福祉呢？”

成化帝：“王子殿下的恳请很有道理。众爱卿前来鉴赏吧，莫辜负安南国的一片情意！”

“遵旨！”众臣工职位从高到低，一拨拨缓行于竹蒂面桶前。成化帝开心地笑了，安南王子也笑了——是不屑地笑，轻蔑地笑。

林俊、叶绅悄然议论：“恐是黄鼠狼给鸡拜年，没安好心。”“再瞧瞧就明白了。”

成化帝：“众爱卿看过了，朕一样深有感触。面对竹蒂面桶，王子殿下，贵国的心意朕领了，古语说得好：‘千里送鸿毛，礼轻情意重’，众爱卿意下如何？”一片附和声。

阁老万安上前跪拜：“皇上圣明！吾皇万岁、万岁、万万岁！”

安南王子冷笑着：“哦，这就是大明的首辅万阁老吧？敝国风闻万阁老在议事时只会喊万岁，以致得了个‘万岁阁老’的雅号。陛下以为呢？”

成化帝：“这，这，这……尹爱卿以为？”尹阁老支支吾吾。“刘爱卿，六部爱卿，你们认为呢？”成化帝不知所措的问询，万安神情自若，刘吉满面怒容，兵部尚书余子俊、礼部尚书周显谟一副恨皇上不成钢貌；其余的尚书、侍郎等哭笑不得，有的直摇头叹息；只有李孜省冷冷看着，声色不露。

林俊、叶绅等：“皇上！这是召见外邦使节的朝堂啊！”

安南王子张狂着：“敝国虽小，亦风闻贵国有民谣传唱着：‘纸糊三阁老，泥塑六尚书’。今日一见，果不其然哪！哈哈……”

叶绅、林俊：“安南王子！这是大明内政，岂容尔等在此狂吠！！”

阁臣刘吉又出来：“王子殿下！这是大明朝堂，请你放尊重些！贵国的小把戏难道我等看不出来吗？！我皇拥有四海，仁德泽被天下，不与尔等计较，别以为我等臣工都是刘阿斗！”

安南王子：“既然刘阁老能看出敝国在摆弄什么‘小把戏’，那就请阁老说说吧，小王洗耳恭听！”

刘吉：“皇上！这安南国进献竹蒂面桶的实质是表明安南毛竹大，亦即暗喻人才多。是试探我大明拥有万里江山，有没有奇能异士能识破其玄机？能够恰如其分地回赠礼品，则说明我龙廷自有能人，邦国间自会平安无事。”

安南王子伸大拇指：“不愧是棉花阁老，小王佩服！不过敝国并未阁老‘弹’的那样不堪。”

成化帝：“那……刘阁老，将用何礼回赠之？”刘吉沉吟着，周显谟与余子俊对视了一下，越出启奏：“皇上，臣主持礼部，然业余时对钦天监的各类仪器很感兴趣，故对能工巧匠一类尤其关注。臣听许钦差说起过，几年前他巡视浙东时就碰到一位奇才，能识破擀面杖哪头重哪头轻。”

成化帝：“哦，有这样的奇才！许爱卿呢？”

吏部尚书：“回皇上，许钦差又出京去了。”

成化帝：“那，那个浙东奇才是谁？”

刘吉：“皇上，就是臣主持甲辰科的进士庞泮啊！”

成化帝：“庞泮？”

李孜省：“皇上，就是不久前被皇上打入诏狱（锦衣卫监狱），不久又被释放的那个鲁穆连襟庞泮。”

成化帝：“就是在惊天‘蟠龙案’中那个气宇轩昂、桀骜不驯的庞矮啊？这个人朕和母后印象颇深，还不快快宣来！”

刘吉：“老臣得知庞泮在翰林院以庶吉士身份学习三年，‘散馆’考试得到优等。本想放入翰林，可许多人说庞泮黑矮，有损观瞻；又说恐怕是未来的梁山宋江第二，就硬生生地给刷下来了！皇上，既然要用他，就得给他一个名分吧。”

叶绅、林俊等言官：“对！恳请皇上重用庞泮，社稷幸甚，臣等幸甚！”

成化帝：“依爱卿等所奏，庞泮当授何官为妥？”

刘吉：“这要先由吏部天官来说。”

吏部尚书：“皇上，庶吉士经‘散馆’考试后，优者除入翰林外，次为给事中，再其次者授为御史、各部主事。”

成化帝：“这祖制，朕也知道的，只是……”

吏部尚书：“皇上，我朝遴选给事中，就是六科言官，在京都的名额只有四十名，再加上一百一十名御史成为皇上耳目的谏官；另外，南京陪都还设有若干谏官。其简选的要求比为公主到民间挑选驸马还苛刻呢，那庞泮能胜任吗？”

刘吉：“皇上，庞泮虽为小小庶吉士，但连日上疏弹劾大国师，身入诏狱而无畏；再加上许钦差说他是个奇才！臣深知推选臣僚，先由吏部出面举荐，经阁臣讨论，然后由皇上定夺任命。”

成化帝：“吴爱卿！”

吏部尚书：“皇上近年任命大量传奉官，不就一个圣旨倒下去就完事了？今日倒叫臣……臣同意举荐庞泮。皇上，臣知六科中各科名额已足，只是工科还缺一人。”

成化帝目示着三阁老，万安：“皇上圣明！吾皇万岁、万岁、万万岁！”尹直：“臣同意暂授庞泮为工科给事中。只要能破解竹蒂面桶的玄机，否则重加究治！”刘吉：“恳请皇上决断！”

成化帝：“好，就授庞泮为工科给事中！宣工科给事中庞泮入朝！”

圣旨颁下去，雷厉风行！

安南王子与几个近侍低声交语：“庞泮？好像在哪里听说过。”“近日是从公主口中说出的。”“哦，这么说来，是与公主同乡了。”“对。就是那个几年前闹得沸沸扬扬的‘蟠龙案’主角，近来大国师想要了他的小命……”

陈宽老太监进来启奏：“启奏皇上，工科给事中庞泮觐见皇上！”

成化帝：“宣！”“传庞泮觐见！”吆喝声由内至外，此起彼伏。

肃穆庄严的朝堂上，重臣们峨冠博带，手捧朝板，反衬出身穿鹭鸶图案官服的黑瘦庞泮更加渺小。庞泮进入朝堂，三跪九叩：“臣工科给事中庞泮叩见吾皇万岁万岁万万岁！”

成化帝：“庞爱卿，眼前是安南国特派安南王子为首的使臣进贡的竹蒂面桶。来而不往非礼也，庞爱卿说说，我大明将用什么礼仪回赠为妥？”

庞泮：“皇上，先让微臣看了再启奏。”成化帝颔首。

安南王子冷笑着：“堂堂大明难道没人了，竟然派一个黑矮子前来！这不是大大的藐视我安南国吗？”

庞泮不亢不卑地回敬：“哦，原来是王子殿下，失敬了！我皇齐聚文武百官，在朝堂上接受贵国的进贡，已是给贵国莫大的荣耀了！像贵国进贡来竹蒂面桶，朝廷命我庞某前来亲自陪侍，在礼节上并未辱没贵国啊。而贵国与我大明相邻，一直来互通有无、礼尚往来，这些礼仪规章总该不陌生吧？王子殿下。”

安南王子：“小王已知‘人不可貌相，海水不可斗量’这句中国谚语的含意了，庞大人！”

叶绅、林俊等：“庞泮，好样的！”

庞泮回头报以感激的微笑，与叶绅等颔首致意罢：“请问王子殿下，贵国用毛竹蒂做面桶的毛竹竹叶不知有多大？”

安南王子：“竹叶与普通毛竹的竹叶是差不多的。”

“哦……”庞泮眉头一皱计上心来，“不瞒王子殿下说，贵国的毛竹还不如敝国天台山的毛竹呢。”

安南王子：“那，天台山的毛竹有多大呢？”

庞泮：“先不说咱天台山毛竹有多大——我天台山的毛竹叶啊，就有四五寸阔，两三尺长；如果把竹蒂派作用场的话，还可以做成豆腐桶。”

成化帝喜极：“庞爱卿，那就用天台山的毛竹蒂做个豆腐桶来给朕、给安南使者瞧瞧吧。”

安南王子：“小王也想见识一下贵国用竹蒂做的豆腐桶。”

庞泮：“皇上，殿下，那样会劳累百姓的。不如把天台山的毛竹叶拿来给皇上、给殿下瞧瞧，可行？”成化帝、王子颔首。

庞泮：“咱天台山的毛竹叶啊，还可以包粽子。包来的粽子请皇上、请殿下品尝一番，如何？”

成化帝：“好！”

安南王子:“庞大人说得有理。只要能看到如庞大人所说的那么大的竹叶,小王就佩服了,何况还能品尝到天台粽的美味呐?”

庞泮:“启奏皇上,从京城到天台往返五六千里,来回最快得个把月,太费时了。”

成化帝:“那——依庞爱卿所见?”

庞泮:“皇上,天台人在京为官的也有好几位,尤其是鲁穆大人家就有天台山带来的竹叶。还有,鲁穆大人的义女若水姑娘来自天台,她的巧手所包的粽子使得品尝过的京官们赞不绝口呢。”

许多官员高声附和。李孜省:“皇上,为臣只看到鲁大人家包粽子的只有箬竹叶,哪来的毛竹叶?庞大人,你千万不可犯欺君之罪!不可影响了大明与安南两国邦交的信誉!”

叶绅、林俊等:“皇上,箬竹叶也是一种竹叶,庞大人所奏请的何欺君之有?若庞大人所说的不行,那就请问李大人,您将用什么礼品回馈安南国啊?”李孜省:“这……”

安南王子笑了:“只要是竹叶,就不算欺蒙。不过,小王还要多谢李大人能告知真相——作为与龙廷打交道的邦交国来说,像李大人这样的大国重臣愈多愈好。皇帝陛下以为呢?”

成化帝讪讪地,刘吉见机奏请:“皇上,刚才庞泮所奏请的用天台粽招待安南使臣之事?”

成化帝:“着庞爱卿即刻操办此事,不得有误!”庞泮:“小臣遵旨。”

安南王子:“皇帝陛下以贵国特产款待,小王在此先行谢过。不过,小王有个不情之请!”

成化帝:“殿下请说。”

安南王子:“陛下,刚才贵国李大人奏以箬竹叶包粽,可不能用其他‘叶’啃,且这种竹叶得确确实实来自天台山——何不请贵国李孜省李大人作个见证,以表贵国之诚心?同时,小王亦愿派两个‘大明通’始终协助李大人督促庞大人以天台箬叶包粽子,陛下以为如何?”

成化帝:“准!”

庞泮急忙启奏:“皇上,小臣也有不情之请!”

成化帝:“庞爱卿请说!”

庞泮:“闻说天台女儿李善兰如今幸蒙安南王子善待,被当作公主。小臣想让千里迢迢来到京城的欧山娘夫妇同女儿见上一面,请皇上和安南殿下恩准!”

成化帝:“朕无异议,殿下的意思呢?”

安南王子:“让小王先问过小妹的意思,明天再答复。”转身对庞泮:“庞大人心怀忠义有急智,小王佩服!小王读过《水浒》,知道宋江能做梁山之主,一百零七将单单服他管;而庞大人虽有宋公明容颜,却无‘孝义黑三郎’的反心!谁要说庞大人有反心,天端了赌嘴讲!”庞泮:“多谢殿下说了句公平话。庞某此心,可对天日!”

王子:“哦,庞大人,小王想庞大人刚才的‘不情之请’,谅小妹能够答应的。”

庞泮:“殿下,容庞某到时偕欧山娘夫妇登门拜访。”庞泮眼前晃动着李善兰娇稚而企盼的样子……

二、五凤楼前

天上滚动着厚厚的乌云,不时漏出一束束血红的光彩……

散朝后,文武百官一簇簇涌出左右掖门,不时三三两两在交谈着什么。

庞泮、叶绅、林俊等刚出来,李孜省偕安南两位使臣紧跟着:“庞大人请留步!”

庞泮等不情愿地停下脚步。“笑面虎”李孜省快步来到庞泮面前,脸上堆满笑容:“庞大人,本官既然奉圣命与大人一起操办‘包粽’之事,是为了大明与安南两国邦交,我等怎敢掉以轻心呢?烦请庞大人到礼部,与主客司一起协商如何用天台箬叶包粽子,须细细筹划,不知庞大人以为如何?”

安南使臣甲:“敝国以为贵国李大人言之在理,李大人、庞大人身系两国安危，敝国亦不愿看到彼此间不愉快的事情发生。”

庞泮：“事到如今，小葱伴豆腐本来就一清二楚了，还筹划个啥？庞某可不敢沾染上‘衙门’的习气唷，就去鲁家取来箬竹叶即可，关于包粽的事儿……”

李孜省笑容可掬：“庞大人误会本官和安南贵使的诚意了。庞大人，鲁铁面因公殉职以来，吊唁的络绎不绝，其义女若水姑娘哀哀欲绝，哪有心思上殿包粽啊？我等理应事先考虑周全，定个万全之策出来，然后好开导若水姑娘。两位贵使，是不是这个理儿？”两位使臣颔首。

庞泮：“若水姑娘的事体由贱内与鲁夫人去办就是，我们大男人‘男女授受不亲’啊。”

叶绅：“庞大人已成竹在胸了，侍郎大人到时候在龙廷上一展风采便是。”

李孜省：“话可不能这么说啊！也怪本官多虑了。有请两位贵使前去鲁家吧？”

庞泮：“要去鲁家可以，但要客随主便。我们去拿取箬竹叶，至于女眷和若水姑娘说话时候，贵使就不必跟进去了吧？”

使臣乙与使臣甲对视了一下：“鲁大人是贵国的大清官，敝国上下也佩服得紧。我们也去吊唁，以示敝国之诚心。”

三、鲁家简易的灵堂前

长长的街道上，吊唁者川流不息……

庞泮一干人来到灵堂门口，只见林虎偕几个弟兄卫护着皇太子祭奠罢出来，庞泮、李孜省、叶绅、林俊忙跪拜，眼角噙泪的皇太子虚扶：“众爱卿快快起来。”安南两使臣拱手：“见过太子殿下。”

皇太子还礼致意罢，两使臣在李孜省陪同下进内拜祭。孝服的若水姑娘偕洪大彪递过一捏已点燃的香……

林虎悄声对庞泮：“太子殿下要庞大人转告鲁夫人节哀顺变，同时要在下保护好鲁家遗物，尤其是若水姑娘。”庞泮神情凝重，眼前出现欧山娘夫妇望穿秋水、李善兰憔悴无助的叠映。

四、会同馆的南馆，李善兰歇息处

一头蓬蓬松松的黑发似乌云随风飘落脑后；两耳垂上的玲珑闪着微光；柳眉杏眼，玉鼻樱嘴——少女李善兰已是“安南公主”服饰，矜持中微透出些许憔悴英气。

镜头拉远，只见安南王子像兄长似的对李善兰说着什么。

李善兰轻启朱唇，一道道光亮随着明眸的扑闪、嘴角酒窝的掀动而光彩照人：“既然殿下要奴家做贵国公主，但有个前提，就是要两国和好，不得逼奴家做不愿做的事，说不想说的话。俗话说‘家和万事兴’，每个家庭都有自己的事儿难以对人言，何况一个国家呢？”

安南王子：“小妹说得是。身为王子，与小妹兄妹相称，也不能泄露敝国的内政机密。不过这次小王奉父王之命，带来竹蒂面桶进贡给大明，目的就是要使得两国世代友好下去。就对小妹直说吧，小王胞妹惨遭不幸令举国蒙羞，本当兴师问罪——但皇帝陛下已修书示好，小王又巧遇小妹，敝国臣民之心能得到此许慰藉。小妹将是安南与朱明睦邻相处的见证人哪！况且龙廷将你我特意安排在这本是朝鲜贡使歇息的南馆里……”

李善兰：“贵国公主蒙羞，奴家也风闻到一些，深表同情。奴家对本国的‘两脚禽兽’也是切齿痛恨的，恨只恨奴家只是一介女儿身——所幸的拼命保得清白之身；也多亏殿下哥哥的救护，小妹这厢有礼了！”

安南王子喜不自胜地还礼：“小王痛失胞妹，如今天上又掉下个神仙似的小妹妹，其欣喜为何如啊？！小妹请坐下说话！”

李善兰：“奴家从小生养天台山，父母教诲要靠自己双手创造出生活的美好，做人要讲气节。这次奴家突逢变故，晕晕乎从鬼门关转悠到彩云端，不经意间成为安南殿下的小妹——殿下哥哥若有诚心促使两国和睦兴盛，奴家愿为贵国小公主，一手托两家。只是风闻天台山的亲生父母已风尘仆仆奔赴京城了，奴家多么的想与爹娘见面！”不禁潸然泪下！

安南王子忙递上雪白的手绢："好小妹，别哭介，啊？待小王明日亲口尝过若水姑娘亲手用天台竹叶包裹的粽子，与大明皇帝陛下商议定小妹是否去安南一趟后，自会与家人相聚了——到时小王亦执子礼拜谒天台山的父亲母亲！"

李善兰破涕而笑："殿下哥哥，奴家与亲生父母见面后，再请示是否去安南一回。假使家父、家母说我还小，那奴家就亲手做几个天台粽，请殿下哥哥带给异国的父王母后品尝，见粽如见'公主'面——待奴家长大了，必定去安南国探望殿下哥哥以及父王母后的。"

安南王子喜滋滋的："小妹妹如此善解人意，父王和母后闻之必心花怒放，眉开眼笑，会直夸赞你哥哥我找回了真实无二的'公主小妹'唷！小王即刻去催两个手下协助庞大人早点搞好'天台粽'，早早安排小妹妹与天台亲人早点相聚！小妹早点歇息，为兄去也！"

李善兰："殿下哥哥慢走。"

五、会同馆的南馆，王子歇息处

夜。使臣甲、乙手持几片箬竹叶，对安南王子说着什么。

安南王子笑了："这就是'天台箬竹叶'？看这叶片很大的，莫非其竹蒂，真的好做豆腐桶？"

使臣甲："除了万家党徒说不一定是箬竹叶外，属下碰到的大都说是货价真实的天台箬竹叶，能包粽，对若水姑娘的手艺赞不绝口哩，说是比听了苏州昆曲还有滋有味呐；至于这竹蒂能不能做豆腐桶，莫衷一是。"

安南王子："这个倒不必深究，只能说明龙廷有能人，庞泮有急智，将是我们安南国不可小觑的对手。"

使臣乙："属下刚才碰到贾存理了。据那个'天台佬'讲，箬竹叶只是箬竹叶，它带着'竹'名，却无'竹'实，根本不能做什么豆腐桶——庞矮在蒙骗殿下！"

安南王子："愚钝！我们进献'竹蒂面桶'的本意是什么，你等难道忘了？既然‘能人’就在眼前了，小妹也失而复得了，何不趁坡下驴，漫天要价多讨点封赏来得实惠？！”

使臣甲：“殿下远见卓识，属下佩服。只是那个姓贾的是个有剩骨就摇尾的主儿，能背叛他自家的祖宗家园，真的能忠心于殿下么？”

安南王子轻蔑地：“这种人哪，用完之后就像鼻涕一样甩了，真应了他们天台话‘像烂糖鸡粪挂板壁’，还‘满堂前烂臭’！倒是那位‘硬碰直裂’的庞泮庞大人值得深交。哦，打道回府时，我们向要面子不要里子的皇帝老儿面前多奉送几顶高帽，带小妹回国时，何不乘机‘裹挟’欧山娘夫妇同行？再恳请派遣庞大人为使臣。只要到了咱安南国，我们再四处打点、大造舆论，让他们有国难奔、有家难回，到时候，嘿……”

使臣乙伸大拇指：“殿下高，大大的高！”安南王子：“我们是安南人，你咋学起东瀛话来了？”使臣乙嘿嘿一笑：“殿下，属下搜集到京城内外偷偷传唱的民谣，害得厂卫缇骑四处捕人，也骚扰得我们的人不能踏实睡觉。”

安南王子笑了：“朱明江山如今内忧外患接踵来，风雨飘摇大厦朽，那民谣绝对不是讴歌什么‘成化盛世’的，而是五浊恶世的挽歌。说来听听。”

使臣乙：“万党指鹿为马，官府非驴非马，上头走马观花，下头溜须拍马，上任心猿意马，下去声色犬马，少见青梅竹马，难闻伯乐相马。百姓做牛作马，任由番邦放马，朝堂盲人瞎马，何时悬崖勒马！”

使臣甲：“殿下，朱明社稷如此朽浊不堪，何不配合吐鲁番、鞑靼小王子‘放马’直进中原，瓜分了他大明的日月星辰？”

安南王子：“你道本王不想？只是姓朱的沃野万里，关山千重，大泽龙蛇，草莽虎豹，像庞泮、鲁穆那样的能人车载斗量。想当年‘土木之变’时瓦剌国也没将日月一口吞下去，何况我等蕞尔小国？再说吐鲁番、鞑靼也不是省油的灯，搞不好则是为他人作嫁衣裳。几天来，本王见皇帝老儿精神疲悴了，将不久于人世间，

‘万家党’与‘太子帮’的争斗已趋白热化，我们安南坐收渔利为上策。”

使臣甲：“殿下说得是。中原一个人是条龙，三个人是条虫，擅长于内斗。只有当外邦打进来时，方能暂时捐弃前嫌，一心御敌；同时，雨伞骨里戳出的也不少。据‘内线’透露，尽管各地官员上本时信誓旦旦忠于皇上和万娘娘，但那是嘴上表的态，实际大部分倾向于‘太子帮’兼‘太后系’。别看那‘万家党’蹦跶得欢，万贵妃挣不到‘皇后娘娘’名分，名不正言不顺。有‘纸糊三阁老’之称的棉花宰相刘吉这只老狐狸打死也不肯说出据说能一剑封喉制伏吐鲁番的‘奇计’，何况那些怀着治世安邦之志的能人？出于对皇上的信仰，在敷衍那个万老婆子——可万老婆子却眼角朝天，还自以为是古往今来不世之女杰呢！”

使臣乙：“殿下眼光毒辣，一眼就洞穿朱明的五脏六腑。殿下，京城有股势力想让明天‘包粽’的事儿泡汤。那位若水姑娘去向不明，有的说已在‘女阁老’沈琼莲府邸，有的说已在老太后寝宫，有的说……反正已到了风声鹤唳地步。据说亦有股外邦势力潜入京城，欲纵火焚烧鲁家灵堂以造成京城混乱，嫁祸于万家党徒，或说是我们安南所为……”

安南王子：“天下一局棋，各方都在下。只要我们明天品尝‘天台粽’后见好就收，静观其变，火中取栗，最大限度地为我安南谋取福祉——皇帝老儿也知道，只要‘南’边‘安’了，他可以腾出手来对付其他三面的虎狼。因而你等配合本王摸透皇帝老儿的脾胃，眼前多捞点实惠为上策。龙廷么，肥猪一头，不是老虎，至少现在！”

使臣甲、乙谨遵命。安南王子睥睨着嘴角一撇：“大明国么，瘦死的骆驼比马大，水牛背脊拔散毛，何况皇帝老儿……”

六、礼部主客司举办的宴会上

先用两张粽箬一裹，呈漏斗状；然后放上糯米，中间放馅料，再放上糯米；再将粽箬一折套出两个角，最后用棉纱线一扎，一只美丽的三角粽飞速包好了。宾客们两眼直勾勾盯着若水姑娘一双灵巧的手，神奇的粽子一个个呈现在眼前……

安南王子等品尝着粽子，连声说："好吃，好吃！天台粽真乃名不虚传也！"

庞泮介绍着，比画着："天台粽，就原料论，有糯米粽、粟米粽、粟米番薯粽之分；就肉馅说，有腊肉粽、蜜枣粽、豆沙粽之别。"众频频点头。

庞泮："就形状说，整个粽子似'锥'外，粽顶显现三个角，粽嘴还有一个角，这四个角越尖越为美观。"东瀛宾客："这不是'毛遂自荐'的翻版么？"

庞泮继续："就食用说，春节期间作为招待客人的主食之一，亲友之间互请的叫'吃粽'；在端午节时专门包粽吃。在插秧、种麦等农忙时，有的包粽招待帮工亲友；女儿回娘家或返回夫家，以粽作为'伴手'亦常见。"

安南王子："庞大人博学，令人敬佩。"伸大拇指，一干人附

2017年12月18日，始丰小学曹亚楠（左）王丽平（中）来校拿取有关庞泮资料（为编写天台县小学三、四年级地方教材中的某一单元）

和。东瀛宾客冷冷笑着。

李孜省："这粽子，只要是大明地盘的汉族人，谁家端午节没有啊？"

庞泮："这端午节为的是纪念屈原，谁有资格与屈大夫相比？各地有粽子不假，但包粽的配料及粽箬，哪儿极富地方特色，哪儿就胜出。"众："对对对，庞大人言之有理，言之有理。"

文武百官与外邦宾客亦品尝着连声叫好。

"好，好！"成化帝边咀嚼着边夸赞："天台粽子，天下第一！"

阁老万安忙跪拜："吾皇万岁、万岁、万万岁！"刘吉满意地看着这场面，然难掩忧戚神色；李孜省阴沉地笑了，蛇一样的冷光从双眸射向庞泮，转瞬即逝……

随着"天台粽子，天下第一"的传唤声，传出殿外，传出京城，在天际间回响。字幕（兼画面）：天台粽子受皇封，轰动了当时京城。"天台粽子，天下第一"的招牌于举国集市上、饮食店中雨后春笋般呈观，生意红胜火。

成化帝兴致勃勃："箬叶飘香，一粽赏来千古事。"众大臣："龙舟逐水，百桨划出四时情。"

安南王子："千古铮臣罹祸。"部分臣僚："尔今屈子开颜。"……

东瀛宾客："这些纪念屈原的对联大都耳熟能详了，说多了乏味。难道大明朝缺乏创意么？吾今有联：'龙廷腐，府府糜，肉尽腑脏烂。'"

庞泮赫然立起："夏雨瀑，汩汩流，暴跌汨罗长。"兵部尚书余子俊："骇浪凫，袅袅乱，岛平枭首传。"众喝彩！

林俊、叶绅齐声："警钟鸣，呜呜响，鸟飞乌鸦聒。"

静场。庞泮："诸位，吾有一联：'端午节，节凛凛，殉节千秋，拯我国难。'"

安南王子："冬至雪，雪漫漫，凌雪万仞，看尔松魂。"众品味点赞。

成化帝："中秋月，月皎皎，圆月当下，乐吾民生。"众一片颂声……

成化帝："着李孜省、庞泮等爱卿准备好赏赐给安南的各种礼物，务必丰厚，不可失了龙廷颜面！赐封李善兰为安南公主，工科给事中庞泮为使臣出使安南国，书写两国邦交新篇章！"传来李、庞等"遵旨"声。

安南王子："大明朝，大大的好！……"特写镜头：安南王子笑着伸出大拇指！东瀛宾客悄声："殿下的腔调咋同东瀛敝国一样呢？接下来看我的：邦交蜜，蜜切切，吞蜜百世，出彼血痕。"

（2015年端午节）

1.会同馆是明朝专门接待朝贡人员住 宿的大规模驿馆，朝鲜贡使来朝一般居住在会同馆的南馆。

2."龙廷腐""警钟鸣"联句来自2015年5月搜狐社区。

石壁（庞泮）文化研究会老秘书长庞品芳（左）与天台宏辉过滤科技有限公司门市部叶梦娇（右）在电脑前。

卷三　觅春韵

今日之痛，源于昨日的放纵；
今生之苦，皆因前世的孽障。
于心头置一善念，让所有的哀怨融化
在感恩的心中。
忘不了的，不必刻意忘；
放不下的，不必急着放。
于心中默默为那些不好的经历超度，
它们的解脱，就是你的解脱。

——过尘客开示

绍兴中学在天台(1943—1946)

一篇30年前的文稿,揭开绍兴中学的"前世今生"

按:近日长沙抗日会战118名浙籍将士遗骸回杭,中国梦想秀助梦抗战老兵,习近平主席主持抗战胜利70周年纪念活动,杭州市主城区发生大规模抗日游行活动一系列热点新闻。在这个红七月,将大众注意力聚焦到了70年前,那战火纷飞的年代。

前言

绍兴中学百年校史里关于抗日战争期间流亡办学的记载:

1942年5月,日本侵略者再度南侵,诸嵊陷落。校师生分批再次南撤,经新昌、磐安、东阳、缙云、丽水,达于浙南宣平、瑞安大岜。

1943年6月，省教育厅委任赵载梁为校长领命复校，觅定天台街头镇校舍，于9月开学。

1944年2月，又在天台浙嶒村另择校舍，直至抗日战争胜利。

1945年10月，接收仓桥校舍。

1946年1月，迁回绍兴。

流亡办学期间，绍中师生跋山涉水，辗转千里，于冒险犯难中抢运和保护图书仪器校具档案，于颠沛流离间负笈苦读弦歌不绝，以祠堂庙宇为教室，以山地田野为操场，诚可谓艰苦卓绝，玉汝于成。其间，在浙嶒(旗前)村两年，组织绍中剧团，创办《绍中》月刊，宣传抗日救亡；发动知识青年从军运动，有19名高中学生志愿投笔从戎，奔赴抗敌前线。

基于编者的特殊关系，在此带你一起回顾一下，绍中在天台浙嶒村1944—1946两年的前世今生，可能是迄今为止，关于这段历史最为详尽的叙述，套用《中国梦想秀》舞台上吴缘先生的一句话："关爱老兵，刻不容缓。"希望能有亲历者或亲人子女，听到这些故事，想一想绍兴中学的前辈们，是怎样在最美丽的年华，用生命和鲜血谱写了一首感天动地、不屈不饶的壮丽史诗！

（陈方明　2015年7月22日）

一篇写于30年前的文稿，揭开了70年前绍兴中学抗战时期流亡办学鲜为人知的一段历史——

一、带你去当年的“绍中”一游

走进昔日“绍兴中学”(街头镇旗前中小学)的校舍，你会发现如今的校舍面南侧呈“日”字形；中间一划代表办公室(办公室里还有几条乌黑的椅就是当年的遗物)，两个空口为天井。

办公室北边紧靠老戏台，檐角翘起如鸟翅(老百姓说是旗前的风水地)；戏台的天井北边是大礼堂，雕梁画栋，四根出面柱已新油漆上(当年写“礼、义、廉、耻”四字，并注上解说词)；前面的匾当年是“曹家宗祠”，今为在任校长陈中清提议而书的“学而不已”；后面的横额是“五爱”(当年写“忠孝仁爱信义和平”)。整个大礼堂皆粉刷、装饰过，给学生打乒乓、爬杆用，古朴肃穆中透示出新时代气息；而当年礼堂中挂孙逸仙遗像，像两边贴“革命尚未成功，同志仍须努力”，像下面左边是“总理遗嘱”，右边是“三民主义国歌”。礼堂和北天井两边的课室是当年的高中部(今小学部)，七个班(每班四十五六人)，设有军训，也唱《义勇军进行曲》《大路歌》《铁血歌》等冼星海、聂耳作的进步歌曲。

二、当年的绍中，你虽办了只两年……

关于绍中内迁情况，民国《天台县新志稿》载：“本校原在绍兴，因日寇猖狂，原校沦陷，遂奉令移入本县平镇，继续办理，直至(民国)三十四年抗战胜利，始迁回原校。”本条的记载缺陷有二，其一为内迁时间未注，其二为“移入本县平镇”记载不确。然而，这仅是绍中在天台两年半间只能在县档案馆中留有唯一的一则资料。因为绍中是“省立”，款项、仪器由省直拨，校长与县长地位同等，人员的聘请、招生的工作皆由校长裁定，与地方、县府不发生关系。况且，绍中几次招生广告，皆登在《东南日报》角落头，而天台图书馆是解放以来建立，未曾收录过一张《东南日报》。至于师生的确数,更无从着手了(绍中移后资料全部随之迁至新址)。

如今,为了配合编校史纂县志以记盛世,现在只能从原房东的儿子曹寿正那儿收集一些,兼及当时在该校任教过的施凤掖老师以及若干绍兴中学毕业的学生,由他们回忆而笔录之。

还是回过头来谈谈为什么赫赫有名的绍中会相中并停栖于旗前呢?原因有四:

①古镇街头,当时成为浙东行署中心,旗前村距古镇只几里。

②当时区长曹照是旗前人。他认为引进文化,一可以鼓励子弟念书,二可以将人的排泄物肥田(当时缺少肥料)。

③旗前房屋空,当时就有开明商贾陈益辉家刚落成的新式洋房(适合搬迁原小学当校舍使用),陈益辉还愿将屋前菜园地让出,作学生活动操场用(今公共场所小操场)。还有老操场南边曹寿正家的那幢房屋在一般村落也是难以寻觅到的,而且非常适合做初中部教室;学生可分散到各农户家里住宿,女生宿舍据说就集中安排在洋房屋南面陈四喜的那幢房子中。

④整个村庄绿柳围绕,三面环山一面临溪。学校坐落在村东南,一边靠村(社会秩序乱时,学生可避免一些不必要的事故),东、南临田野(阳光充足,不受阻碍,有利学生身心健康),风景宜人,从校址、学校走向看是办学的好所在。

原绍兴中学主门

自民国三十三年(1944年)年初,学校迁移至旗前村,虽然只办了两年,但当年校舍的简陋,而学习风气的浓厚还令今天的村民所津津乐道!如说:“天一督孔(拂晓),学生就各自分散读了。”夜里则还亮着蜡烛灯、煤油灯。

当年学校兴盛,学生达700余人,来自“五湖四海”,如诸暨、仙居、嵊县、新昌、上虞、三界(上虞、嵊县、绍兴交界处)、绍兴、上海、杭州、鄞县(宁波)等。学生大都出身大户人家、官宦门庭。如当时“中国上海火腿专家”傅传香的子弟、新昌县县长傅某某的两位公子均在此就读。还有浙东行署主任鲁忠修的儿子、浙保司令祝鸣陶的公子亦在此学习(每餐由勤务兵从埠头送到学校里来,令在茅草棚下用膳的学生眼热)。然而,不管怎样,有这些子弟入校,就不能不叫那些“高级人士”更加支持这所学校了。

当年绍中轶事——

当时校长赵栽梁,诸暨人,民国三十三年(1944年)因鼻癌去世;接任的是王德懋(音茂),天台岭脚人,学校迁回绍兴后亦是彼任校长。教务主任是娄佩启,教务处注册组组长施凤掖(1944年

绍兴中学外景

绍兴中学办公室(后靠戏台)

来校);地理教师兼训育主任是余立文,另一名地理教员是杨金溪;事务主任是何一之(今在杭州),当年他负责后勤(每十天杀一头猪,隔五天有肉吃,教员吃得好如“办喜事”般。猪是分散养殖,饲养员是宣域森,工作出色,至今本地人还直夸何一之很“惠”呢!教员有40余人,主要有:外文教师施鉴已(曾在美国留学过,天台县人,施凤掖之父,曾任上海大公职业学校校长、县一中校长)、吴惠英(吴兴人)等,美术教师余国良(上虞人,今浙大美术教授),理化教师邹文江,高中体育教师董魏,数学教师陈康范,古文教师曹侃等,音乐教师马绍常(音乐专家,解放以来在浙大任教过)和庞宪聘(平桥人),还有地理老师杨金溪,生物老师吴乃燮。勤工(工友)就有40多人(工友多原因:进省立学校可免抽壮丁;学校租来许多田,由工友种菜、豆、花生等农作物,使得学校能以大米来解地租、房租)。

因为初中部借用曹家房舍,楼上楼下设8个班级(每班学额56人,实际上有多有少)。学校过着军事化生活。起床后被要折叠四方,做早操;平日开设公民课、烹饪课(由校长赵载梁之妻朱媚任教),初中还成立“童子军”,高中设军训。

陈益辉家(抗战时期小学)

抗战时期小学校长室

借宿的民居

高中办在旗前学校,军训由盛(音茶)教官担任。他是黄埔17期毕业。当时军训,有轻机枪1挺,步枪18支(施凤掖老师说有老枪4支),望远镜30多台,训练的壕沟在浙山脚。军训时穿制服、戴帽徽、打绑腿(草绿)。

初中的“童子军”教员是余鹤宾。平常训练:身上带有“六件刀”(一把刀有六用:开啤酒瓶、拧木塞、裁纸、吃饭、作瓢羹、钻孔),还有螺旋形刀,最后要带童子军绳、童子军杯。野营还带童子军斧、童子军棍,裤是短裤,袜是黑色的童子军袜,着美女草鞋(用线、绳、布头编结),左胸前佩戴中国童子军符号(丝织品,当时杭州都锦丝生产),颈系草绿白线条的童子军领巾,右口袋放一只童子军哨子(长似香烟,大如钢笔套,共两孔,吹出的声音是"沙沙沙"声,不似今之"瞿瞿瞿"声)。

女生一律穿裙子,鞋要清一色,少一样都不行(单是服装,穷人家便跟不起)。

除了掀起读书、军训热潮,体育、美术学习也开展得蓬蓬勃勃。

美术。余国良为了高中部学生写生,特地租了一个人坐在"百岁坊",供学生描摹练笔。其"模特儿"名叫小乌狗,旗前村人,个子高,头发长,生得奇特。

体育。当时七八十岁、秃顶的章鲁瞻老先生任教"公民"课间隙,总在山脚下打太极拳,为的是引起锻炼身体的热潮。体育教师董魏不断开展球赛,曾带篮球队参加省级比赛,并与外省球队展开"名誉赛"。参加当时篮球队的,今天台县还有一人,即赵家村人赵奇开,其人为"投远篮能手"。旗前人说:"嚓嚓,两只球就滑进了球网。"

还有进口显微镜17台,仪器放在旗山脚下的玄帝庙内……

办了只两年多的省立绍兴中学,教学质量之高闻名全省,如规定:每100个学生中有7人可享受公费补助,公费生学校包膳宿,还分发有衣裳等;而县一中当时100人中只有2人可免去学费,但没有生活补贴。

凡绍中毕业的人才,极受各单位欢迎(包括解放以来)。今72岁的旗前村民、当时教务处的抄写员曹德云说:"绍中的留级生,拿到县一中也是第一。"现在属于旗前学校管辖的大溪何小学校长曹寿正告诉笔者:当时他这个班(1945年这届)移到杭嘉湖就读,27人毕业,26人到浙大报考,皆被录取;由于费用的原因,包括曹寿正本人在内,无钱求学的学生占1/3,没到浙大读书的人又去复旦报考,又有8人录取。有孙茂焕(诸暨人,今在台湾)、金静珍(女,今任《南京日报》编辑)、周范生(诸暨人,上海某大学教授)、韩迪生(曾加入中国赴缅远征军,解放初在浙赣铁路工作,

1950年曹寿正与之有过相遇一次)。

……

1986年4月4日草于旗前学校

作者附记:为纪念抗战胜利70周年,故地重游,得到学生的大力支持,特将旧文发表,配以一些照片(若干照片由街头镇政府提供)。

百岁坊圣旨碑。“百岁坊”是纪念旗前村曹家一老翁(谱名平波公)活到九十四岁,官为宣德郎(宋为正七品,明为从六品吏员),帝封“百岁叟”。今拆除老校舍时,在戏台边发现“圣旨”碑。

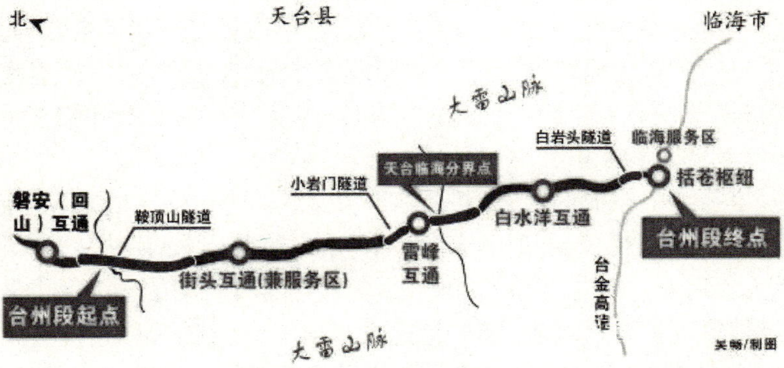

杭绍台高速公路示意图

旗前村名称来自村东边的旗山(浙山),从西南方向看旗山恰似五面旗帜飘扬。今将建造的杭绍台高速公路计划通向旗前村老校舍东边、旗山西麓,直达仙居县。

陈方明(左二)全家福

陈方明:文中开明商贾陈益辉之孙,1984年毕业于家乡旗前中小学。现为绍兴市天台商会秘书长,绍兴市越好家居有限公司总经理。陈家老屋与村中另一幢古民居(绍兴中学师生活动场所之一)今成为县文物保护单位。

2011年春节,旗前中小学1984届同学会合影

人生拐弯处

——恢复高考系列纪念报道七

1

本人生日这天，接到《天天天台》编辑电话，要求写一篇恢复高考的纪念文章，欣然命笔。

1977年的高考，是“文化大革命”结束后的第一次全国性高考，牵动了亿万名民众的心啊，毕竟是一代青春被白白荒芜的“知识青年”命运的转折点啊！本人躬逢其时，迄今五十年的人生命运亦在这儿“碧水东流至此回”。平素偶翻《红楼梦》，曹雪芹感慨“半生潦倒，一事无成”，以致成为撰书的动力之一：回忆恢复高考至今，亦有30多年之久——邓小平改革开放的航船也航行了30多年，祖国翻天覆地，举世瞩目。古诗说得好：“位卑未敢忘忧国”，位卑的我，尽管只是芸芸众生中不起眼的一分子，但深感个人的命运有时与国家民族的命运紧紧相连。

2

读小学二年级时，“文化大革命”开始了。记得每学期起码三分之一的时间过去，课本才发到手。课程能否教完，全凭老师的“良心”了。那时候闹“书荒”，家庭亦困难，只有一天三餐吃饭时光，手端着碗，膝盖上摊着一本连环画，或“禁书”。有时为了一本书，兄弟姐妹吵闹，甚至打起来（我们三兄妹平时很要好，亲情延续至今，只有青少年“争书”时例外）。

“文化大革命”期间，经历了小学五年半，初中两年半（当时提倡“学制要缩短，教育要革命”，小学六年改为五年，初中三年改两年，其中“半年”为过渡期）。在1973年夏升高中时首次恢复考试制度，我考上了有“台州黄埔”之称的平桥中学。内心这个欣喜啊，非笔墨所能形容出来的。多亏了考试制度的恢复，否则的话，不识字父母所养育的我，将只能在广阔天地里滚一身泥巴，炼一颗红心，永远与高中大门绝缘了。那时候，上高中、读大学，名曰“贫下中农推荐”，实际是“大队干部推荐”，有“脚力”的贫下中农才能推荐上呢！我的妹妹迟几年初中毕业，不能被贫下中农推荐，只好去“五七高中”就读，以致基础欠扎实，后来最终没能考上大学，成为一生的遗憾。如果没有把握住这次机遇，哪有我如今的人民教师、业余作者身份？推而广之，如果没有这次改变，亦没有如今举国至今五十岁上下这批人的“有为”啊！

3

在平桥中学的两年中，才读点书进去。那时的平中，师资相对较整齐，一些后来成为名师的老师曾执教过我们。他们的敬业精神，深深地感染了我们。像来自福建的吴剑扬老师，本来教俄文，转行教语文，本人深受其影响。他喜欢刻讲义，所刻的讲义有“成语归类”“怎样练习毛笔字”等内容，扎实了我的语文基本功。他还喜欢剪报，拿出大量的剪自“文化大革命”前的文摘本，名曰“读书方法论”，让我摘抄。我抄了十几本练习簿，接触了除一本书（《毛主席语录》）、“三个战”（电影《地道战》《地雷战》《南征北战》）和八个样板戏外的古典文化，开阔了眼界，初步知道还有那“上下五千年，纵横八万里”的璀璨时空，群星在闪烁。同时，“文化大革命”时期的书籍岂能喂饱求知欲旺盛的我们？同学之间偷偷传阅着“禁书”，诸如《林海雪原》《青春之歌》《铁道游击队》《草原烽火》等，还有越剧剧本《红楼梦》，这对13虚岁立志要写出“大部头”的我来说，无疑是在贫瘠的土壤

浙江省天台平桥中学1975届高中二班毕业合影(笔者为二排右四)

中撒播下大量的肥料。

然而,平中并非“世外桃源”,个别人一味强调“政治挂帅”却教学不得法,怎能扭转我们努力读书的方向呢?吴先生借给我摘抄的《读书方法论》被个别人发现了,说是“封资修”黑货,予以没收,后来不得不归还给我这个绰号为“老夫子”的农民之子!如今回想起来,本人在“文化大革命”中还能读点书进去,除了自学外,主要归功于整顿措施——1973年的招生考试,以及平中大部分教师的严谨治学,为我参加1977年和1978年高考,最终成为一个大学生奠定了坚实的基本功。

4

1977年,中断了十年之久的高考制度犹似“及时雨”。正如杜甫诗所形容的“好雨知时节,当春乃发生。随风潜入夜,润物细无声。”

本人两次参加高考,1978年被录取。1977年未被录取的原因,大概是作文《路》写得大而空的缘故吧?记得当时用排比段，分别写中国共产党成立以来，每个阶段毛主席革命路线的“路”取得的革命的一个个胜利。仔细对照人家的高考范文，才知道如何要以小见大、托物言志，这才醒悟过来。这个教训一生记忆犹新啊，抒情性的“假、大、空”最终被我远远的告别了！转年被大学录取，去报到的路上，不禁有贺敬之《回延安》的亲身体验。在开学初的首篇作文中，引用了“心头啊，莫要这么厉害地跳；灰尘啊，莫把我眼睛挡住了。”“手抓通知书我不放，紧紧儿攥在手心中。”“几回回梦里上大学——大学母亲就在这里”，竟被老师评语为“南腔北调”“无病呻吟”。尽管很长一段时间内难以接受，但对我转向写实确实起到了作用。我手必须写我心，才能写出“这一个”！

考上大学后，本人有幸碰到1957年被错划为右派的原《浙江日报》编辑的朱方褒老师，他对我写作文风的转变，起到关键作用。读初中时，偶然看到小人书《我要读书》，写少年高玉宝要读书却中途停学事，很感兴趣，遂将它改编成多场次的有说有唱的剧本，却苦于无人指导。1975年高中毕业后回乡接受贫下中农再教育时，偷偷在家看纸色发黄的竖排本《水浒传》《粉

1981年，笔者（前排左一）与大学同学在温岭烈士陵园

妆楼》《五虎平南》……所看到的《水浒后传》前面缺了几十页，试着根据后面提示补写前面情节，记得补写了密密麻麻的十几页。试着练笔长诗《天地翻覆》以及根据高中经历写就的中篇小说。朱老师（不是评我“南腔北调”的那位）看后说我写的无论哪一个人物，其腔调都是庞国斌的，说写教师要像教师，写学生要像学生，写农民要像农民，不同的人要写出不同人的性格特征，用言行等具体描绘出来；文艺作品中的每一个人代表着社会上的一群人或一个阶层，这就是典型性，就是你的“这一个”。此番话如醍醐灌顶！于是有了大量练笔，保存至今的有大型话剧《清水浊流》、电影剧本《山风过竹林》、自传体小说《走不出低谷》等。进入新世纪，与人合著的24集电视剧本《张伯端》与学术专著《范文探原法》由中国文联出版社正式出版。

5

人生有几条十字路，看你怎样去迈步。

回首这五十年的人生，我这个老实人是幸运的，碰到了两位能实现我志向的老师：高中的吴剑扬老师——他的重视基础、治学严谨促使我20世纪80年代以来在七尺讲台上重视学生的词语听写、古诗文默写及作业订正，连“i”上面的小圆点都要写规矩，故而80年代在街头一山村学校任教8年，至今还有些“小名气”；90年代起在平镇前山中学任教至今，语文教学质量辉煌时名列全县前茅（均量值第4名）。读大学时朱方褒老师——他的写作经，使我如今成为天台山文化研究会会员、县作协会员。教学与写作，对我而言，犹如鸟之双翼相辅相成，天高任鸟飞，海阔凭鱼跃。

回首这五十年的人生，我这个农家子弟是幸运的：1973年的高中招生考试，1977年的恢复高考，使我同举国有志的青少年一样能凭借“真货色”考上高一级学堂，从而避免了贫下中农推荐上学的命运，在自己的岗位上为国家尽绵薄之力。可以这样说，没有邓小平与改革开放，默默无闻的我可能仍旧在广阔的农村天地里无所作为，根本进不了高一级学堂深造，遑论碰到好老师传道授业解惑，更谈不上实现自己的小小志愿了——纵使能实现，单凭瞎子摸象式的自学，能有多大“花头”？如今在教学、写作之暇，仍旧摸一下锄头，这是属于自己的田园乐，乐陶陶。

1988届旗前学生三十年后与老师叙情
（左起蒋慧纲、曹剑铭、陈清山）

回首这五十年来的人生，尤其是三十年前的人生大拐弯，感慨万千。放眼望，三十年前邓小平开启的改革大航船，正乘风破浪挂云帆，莘莘学子成为大学生，成为现代化建设的国家栋梁才。古人说三十年为半生，这半生前后对我而言却是前后两重天。一个人一生总有几次十字路口，在这十字路中如何迈步，怎样追求，并不单是个人的事，在许多情况下却是与国家民族的命运紧紧相连；国家民族的命运大转折，亦给多少人生带来机遇和拐弯啊！

呵，人生拐弯处……

（2008年4月25日《天天天台》）

1996年，与写作兴趣组的杨彩飞、陈锦娟、陈文飞、葛红娇、李云（从左到右）在一起。当年的小树，已成林。天台俗语："只有学生状元，没有老师状元。"而笔者认为，只有老师状元，才有更多的学生状元。

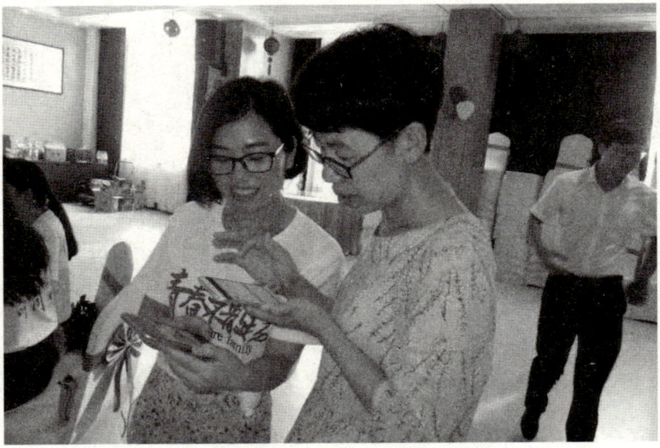

2018年前山中学98届（1）班同学会时贾柳阳（左）与当年英语老师余素萍（右）亲切交谈。《张伯端》出版后，在杭州打工的贾柳阳看到亲友带去的《天台报》报道讯息，从同学处问来笔者电话号码，打电话祝贺。余素萍老师调到平桥镇中后，还请笔者修改论文。

前山中学的内忧与外患

——在学校民主生活会上的发言

暑假期间,本人去县参加自己剧本研讨会,来自街头、城关的人士见我来自前山中学,就对我校近年来取得的成绩赞不绝口,认为一所农村中学位居全县第四,很了不起,并询问校长是谁,我欣喜地告诉他们。作为前山中学的一名教师,因自己花费了心血的学校在社会上很有知名度而感到自豪。

自豪之余,不禁深思,经过半学期的思考和了解,不禁为我校的前途担忧。我校在去年有关村民的告状,个别教师的告状,不算是“内忧外患”;本人认为,我校正在走向内忧和外患。真正的内忧外患表现在以下几个方面:

我校今年与花市中学合并,现在的初二,来自花市的好学生几十人在去年已经流失了;今年的初一,流失的好学生有60多人,而进来的唐宋、岳楼学生只有20多人——东林中学今年初一流失的与外地进来的基本可以相抵,平平过。可见,我校尽管知名度高,但这尊佛还不如镇中这尊佛“灵”,来自前山片的学生较大一部分宁愿去镇中、去城里买读,这对我校的发展前途来说,不是好兆头。再加上如今全县的政策,学生不论在什么地方都可插读,不像过去那样划片招生了,我对学校的如此“外患”深以为忧。而我们天台初中教学质量在台州地区远远落后于各市县(高中却遥遥领先),主要问题在于“磨”,在于“功夫团”,像××重点中学有人称之为“疯子教学”,单夜自修就三节半课。这种“奴隶主手拿皮鞭、资本家原始积累”的教学法在我校教师中也有不同程度的存在,包括我自己在内。

我们前山中学两年来位居全县第四,主要是教师的辛勤劳动和领导的有方。我们初三教师已意识到“磨”的教学、“功夫团”的教学再不能继续下去了,应该非教学改革不可。可喜的是教务处已经开始在这届初三采取措施抓教改,如自修课让学生自修,不准教师去占。我认为,一个教师只要钻透教材,钻研教法,才能进步,才能在激烈的教学竞争中立于不败之地。农村种下稻秧后,以前耘田三遍,横行直行草都耘去为止,而如今还见谁在耘田?种下六七天或十来天,撒下除草剂就好了。割了晚稻后种麦,过去双犁双耙,现在只要把麦子撒下去,盖上沟挖起的细泥就好了,这种看似懒惰的种法实际上包含着科学道理:双犁双耙,深则深矣,将“黄泥塥”也犁上来了,耙得多遍,泥土还很粗;而晚稻割后,细泥浮在表层,麦子一接触还残留着营养的细泥,还不会快快地发芽长大乎?资本家早已超越了“原始积累”阶段,利用科技力量突飞猛进,而我们好一部分教师的教学还停留在“原始积累”阶段。这样教学,自己永远不会进步,而教学质量是一所学校的生命,长此以往,我们学校还会保住全县第四的位置吗?我们学校说大也不大,说小也不小,小船掉头快,大船转身慢,如果等重点中学的大船转头了,而我们仍然在原地踏步,到那时便真是来不及了!趁着现在各校还在“功夫团”的当儿,我们的船先调头,这就是优势,时不可失,机不再来!我当年级组长的时候,曾三次拉年级段老师去白鹤、城关、赤城听课取经,教师比较满意,认为应该多出去走走。是啊,不到外校听课调研,永远只能是井底之蛙,夜郎自大,教师的教学水平只能永久停留在资本家“原始积累”阶段。各样节省一点,一学期出去的经费还会解决不了吗?我看我们学校能保住“老四”位置,已经是了不起的成就了!如果良厚中学赶上来,白鹤镇中学赶上来,全县许多初中赶上来,我们学校处境将更为艰难,再加上好生源的流失,我们这届初三要成为“回光返照”了!不能再“坐享其成”了,不能再“脚抖抖毛梳梳”了,教务处开始抓教改还不够,还需全校齐心协力抓,我校才能立于不败之地。

我担忧的是,一个单位兴盛易,能长久保住兴盛则难。历史上，瓦岗寨曾经兴盛过，主要是李密的功劳；但转年瓦岗寨就一败涂地了，何也？主要是李密依靠了魏征、徐勣（字茂公）等人才，转年刚愎自用，自以为了不起的缘故啊！这些人才终被李世民所用，兴了大唐。还有《西游记》，唐僧、孙悟空等人组成的取经队伍，唐僧就是领导者，他手无缚鸡之力，而本领通天的孙悟空会伏字加一点，是因为唐僧毅力强，为取来真经造福东土不怕八十一难，再加上唐僧有错即改、全心全意依靠孙悟空、猪八戒、沙僧。孙悟空属一个单位中的敢作敢为者；猪八戒属会做事，但动不动就撂挑子，毛病缺点很多的人物；而沙僧属于那种任劳任怨、默默无闻、埋头苦干的类型。到了西天取来真经，论功行赏，功劳不是唐僧第一，而是孙悟空、猪八戒。我们学校能兴盛，也是领导依靠教师取得的成果，这功劳第一当然也应该记在广大教师头上。如果认为唐僧功劳最大，孙悟空的本事都是领导栽培的结果，那我们学校前程堪忧了！君不见××中学和××中学曾兴盛而夭折，何也？主要在于用人不当，用个倒个；××中学也曾兴盛过，领导

笔者常将书刊奖给读书进步的同学，几十年从未间断。图中的张洁（右二）本是中等生，于2017年考上省重点高中；另两人为九年级的洪佳敏（左二）、陈梦洋（右一），表现亦佳。（摄于2016年冬）

报复心过重，使教师间的裂痕愈来愈大，不也是昙花一现？我怕的是我校也会步其后尘啊！我校基本不存在用人不当问题，而领导心胸是否宽广则还有些难说了。今夏在县参加剧本研讨会，见我来自前山中学，就说我对学生太凶："想不到你这样一个老实人，写作也蛮好的，怎么会凶神恶煞呢？"我追问消息来源，他们不告诉我，我感到自己在当年级组长与语文组长时，对学校能形成今天的局面，花了很大心思，听到不好方面在文化界人士中传播，心也寒了。恐怕不是一般教师向上汇报的吗？推测只能是领导。到底是现任还是头任我也说不清楚，我也不相信我校领导会向上不汇报教师的业绩而专说缺点的，希望领导有则改之、无则加勉。开学初，我在三(3)、三(4)班布置作文写我不好方面，只要说真话就行，三(3)班有个同学写得尖锐，我照样拿到四班去读，不信可问两班同学。我当年级组长兼一班班主任时，好学生都让给各班，做人没一点心胸还算一个教师吗？老实讲我校的兴盛还有一个重要原因，那就是地利。科平公路近在咫尺，教师调不进镇中就愿来我校，这是不可否定的事实。我校几年来调出的教师在所在的新环境中很吃香，如庞秋飞，赤城领导刮目相看；今年调出的周双琴，城关、赤城争着要。我想，如果领导不宽广心胸，不抓教改，不出几年，说得严重一点，我校的骨干教师逃光，那我们学校岂不倒坍？

我认为我校当务之急是抓教改，与教改同等重要的是安全问题。下午初三一个同学掷铅球时掷在同学头上，差点送命，幸而有惊无险。花市公路横穿"日"字形老校园人来车往，学生密集拥挤，我们教师最怕的就是这个。

话又说回来，几年来我们教师努力教学汗教得"直流"，而福利问题欠妥，这是广大教师最关心的事，呼声最高，恳请学校领导想方设法再提高一些教师福利。质量要上去，福利也要跟上，这样教师教学积极性更为高涨，教学改革的劲头更足，心情更愉快，我们前山中学的长久兴盛，也有了切实保障。所要说明的是，我是个普通教师，见解未必全面，有些话也尖锐，既然是民主生活

与蔡挺(右)一起。该生评论笔者:“生活清贫,父爱如山。”

会,说说谅也无妨。

总之,一句话:第一,领导心胸要宽广;第二,还需领导共同抓教改;第三,安全问题提到教改的高度;第四,福利有保障。

注:本文为1999年11月3日夜的即席发言,11月16日追记。

2017年正月初,前山中学原1989级初一(3)班在安科村“农家乐”举行同学会,蔡挺同学别出心裁将笔者与文学兴趣小组留影的照片刻在竹简上人手一份留念。

附：

前山中学之歌

农村初中叫前山，始丰溪水绕南边。
平桥自古耕读传，工商、文教肩并肩。
五凤楼外直声远，青山卓后书声连。
地灵人杰空中看，似鹰展翅上蓝天。

我的母校在前山，敢为人先治学严。
爱心塘畔草木妍，学区警钟伴炊烟。
全县第四年复年，春风桃李遍山前。
山后山前叠翠远，山前看山天外天。

(2015年9月)

1998年毕业考，前山中学首次位居全县第4名。图为前山中学98届初三(1)班毕业合影。笔者为该班班主任兼1995—1998年的年级组长，当年任教的语文中考亦为县第4名。2018年7月，该班举行20周年同学会，兼以欢送笔者退休情景，令人终生难忘！

“山前看前山”系列，于2010年9月至2012年7月上传于天台教育网，得到县教育界的一致好评。

烈日下的前山中学

——“山前看前山”系列之一

前山中学位于平桥镇东边，处于科平公路与花市公路的交会点上。20世纪90年代以来，学校走向辉煌，享誉全县。然近几年来，尽管教师们大都教学严谨，由于众所周知的原因，好生源大量流失，学校于夹缝中苦斗不已，然而中考成绩在全县还是居于中上游水平。今年我县平桥镇下属东林等三所农村初中撤并，我校西边盘踞着“老大帝国”平桥镇中学，北边虎视着同一级别的农村独立初中屯桥中学，东边偏南有正在崛起的始丰中学，对我校的教师触动很大。虽然我前山中学至今还屹立于西乡，但危机感迫在眉睫：下一轮的撤并对象是否被轮到？所幸的是，骨干教师成为立校之本，学校近来被评为县级扶贫先进集体（全县共7所），今夏升上省重点高中还有18人。新调进来的教师责任心强，给学校注入活力。故开学时尽管烈日炎炎，但我校改造环境和开学初的举措热火朝天，深深感染着周围的村民和学区环境。据传学区中有人曾打报告要求撤并学校，有老教师评述：“我校十几年来形成的优良传统正在回归。”

9月1日这一天，学校正常上课。午后，12位班主任带领全体学生冒着炎炎烈日清理杂草、打扫卫生。七年级有个班级不仅将自己分配到的整洁区彻底整洁，且主动将校门口通往公路的百米大道捡净纸屑、果壳等杂物，只见两排行道树绿意盎然。放眼办公桌、椅一尘不染，不见一个烟蒂，各种教学资料和仪器各就各

入团宣誓

位，澄明的玻璃窗内外影映出学校的新容光。

紧接着，330多位学生齐聚教学楼前浓荫处，12位维持纪律的班主任还未擦掉刚才劳动的滚滚汗珠，又顶着烈日，在谛听着烈日下大汗淋漓的政教人员的安全教育、校纪校规教育。政教人员疾至办公室用衣袖抹一下满脸汗水，旋又疾出继续“训话”。哦，烈日煎熬下的前山中学，将与兄弟学校严酷的竞争中延伸着往昔的辉煌！

9月1日这一夜，值日老师、全体班主任等巡视学生宿舍楼直到深夜12点钟……

开学以来，来校村民明显感受到学校如今不寻常的气氛。总务人员等爬上五层高的教师宿舍楼顶，亲自修理水管通道。从早到晚都能看到有关人员忙碌的身影，听到与有关教师一起谈笑风生的声音，感触到他们倾听每一位教师心曲的脉搏跳动。住宿生的夜自修每年级一位值日教师负责，班主任主动频出自己班级。献计献策初步蔚然成风。“老”教师的敬业精神深深感染着新调入的老师和来校修理的师傅……

9月8日下午3时半，学校庄重地举行开学典礼。教师们首次面对国旗宣誓，使学生既好奇又兴奋。天公也作美，本来炎炎烈日转向多云，凉风习习，似在预示着学校的管理在“烈日”中带着脉脉的温情。已故领袖毛泽东有诗：“雄关漫道真如铁，而今迈步从头越。”

开学几天几夜以来，学校各项工作严而有序，紧而活跃，可谓“行阵和睦，优劣得所”。平素治学严谨的，正成为再兴学校的主力军；由于其他因素造成工作不够努力的少数人，正深受压力，转化为动力。占有50多位教师的我校，拥有“小班化”试点的优势，在当前严酷的教育竞争中说不定是难得的机遇。天台有句俗话：“有兴兴腾腾(藤)，无兴瘪吞吞”“三勤夹一懒”，信然。

我前山中学，正在高温的“烈日”暴晒下，师生们感受到校园中成荫的浓浓绿意。一所花园式、生态林的农村独立初中，将以新的面貌接续着灿烂的容光！

（2010年9月9日）

全校师生会议

斜阳护道树

——“山前看前山”系列之四

“那几个社会青年又在校门口转悠了，劝都劝不听。”一个门卫前来报告。

“刚才离开了，现在竟然又来了?！听说要来寻衅打架——”政教主任跟着疾出。

办公室里只剩下为安排教师节活动而“焦虑”的主管政教工作的副校长(兼工会主席)。笔者催促:“你也去看看，人员安排的名单由我代劳吧。”副校长立即消失在门外。这是9月10日教师节下午的事，门外斜阳映照着……

少顷，副校长回来了:“劝不听，打电话到派出所，已经带去了。”

笔者接腔:“一般来说十二忙月，社会青年回家了，来校闲逛的也多些，可如今……”自从上半年全国各地发生几起震惊全国的校园血案以来，学校加强了护生力度，校门口早、中、晚均安排两位教师“督阵”;学校配备了“电警棍”，成立了以男老师为主的护校应急小分队，同时要求班主任家访时摸清附近村的“安全隐患”，以防患于未然。本学期开学初，学校加强了新门卫责任感，连同行政值日，每年级一位值日老师全方位值班，其中一位老师三餐时间协同门卫“把关”校门口。

学校占地40几亩，在农村中学算是偌大的校园了，管理起来容易顾此失彼。于是师生进出南校门，而西校门、围墙北门均关闭了好几年！迈出西大门就是南北横贯的花市公路，两旁民居、店铺密集，车辆穿梭，飞尘弥漫，给学生的安全带来极大的“未知数”和“偶然性”。北面偌大的操场敞开门，本来便利来自西、北、东边学生的进入，可一些村民逢三、八赶集平镇，亦从此门出入。

村中有人放牛于操场，后来协调了村两委，对其进行劝说，校园里才不见了一堆堆的牛粪；七八年来学校的安全才真正做到全封闭管理。

9月10日是星期五，政教处先集中全校学生于教学楼前，迎着四时多的斜阳光辉，在浓荫映衬下进行“安全重于泰山”的教育。笔者瞧见七年级男生一律平头，女生一律学生发，八九年级学生没有一个长头发和奇装异服。悠悠然拿着书包和生活用品，一个个、一簇簇，姗姗信步至校门口，并不时与老师打着招呼。

双休日，笔者同若干老师住在学校。周六下午五时左右，斜阳的余晖将校园内外的浓荫长长的投射在洁净的地面上；校门的拉门缓缓拉开，开进了几辆私家车，车里坐着四位青年教师——原来是七年级班主任整天在家访！笔者转悠至教学楼前，唯见在去年尝试的基础上再次设立的“特色班牌”在各课室门侧赫然！

9月17日又是星期五，恰巧轮到笔者值日。行政值日是政教主任，他安排笔者到科平公路上把关。集会“训话”后，胸前挂着红色值日牌的笔者迈向校门口，两位值日女教师已在那儿了。校门外边，两边行道树的浓荫下，前后排列的私家车井然有序，数十位家长在电动车、三轮车上等候，路道中间是一条长长的空隙。笔者穿越而过，向百米外的南邻周坎头村的东西走向的科平公路走去。公路上喇叭声声，车如流水，行道树上染满飞尘，五六个长发横叼着烟的立于南侧村口，唯见主管政教的副校长偕同政教主任、两位政教人员已在那儿了。

长长行道树浓荫下的百米通道上，斜阳的余晖还很“咬人”，男女生一拨拨从校门口“散步”而出，有的被等候的家长接走，有的扬手拦车，有的待车辆穿过后才“横穿”公路。下午五时多，笔者缓步至科平公路与花市公路交会处，向北走去，只见西面老校园关闭着铁门，一幢三层楼宿舍早已空闲在那里——2003年上半年，老生活区的校产已置换给大路庞村了，老宿舍的北面已矗立起私人别墅。一路之隔的东校门亦铁门紧闭，里面的老食堂已成停车场，老教室已重建成五层楼的学生公寓，当初曾设想在公路上方架设天桥以庇佑学生安全，如今师生全在酷似“台阶形”的新校园内，教师们能像南通道的行道树一样成为“护道树”了。值得大书的是，立校40余年来，两条公路近在咫尺，竟然未出现一起有关学生的重大交通事故！记得去年下半年的一个周日下午，斜阳即将下山时，纷纷回校的住宿生穿越公路的当儿，一辆大客车刹车失灵直撞在电线杆上，车头凹进去成一“大坑”，一女生疾避于行道树下，距电线杆这一“护道树”只一步之遥。自此学校布置了公路边的“值日任务”，力争将“奇迹”延续到永恒。

9月21日下午，学生又放学了，因为第二天是中秋节。请看我校的护道树们的表现吧！瞧，公路堵车了，我们的值日老师手指前方，护航同学们沿着长长的行道树下，有秩序的向东边走去。

（2010年9月26日）

前山中学大门口外景

敬礼，前山中学“水做的骨肉们”！

——“山前看前山”系列之五

眼见着“十一”的姗姗来临，我校男女教师以做实事来默默献礼。要写的事儿较多，想想还是先写我校的群芳们。有人说，如今并非“三八”节，讴歌群芳谱是否太早了些？然仔细想想，女性不也撑起历史的半边天空吗？

话说国庆节前夕，我校首次召开班主任会议。君可知12位班主任中，有9位是女同胞。

闲言少叙，先说七年级，4位班主任均是青年女教师。开学以来下班频繁，双休日驾车大规模家访，走遍了所有学生家，深受家长的赞誉。七(1)班班主任施小红是已有七年多教龄的英语教师，2007年度成为县先进教师；七(2)班班主任虽是个新手，却积极性高涨；七(3)班班主任多次带领学生默默打扫教师宿舍楼，除去宿舍楼后面疯长的野草；七(4)班班主任生养下孩子还没几年过去，就重上岗位。七年级班主任和女年级主任正成为我校一道亮丽的风景线。

再看九年级吧。4位班主任中有3位是女同胞，属于中青年“担纲”者。九(1)班班主任安卫琴是跟班上，今年被评为县优秀班主任，2006年的论文《碎了的不仅仅是玻璃》获县一等奖，发表于该年《台州教育》第2期上。近来的开学典礼，尽显青春活力的她代表全体教职工发言，教师们戏称她是“七年级小女生”，羞得她低头直笑。许峰敏老师已有教龄11年多，平素培养班干部管班卓有成效，成为2006年县先进班主任，并被评为市级骨干教师。尤其难得是许老师前年诞下龙凤胎，担任八(3)班主任毕，如今又担任九(3)班主任，其精神深深鼓励着广大的教职员工。九年级教师中还有一位葛丽萍老师，她任教科学，成为

2006年县骨干教师，论文《失败实验中培养学生的可持续发展》获市级一等奖。

至于八年级，则是初中三年易“两极分化”的年级段，4位班主任中也有两位是女同胞。为了迎接国庆大节日，方便第8周的秋季校运会召开，八年级已开始清理操场周围的疯长杂草；对卫生、纪律、学习的整顿抓得很紧。这届八年级段，八(3)班班主任和九(4)班班主任一样默默耕耘，近年来评价等级均为“优”；年级主任庞琍敏是市级骨干教师自不待言，代理八(4)班班主任的吕林娇老师则是教学“常青树”。这位有着14年教龄的女同胞，曾担任班主任9年，数学教研组长11年(迄今)，共有13个年度考核为“优”，不仅年年任教的数学成绩大都位于全县前4名，在教研区则首拔头筹，多年任教的英语成绩也位居教研区第一。任教期间，辅导学生参加县市级甚至全国性竞赛，有15人获奖，其中有县一等奖、市二等奖、全国二等奖。撰写的多篇论文获县一等奖、市二等奖，并有课题结题县级3项、市级1项。前山中学近四五年来处于艰难时期，然吕老师的教学成绩同我校英语教研组(清一色女同胞)的教学业绩一样依旧成为“常青树”，这确实是奇迹！2004年教实验班，均量值5.019，向教学极限挑战；单是上半年，在好生源大量被重点中学吸引走的情况下，她所任教的七年级中两

不是海边儿女，却有海的内涵

家访路上

个班的数学均量值3.77，为西片教研区第一。如今，因八(4)班班主任参加为期两个月的“领雁工程”培训，吕老师不顾体力透支，坚持担负起代班主任的职责，将每一位学生的成长点滴细致的记载于“班主任手册”和“教学反思”中……

前山中学如今共有51位教师，而女教师只有19人。然这些“女儿是水做的骨肉”，无论在学校的鼎盛时期，还是处于苦斗阶段，都坚韧不拔，默默耕耘。我校至今在全县还能居于中游水平，学校的“半边天”全靠她们撑起。古有女娲补天、造人的神话传说，学校2005年升上重点高中还有59人，而2006年、2007年只有23人，这漏了的“天”将由谁去补上？学校的滑坡急转弯，难道不是“泥做的骨肉”所造成的吗？如今学校在学区的大力支持下，在19位女同胞的“半边天”作用中，大部分男儿当自强，初步拉开学校教育质量回升的序幕。在国庆61周年来临之际，我们应向我们学校的群芳们——包括如今在赤城中学、外国语学校、平桥镇中学以及职业中专、平桥中学等“担纲”的前山中学老同事们，致以节日的最崇高的敬意！

（2010年10月9日）

锄头口，三分肥

——“山前看前山”系列之五

10月10日正午。四楼会议室。坐着11位教师。

还缺两人。一人请假，一人到学校附近村周坎头借锄头去了，校长说迅即就来。

闲聊开学以来紧气情况。校长对笔者说：“刚才打开天台教育网，点击率已超过120了。”说的是我们报导组于10月9日发出的《敬礼，前山中学水做的骨肉们！》一文。其中，涉及的诞下龙凤胎后仍坚持当班主任的许峰敏老师对笔者羞笑着“难为情煞了”，还有那位“教学常青树”吕林娇老师正在低头做着“班级记录”。

少顷，中年周老师满头大汗走进会议室，说十多把锄头已放在总务处了。身为副校长的原支部委员宣布前山中学支部改选会议开始。经过无记名投票，选举校长为书记，笔者为宣传委员，吕林娇为组织委员。值得一提的是吕林娇老师，十四五年来扎根

2010年10月10日，前山中学党员教师在劳动（右起：笔者、张永强、林秋祥）

农村独立初中“雷打不动”，既是又一次被推选为支部委员，同时又是工会委员。在党员会上，我们党员决心劲往一处使，共同撑起前山中学这条船。

成为教学多面手的吕林娇老师(左)与笔者平时各方面探讨较多。

下午第三节课是自修，大操场上一些学生在做体育活动；操场西北角疯长的杂草，初三同学正用手拔、用镰刀清理。偌大的校园四周围墙如带，绿树染墨，东边的排球场上教师正在练习排球。本来说好课业整理是党员带头挖沙坑，时瞥见书记肩扛锄头走过学生嬉闹的大操场，向东北角“挺进”，立即有几个党员教师和其他教师跟上。沙坑周围长长的枯茎齐刷刷朝天，间以疯长的杂草繁密，与人看齐。清理时，体育老教师吴老师规划怎么锄草、松沙的大致轮廓；新当选的工会委员陈老师手拿自家的茅刀，弯腰动手了……劳动时，老教师握的锄头像模像样，年轻教师逊色些。是啊，随着生活条件好转，中青年教师都很少捏锄头柄了，更别提十几岁的花季年华了！有些初中生连什么是镰刀更不知道，学校专门购买120把镰刀，三个年级段轮流除草使用。一月一两次劳动，人和镰刀口不“生锈”；教师拿锄头以老带新，吸引着入党积极分子和几位青年教师前来“助阵”。老话说：“锄头口，三分肥。”笔者赤脚干活，问其故，曰：“赤脚踏在泥土上，凉快而踏实。”看，沃土既会滋润校园的松柏参天、丹桂飘香、玉兰展颜、垂柳婀娜、幽竹挺拔，高树与低木俯仰生姿；也会繁茂有用的野草和无用的杂草，创作出淤泥、低洼和丘壑。只要我们党员带头，每锄一下，就能除却杂草还春色，扶起枯木吟秋诗。

(2010年10月12日)

天有不测之风云

——“山前看前山”系列之八

一年一度的秋季运动会雷打不动地举行了，学生最兴奋，集体主义旗帜高扬得最激越。在不同班级就读的兄弟姐妹也会为自己所在班级而争得不亦乐乎。开学时定下的时间在第八周，实际上总要推迟一段时日举行，盖秋雨绵绵，有时不得不挪到冬季进行。记得有一年，秋冬老天不作美，不得已推迟到转学期春季才响起运动员进行曲。不过，今年我校运动会于10月20日下午按时开幕，两天半时间里如期完成，尽管出现的“天有不测风云”还是较多——

阴沉欲雨的天，开幕时亮堂起来，至半下午露出一丝鲜红的光线，欣喜！翌晨，断电(平桥前山片)，“进行曲”不能高亢嘹亮了，在有些寒冷的天气照拂下，偌大的操场上显得冷清，然各位裁判员依然各就各位，“大地微微暖气吹”。有老师自告奋勇拿来自家的发电机，终未修好。口号声代替喇叭声，矫健的身姿伴随着“加油”的海啸声此起彼伏，感动得老天也暖和起来。夜幕降临，学生们东一簇、西一群在大操场、草坪间或围坐或拉手转圈或追逐打闹，嬉笑声直逗得肃立的排排秋树更挺拔着身姿护卫于长长的围墙边上；聚集于校门口的校领导偕值日老师、班主任一边企盼着电灯早点亮起来，一边作好备选方案——举行唱歌、讲故事等活动。待6:30，电灯总算亮起来了，学生欢呼雀跃涌进教室，与昨夜一样静静观赏着《大地震》等影视。至10月22日这天，老天阴沉的脸愈来愈厉害，总算还熬住。待我校运动会暨教师排球赛结束后，才淋淋沥沥地下了一两天……

这届校运会，老天总的还赏脸，虽然出现了一些“不测之风

2011年10月，慰问右手负伤的胡明芳（左二）

云”，但没有“旦夕之祸福”，顷刻间几多惊喜，几多惊叹！像50米迎面接力，八（1）与九（4）班有两三次接捧不慎落地，还取得了第三名的好成绩。像1500米七年级女生赛跑，七（1）班许女生已经跑至第5圈了，与此同时最后几名还没跑完第4圈，有人戏称许女生早吃了“一个勾周圆”（庆祝孩子一周岁时吃汤圆喜宴）；可巧，远远落在最后一名的亦是七（1）班的“大美女”，她挣扎着坚持到底，赢来了掌声！

这届校运会中还举行了教职员工排球赛。19日下午课业整理时，实力较强的初一队与实力颇强的初三队首轮以19:25告负，转场却以27:25艰辛领先，第三场以15:13取胜。而初一的陆老师两次救球，先跌了眼镜，再是右手负伤，痛惜中令人敬佩——转天他在场边呐喊助阵。第二天的田径赛事完毕，实力较弱的初二队与初一队决战，先是25:23领先，再是23:25告负——难得是初二队打出了斗志，打出了精彩；22日下午初二队与初三队决战，虽然最后失利，但他们坦言“输得光荣”。无论是哪一队，打出了一个精彩之球，围观的众多师生均会连呼“好球”，抑或掌声阵阵。就是夫

跳高

教师排球赛

百米冲刺

妻在两个队中，都为本队尽力。有一球，夫妻间在网的两边，你击过来，我击过去，触网为止。老教师孙老师说："几年前，打的球更好。有对夫妻在赛事结束好久了，还在球场上叽叽喳喳，争得面红耳赤哩。"

校运会期间，离休已有五六年之久的体育老师庞老师来校，与多年的体艺组长谈起几年来我校体育锻炼情况，说以前运动会召开前的几周，学生争先恐后地训练；今夏以来，操场周围的草儿疯长，待清理好了，定下的校运会时间也到了。校长说："本届暴露出来的问题，下届举行时必须克服。"是啊，这届初一有两位女生在立定跳远上破了校纪录，初二男生女生在实心球上也打破校记录。如果接着全方位将体育项目都温故知新的话，那我校的体育成绩也会在教育质量回升的时空中同以往一样占有重要一席。就笔者而言，五十多年来，对体育赛事从不过问，只有2008年北京奥运会和这届校运会例外。连书呆子都关注体育新闻了，相信我校的体育事业与教育质量一样再次"收获"有望，在收获中要做好难免"天有不测之风云"的思想准备。为什么要这么说呢？我校新世纪以来，每年上重点高中有60几人，就是2004、2005年还有56人、59人。可2005年5月中旬有人向省教育厅告状说前山中学在办什么"快慢班"，逼得学校重新组班，学生成批向校长室含泪请求不要分班而未果，造成了人心涣散，转年考进重点人数跌至23人！明明在办特色班，没有一个班不被重视，如今我县有些学校不也在办特色班吗，还上了《台州晚报》进行表彰呢。还是引用已故的毛泽东名言："前途是光明的，道路是曲折的。"

（2010年10月26日）

夜幕下的前山中学

——“山前看前山”系列之十一

墨黑的夜里，学生宿舍楼的灯熄了，时8:50。学校西北边转弯的围墙边上，几个黑影叠成人墙，悄然无声将自行车传递出墙外。少顷，黑影随着自行车在公路一侧的行道树下急驶，不时望望身后，见无人跟来，不禁得意地笑了。旋即来到平镇某网吧，将车抛置于门口，大摇大摆进入。待屁股刚刚坐定，觉得有人拍着肩膀，回眸一瞧，愣了——原来是政教处人员，其中一个男生嘀咕了一句：“只九点多点，这么快！”

众所周知，学校周边网吧、歌舞场林立，社会上拜金思潮泛滥，给学校住宿生的管理带来了很大的难度。开学以来，学校夜以继日“细化管理”，学校行政值日偕同年级段三位值日教师配合生活指导全方位管理。这几个男生在夜修放学后就躲于偏僻处，待有关人员熄灯后“弹压”各寝室纪律时就翻墙而出。想不到住宿的第一夜，每寝室清点人数，发现少了住宿生，便立即追人，于是那几条黑影在前脚后步就被逮了个正着。甭说是夜思想工作做到了深夜，转天即请来相关家长……接着，从附近村民口中得知学生翻墙上网的讯息，立即防患于未然。

十个星期过去了，住宿生按时就寝了，似乎没再发生什么事。十一周时，一个中层干部值日的晚上，刚刚熄灯，按常规清点人数时，发现一个男寝室睡得特别安静——开门进去，电筒一照，似人睡觉的隆起的被子中间塞着衣裤，有好几张床上都是如此。有关人员偕同班主任立即骑上摩托车、电动车追人，快到平镇时，这几个男生已往回走了。他们说学校要追查，还是早点回去好。

笔者深知，就是平常管理得很紧的学校，个别调皮客难免要出事。学校当年兴盛时，夜追“失踪生”是家常便饭。记得七八年前，有个从城里转到我校就读的女生，行为乖张，只在短短一年半

夜自修情景

时间内却如换了另一个人！至今，该生的家属还对我前山中学的校风赞誉有加。学校是教育人的地方，正气就要压倒邪气，才能使祖国的花朵和小树苗茁壮成长。

学校在对住宿生的管理中做到“随风潜入夜，润物细无声”。十二周时，是行政领导值日，笔者也为教师值日。是夜，初二(2)班一女生在夜修时突然昏厥，初二值日的洪老师以及在办公室批改作业的几个老师偕同该班两名女生将昏厥的女生从二楼抱扛到一楼大办公室(教务处)的长背椅上进行抢救；校领导迅即驱车请来诊所开在山头庞村的鲍医生来校救治。这边，女生长时间昏厥不醒，学校老师急如星火；那边，接到电话的女生母亲姗姗来迟。医生表示要立即送往县医院抢救，该女生家长竟然要求医生拿药在学校诊治，接着又缠住医生上百次说非要在村诊所抢救不可。我们老师将女生扛抬到校领导的自驾车内，在场的十几位老师纷纷“焦虑”，女生的另一亲属也同意送县医院治疗。学校派出教务主任、正副总务主任开车前往，一直陪同着昏厥了两小时之久的女生，女生最终苏醒了过来！期间校领导不时手机询问诊治情由。直到夜深了，星月依旧无光，才感觉到秋冬之交的寒气侵蚀。几天后，学校就此事与该生父亲对如何教育、培养、关心子女作了深入的探讨。

杜牧有诗：“停车坐爱枫林晚，霜叶红于二月花。”开学三个月来，学校从秋至冬，校园的梧桐树叶纷纷飘落，而长长围墙边上的松柏还是墨蓝墨蓝的。

雪风呼啸看粉色

——“山前看前山”系列之十五

15日午后，似一群群白天鹅飞上天去脱下羽毛般的大雪纷纷扬扬，随着凛冽朔风旋转、横卷。刚从街头方向骑电动车回来的妻子说：“街头上面的朵朵雪花比街头下面的要大得多，打得脸生痛！如今我们平镇地方的雪下得与街头上一样大了！”望着“战罢玉龙三百万，败鳞残甲满天飞”，笔者乘汽车去平镇的照相馆定购相机，见街道上停驶的面包车背上铺上“大棉被”，几个来自紫凝山的村民来冲洗“雪中美景”，说：“要赏雪景，山上昨夜开始下了，如今有的山道上已走不下来了。”接着又有几拨人马前来冲洗照片，喜得摄影师傅眉头雪花般绽开。

借来相机回转学校，校园内外银装素裹，繁密的玉蝴蝶继续飘舞，一些教师忙着撷景，每周一度的周三下午“班会活动”已经结束了——这次是落实12月8日下午镇工委“法制讲座”后每班主题班会的“必修课”，由于天气骤变，学校加上了防冻保暖偕安全教育内容。是夜轮到行政值日，将县教育局的“电话关爱”送到每一位师生心中。住宿生照常自学，值日导师加强了责任心，许多老师的辅导、谈心照常进行，抓拍的几个镜头令人感奋。

是夜，学校通知附近通学生的家长来校接送；就寝后检查门窗和被褥，让住宿生在寒雪夜过得比家里还“温暖”。翌晨，彤云依旧密布，而学生或打雪仗、塑雪人，或追逐嬉闹，年轻的倩影伴随着笑声回荡在“柳絮因风起”的校园上空。几个老师积帚扫雪，用铁锹铲平冰滑的台阶，引来许多老师参与；值日教师准时刊出“值日通报”，政教处指导学生文明赏雪，不得将雪球带进教室，不要湿了衣裤鞋袜；有些家长纷纷送来衣服与教师的关爱共同融化

窗外白雪皑皑，室内书声琅琅

着皑皑积雪。哦，雪压树梢头着地，风啸竹叶背朝天；松柏苍翠且高洁，茶花绽放红火焰……

上午八时许，彤云中漏出粉红的光线，笔者抓拍了几张，惜电力不足，无法再接拍上午开始出现的阳光灿烂下的“看红装素裹，分外妖娆”。16日午去平镇，街道上人来车往，一辆卧满厚雪的面包车上站立着一个“雪人”招摇过市，行人指点议论着。定购的相机还没到，闻说县城方向堵车严重，这是今年入冬以来的第一场大雪呀！我校几位住于县城的老师在半上午前还是赶回了学校，正巧与雪后初霁相约。笔者途中甚觉雪风刺骨，在阳光中仍旧肆虐；但回转学校，见一老师正在校门外聚焦抓拍雪被覆盖的汽车，车下“冰淇淋”垂挂着。校园中一男教师正与教师家属的孩子们追逐打闹，几个女教师正在抓拍着，其乐融融！毛泽东的诗句一下子蹦涌出来：“雪压冬云白絮飞，万花纷谢一时稀。高天滚滚寒流急，大地微微暖气吹。”

（2010年12月17日）

红红绿绿的动

——"山前看前山"系列之十八

新年姗姗来临，尽管寒风销骨冷，然阳光灿烂，我校各班早已准备的元旦文艺会演终于在元月4日夜举行了！是日上午，校长室、政教处、总务处所有人员几乎"倾巢而出"，在教学楼前的平台上搭起了"戏台"，全校老师大都参与装饰。看，五彩缤纷的手工纸偕一个个小彩球、一面面小彩旗"装点此关山，今朝更好看"。一下课，学生蜂拥至台前，欢声笑语似潮涌。风将小彩球吹得在洁净的地面上翻滚，一个个女生扑彩蝶；有的学生在台前即兴排练起"溜溜球""兔儿舞"，有的班级在课室中见缝插针预演起话剧小品……

夕阳将金黄色的余晖涂抹在教学楼顶端时，戏台前坐满了学生，班主任和一些教师家属在一旁环聚着，黑压压的一片；戏台后侧的教务处大办公室人头攒动，化妆正浓，有老师给学生描眉的，

笔者平生唯一一次上台与学生同诵《弟子规》

元旦会演

也有女生给男生涂唇的，还有女生对镜自妆的。台前霓虹灯闪烁着，24个节目琳琅生辉，请来的录像师聚精会神地摄录着演员们的一颦一笑，班主任和一些教师在“咔嚓咔嚓”着自己班级及心仪“小星”的一举一动。

阴冷的晚风呼啸得更起劲了，台上的歌舞和拳术随着红红绿绿的动感着的霓虹灯一闪一闪得更出彩了。观众们站立起来了，形成前低后高态势，似海啸的掌声和风卷海浪的笑声此起彼伏。然放眼望去秩序还是井然的，中途插有年轻男高音的放歌，响遏墨黑的苍穹。结束时教师子女的二胡独奏和两女童的《外婆的澎湖湾》，似溪水潺潺，似二泉叮咚，似风拂林梢……

一年一度的文艺会演于8:30落下帷幕，近20位教职员工立即拆除舞台，各班留下的学生随即打扫卫生，不到半小时就恢复了教学楼前的整洁原状。校长将一个个小彩球分发给扫地的同学，与生同乐，将气氛推向高潮。说今宵坐在一侧参与评分，双脚下冷起，但看到热闹的气氛，心头就暖乎乎的。是啊，我校十几年来的元旦文艺会演年年出彩，而今宵尤其难忘——她将成为2011年一年中的新起点。

(2011年1月5日)

室有兰花

——“山前看前山”系列之二十二

清晨，白霜遍地，开车来校的老师说油被冰冻了，车很久才能发动。然是日很少见雾，丽日高照，校园围墙边的一长溜绿树以前方的绵延青山作背景，风姿寄高雅。

半上午，教学楼前大天井南侧围墙边，屈曲盘旋的葡萄藤攀上小店屋顶还来不及绽出绿芽，几盆兰花的被针形叶儿郁郁青青，数位师生围在那儿。少顷，只见工会委员陈老师和一名男生各捧一盆兰花走过来，男生走向楼上，而陈老师则将兰花捧至初一办公室，放在北边映窗的书架上，几位男女老师观赏着、赞叹着。笔者立即想起一名言：“与善人居，如入芝兰之室，久而不闻其香。”成语“芝兰之室”，为良好环境代名词。人为万物之灵，兰为百花之英。兰以她特有的叶、花、香独具气、色、神、韵“四清”，难怪古人将美诗文喻“兰章”，将真友谊喻“兰交”，将良友喻“兰客”呢。孔子说：“芝兰生于幽谷，不以无人而不芳；君子修道立德，不以困穷而改节。”李白赞叹：“孤兰生幽园，众草共芜没。虽照阳春晖，复悲高秋月。飞霜早淅沥，绿艳恐休歇。若无清风吹，

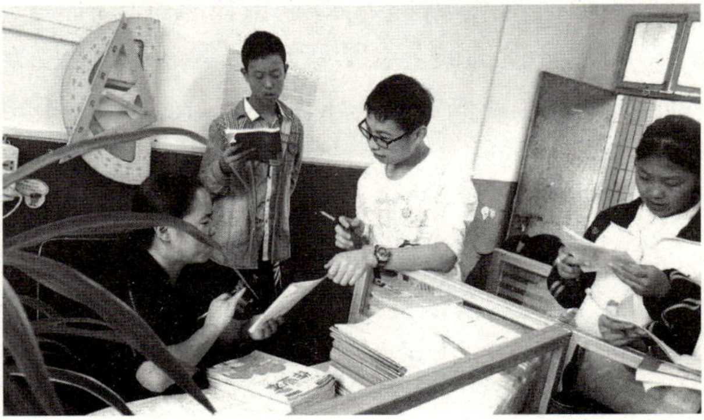

数学老师吕林娇（左一）勤于辅导学生

许旭艳(右)与同学在黄昏校园切磋时被刚学拍照的笔者碰到

香气为谁发!?”

今日欣逢“三八”妇女节,我校19位女同胞的节日,恰逢兰花入室,“幽兰香气远,蕙草流芳根”“常绿斗严寒,含笑度盛夏”,我校的女同胞们撑起教学半边天,英语教研组一如既往无怨无悔,吕玲娇老师十几年来数学教学成为西片教研区的常青树,各学科女老师点滴心血浇灌着小树苗们成材,不正是兰花的写照吗?

3月7日下午全校教师会上,校领导提前节日祝贺,并买来小礼品慰问,礼轻情意重哪!——推而广之,如今“二月春风似剪刀”,又是“三月客人实难做,一头行李一头货”,然而正如郑板桥咏兰诗所形容的:“身在千山顶上头,突岩深缝妙香稠。非无脚下浮云闹,来不相知去不留。”屈原也有诗,好像写的是我校的现实:“余既滋兰之九畹兮,又树蕙之百亩……”

(2011年3月8日)

笔者屡次为在省重点高中就读而上门请教的同学总是不厌其烦地修改习作。图为2017年3月12日,与在天台就读的贵州籍金艳同学(左)在图书室讲评其同伴周晴的作文《心不动》。

岂止是“隔代亲”

——“山前看前山”系列之二十五

听说我校文艺演出队已坐车出发了，笔者立即拽来自行车向花市庄前敬老院赶去！午后的阳光温暖着春之田野和村落，亦无心观赏。疾至庄前村，人们边嚷：“快去望戏！”边招呼着前邻后舍涌向敬老院门口。学生的宛转歌声老远传来，门口人山人海。笔者好不容易挤进去，只见院落间坐着老爷爷老奶奶，全神贯注盯着演出者。台上正在演“兔子舞”，因今年是本命年，所以倍感亲切，老人们露出微笑，有的轻声交谈起来。演出在进行着，有武术，有歌舞，有小品，尽管元旦文艺会演在校内赢得喝彩，然这次跨出校门慰问演出，还是赢来老少爷们的赞誉：“花了好点心机，真难得！”并指点着小演员，说这个是他隔壁的某某女儿，那位是谁家的孙子，倍感隔代亲，越发乐不可支，好似转少年，纷纷鼓掌。县广播电视台静静地从不同角度录着像，连“躲”在屋里的小演员都专注着窗外呢。

一个多小时顷刻过去了，演出结束了，“啊？好啦？”“好了！”“好了？”小演员们即刻拾起香蕉皮丢在垃圾筒内，打扫着院落，有的搀着老人进屋。女院长告诉我们：敬老院内的老人大都七八十岁了，还有九十三岁体格很好的老人，其中最大的九十八岁老寿星今日未来，很是可惜！敬老院外，记者正在采访带队的庞副校长，观众们将于近日见到前山中学团总支举行“暖春之旅”的良苦用心了。当今，我们天台中年人在外打拼多，无法亲自表达一下亲情；我们青少年在读好书的同时应以德育为载体，传承中华民族美德。

哦，这庄前养老院位于庞泮五凤楼之前，“花墅松声”曾为台岳十六景之一。500年风雨沧桑过，唯见五凤楼东侧花市小学前的两株“石壁樟”虬枝吐新叶……

（2011年3月16日）

我拿青春赌明天

——“山前看前山”系列之二十八

春姗姗而来，文人骚客与农夫园丁以不同方式绘春画、书春篇，美不胜收。笔者在浩如春潮的佳作中，最喜“诗家清景在新春，绿柳才黄半未匀。若待上林(御花园)花似锦，出门俱是看花人”。盖过去三年一度的“春闱”后，那些进士们进出御花园，成为万紫千红季节的赏花者。是时，布谷鸟“布谷”声声，催着农人“一年之计在于春”。面对草长莺飞，杏花细雨，也胡诌了几句：“春风梳出柳丝长，长牵衣袖添清香”“我欲鞭打春风，翠色夺我手”。

青少年时期被称作“花季年华”，自有道理；否则，待到秋风剥落了树叶的盛装，剩下光秃秃枝条突兀于肃杀的天际，后悔药无处买了！一个学生的青春若不加以善待，就似一些嫩芽不经意被

2012年校运会时，陈曹园(左)、庞丽媛(右二)、葛方园(右一)等畅谈被抓拍到

2016年，导读员徐千喜（左）与爱书管理员姜兰（中）、足球健将张妙心（右）喜读课外读物

揉碎蹂躏。为此，前山中学刚从严冬中苏醒过来，欣欣然迎来初春。为了不使“倒春寒”寒了花骨朵，采取了一系列“暖春”举措。看——

住宿生每学期只收800元（本学期900元），却吃得令家长较为满意，且有营养餐。学生在校生活，除了纪律约束、教其懂得做人道理、读好书以外，校园成为温馨的家园。老师们不时找学生谈心，春风化雨；老教师孙老师驾着自家车黑夜送肚痛女生去医院；3月30日下午，七年级团圆山扫墓时后勤组紧紧跟随着，一名女生“作痧”时叶绍飞当场为其“揪痧”……还注重培养学生的动手能力，不时勤拭门窗、打扫卫生、清洁环境，使校园红绿成荫，宾至如归；开垦荒地种上菜秧或洋芋，尽情享受着亲身劳作后的喜悦，笑声在春意中回荡。

我校为了强健其体魄，让学生做个雄健的国民，一直来坚持住宿生早跑。或晨光熹微，或白霜遍地，或细雨丝丝，每晨均要围绕大操场环跑三圈。两操每天皆坚持，除非操场有积水——上学期起要求不认真做操的班级留下重做，甚或个别当场督促示范，

有力地促进校风的紧气。本学期初，巧借全县评比广播操、韵律操的“春风”，体艺组偕班主任百尺竿头更进一步，雨天就在教学楼前大天井上伸手、弯腰、踢腿，自编操更注重青春的旋律和神韵，于冬青树、殷红茶花映衬中“让青春吹动了你的衣裙，让她牵引你的梦”。待到校园西侧“爱心塘”畔垂柳才黄半未匀的当儿，仲春将尽的第6周周一上午——3月28日敬礼国旗后的丽日升上碧绿天幕的10时许，我校全体320余位同学，齐跑至大操场，面对高高飘扬的五星红旗，面对着全体县评委，抖擞着精神，舒活着筋骨，展写着前山中学的特有风姿。往年比赛时我校得到全县中等名次，今年若能更上一步台阶的话，则幸甚。然针对我校实际，以重在参与、持之以恒为上策。待有序散场完毕，评委们来到教学楼北侧草坪里一树繁花前，不禁驻足感慨道：“这就是海棠花呀！”

海棠花碰到雨疏风骤，会绿肥红瘦。春之花，生命脆弱，正需要园丁的护持，尤需要经风雨，关山阵阵苍。对一年四季的人生之春而言，“青春无悔不死，永远的爱情”还远远不够，不虚度年华献给壮丽事业才是人生最大的价值。仲春过，清明在即，踏青正适时。如今满眼皆春色，出门岂是单看花！

(2011年3月31日)

励志教育

我的童心正荡漾

一个佝偻着背、花白鬓发的人慢吞吞行走着，能说他是“老顽童”吗？

能，那就是笔者。其外表一直是农民装束，身为人父——拥有两女儿；身为人师——在山村、农村初中已执教30多年。然笔者自以为还是个具有荡漾着童心的孩子。这童心，犹如天光云影共徘徊的湖面，一层层涟漪随风扩散。像笔者动辄半日发呆痴想之人，平素不是“死水微澜”，却是“一石击起千层浪”者。沈复《童趣》描述夏蚊成雷时，小作者烟熏帐内使蚊子冲烟飞鸣，想象为鹤唳云端，怡然称快。笔者独处时天上人间任穿越，化身古人何逍遥！乡贤紫阳真人90多岁时不也“有时自歌自笑，旁人道我神少”吗？凡圣贤拥有童心，更觉可亲。孔夫子，字仲尼，弟子三千贤才七十，头脑笨拙的子、侄、曾子和作恶多端的大盗都培育成材，孙辈子思成就大，在于孔子学而时习、不耻下问，“昔仲尼，师项橐(一个孩子名字)”给后辈树立了榜样！而曾与孔子并肩的朱熹开办了世界上最早的高等学府，桃李满天下，然大儿子朱塾顽劣不堪，非得请浙东学派鼻祖吕祖谦调教不可；三儿子朱在被福建人骂

两女儿与外甥在一起

为“乡蠹”，虽然后来世代享受朱圣人余荫。但晚年被反对派指责为“冢妇无夫而自孕(死去丈夫的儿媳突然肚子大了)，诸子盗牛而宰杀”——使得许多后人不卖朱子的账，何也?“存天理，灭人欲”故也。

追梦女孩，泛舟心海。青春荡漾，幸福满载。图为笔者与陆珍珍(左)、陆会会(右)两姐妹

身为严父的我辈，严而不苛，宠而不溺为上，不要以为子女永远长不大，陷入教育盲区。大女儿高中时尝试着沟通，如今在大学亦复如是，笔者深感如沐春风；小女儿还在读普高，起先要求读理科，一年过去了，“爸爸，我要读文科。”“好的。”女儿尽力了，“有多大能量就打多响炮仗”么。

笔者的为人与中年闰土无异，然内心拥有“深蓝的天空中挂着一轮金黄的圆月，下面是一望无际的碧绿的西瓜”意境，尽管平素要求严，但上课却旁征博引、妙趣横生，“少年闰土”们于1998—2006年时为笔者挣来均量值全县第4的荣誉。就教的第一届毕业生三载匆匆过，然数十年风雨倍添师生情，同学会已是“二度梅”了，昔日的学生早已为人父、为人母，相互探讨育女教子经，笔者“老夫聊发少年狂”。笔者深知，家长们希望自己子女这株毛竹长上天，多么渴望碰到好老师啊！一个好师长，热爱子女是本性，热爱学生则神圣。正如居里夫人在《我的信念》中所云，科学家也应当是“一个小孩儿”——科学本身具有伟大的美，科学家就像迷恋于神话故事的小孩一样如痴如醉。

(2011年4月8日)

团圆山之祭

——“山前看前山”系列之二十九

团圆山位于前山中学正南，两者相距五六里。那儿秀山叠翠，溪水冷艳，竹木静默，鸟儿啁啾，山村绕炊烟，桥梁跨幽溪，原生态中隐现新气息。那儿的农家子女就读于我校，我校年年的野炊就情有独钟于彼处的“小桥流水人家”。在这青山绿水间，静静地躺着一位年仅24岁就将青春年华献给锦绣河山的陈通标烈士。有学生在祭扫后写道：“把烈士墓建在这么美丽的地方，肯定是想到烈士生前的生活是何等艰苦，就要将他们埋在美丽的地方，让他们看着我们美丽的生活，含笑九泉。”

一年一度的清明到了，我校七年级104位同学在老师带领下，每人手持一朵纸花，排着队步行于蜿蜒曲折的公路一侧。公路似一条长长的卧龙向前蠕动着，红艳艳的团旗在丽日辉映下前导，身旁不时掠过车辆。而路边的风景亦赏心悦目——一大片一大片竹林郁郁葱葱，青松翠柏傲视云山，恰像墨绿山水画。间以桃花、梨花红白争艳，金灿灿的油菜花装点此关山，今朝更好看！

转眼间，向东越过由静谧的竹木映衬簇拥的幽溪“飞虹”，于山村村口转折向正南小径，左侧有菜畦竹篙，桃花三两枝；右侧临溪，幽篁森森，风吟细细，竹笋冒尖，鸡鸭徜徉……

烈士墓就在眼前了！

只见烈士墓倚山面西，直竖墓碑顶端的红五星熠熠闪光；西南面视野空旷，溪水呜咽，山风嘶哑，群山低首，竹木静哀。七年级全体同学成两行队列，在宝塔形柏树陪伴下向东低首默哀三分钟，庞副校长、政教主任、团委书记及班主任，所有老师垂手低眉，神情肃穆。接着，两位学生代表敬献花篮，一名学生代表向烈士致辞；副校长简述了烈士生平，勉励同学继承遗志成为擎旗人，让烈士的精神薪火传承，锦绣山河永不褪色。然后敬献纸花，面向烈士集体宣誓；19位新团员举起右手宣誓加入共产主义青年团，成为中国共产党的助手。在向烈士致敬期间，丽日温暖，一名女生作痧后离开队伍片刻后便回队列，于路上偕同学一道行走，表示烈士当年不怕死，这点小小困难算什么！

烈士休憩之地静悄悄，烈士墓正南向西的峰岩凌空突兀着一巨人头像，正凝望前方，这不是烈士永生的写照吗？“后死诸君多努力，捷报飞来当纸钱”“取义成仁今日事，人间遍种自由花”。哦，巨人头像；哦，烈士英雄！祖国的好山河处处树丰碑，丰碑永远屹立在中华儿女的心中！

回望团圆山，慨叹好名字！清明时节，出外远行的人们纷至沓来扫墓祭祖当儿，不也是一家亲友于新春佳节大团圆后的小团圆么？清明兼踏青，纪念先祖恩泽长，尽情赏春心舒畅，饱满精神干事业，多好的设计呀！新中国新建设来之不易，“为有牺牲多壮志，敢教日月换新天”，清明赋予新内涵，祭扫烈士陵墓是我们师生的必修课；且今年又为建党90周年，“团员”与“团圆”同音符，意味深长哪！

——我们是共产主义事业接班人！！！

(2011年4月1日)

学校彩旗队

特别的考试给不特别的考生

——“山前看前山”系列之三十二

4月29日上午9时，前山中学九年级105位同学来到平桥中学参加体育中考。笔者乘坐于九(4)班女生的那辆面包车上，齐耳短发的女生们拍手唱起铿锵之歌。

走进平中，只见万紫千红簇拥着幢幢崭新教学楼，空隙间流淌着人潮人海。偌大的体育场西北两面围着长长的铁网，网外人流汹涌澎湃，网内跑道上疾闪过健儿的身影！

转眼10时过去了，原先说的“准时开考”还不见踪影。阳光愈来愈酷热了，我们师生只得来到体育场北侧的体艺馆内歇息。馆内靠南侧是后高前低的一排排座椅，可俯视前面长方形空地上的一个个圆圈和搭起的南北走向的排球网，场地北侧是长方形高台，其后壁则是平中校园风景的最新宣传版。休憩着的学生们不时爆发出笑声和掌声——原来我校4位男老师正在“下方”挥舞着羽毛球拍，其“滑稽”的动作不时乐翻了南侧高座！

体艺馆外的拥挤地带渐渐空旷了，阳光炙烤得大地直流汗。我校同学一律短裤、运动鞋，一律清白色，飒爽英姿进军铁网内。当时温度为31摄氏度，带队教师抱怨：“天介热，已到午餐了，怎么出成

涌向考场

2016年，爱书管理员叶紫莺、夏秀娉、庞佳怡、叶紫丹（从左至右）

绩哇？本来讲好是下午考，临时提早，又是最后，得向‘上峰’强烈抗议！”

瞧！只剩下前山中学105位考生和十几位带队者点缀着平桥中学这空旷的体育场。

我们教师实在熬不住酷热，三三两两躲进树荫下、阳伞底、体艺馆走廊上，眼睁睁盯着铁网那边的健儿们一拨拨于跑道上“闪射”！只见一名男生绊倒在地，迅即跃起，疾射满分！最后一批人马上阵，最后一圈时，3位男生跑不动了，走了几步，又挣扎着跑向终点，还得到了24分的成绩。一对时间，十一点半。

我校这次体育中考除1人请假外——37人均为满分，平均28.53分，圆满地完成了学校的任务。如果半上午开考，说不定满分再多几个呢，嗨！

前山中学一直以来坚持抓早跑、抓两操、抓阳光体育，已见成效。就在这次体育中考的头天中午和下午课间活动时，七、八年级段分别召开质量分析会，找差距，补缺漏，畅所欲言，共看人间四月天。这次期中考，绝大部分学科成绩与前次相比亦有进步，以实际行动迎来“五一”劳动节！

只有亲身参与劳动，不怕流汗，不惮酷热，不畏困苦，方能品尝到成果的甜醇。

（2011年5月5日）

拔河不相信眼泪

——“山前看前山”系列之三十五

“哦——！哦——！”“瞿！瞿！”教师宿舍东边的窝蜂呐喊声夹着哨子声，恰似崩坍了的天一角。胡乱披件御寒衣服，慌忙奔到现场，只见生活区与教学区间的南北走向宽敞水泥通道上，在东西两侧狭长的宣传窗作证中，道路两侧散列着的学生们拼命呐喊，眼瞅着自己班级同窗分列于一根粗绳两端，正用尽吃奶的劲儿拔河！瞧各班主任舞动双臂狂呼加油，恰似班主任在竞赛。一个班级被“拔”倒于地，还没愣过神来，却被另一端从地上“牵扯”起来，反赢为败，还来不及扼腕，下一场又紧锣密鼓了！赢了的来不及欢呼，双眸便被下一场的精彩牵引去了；摔倒于地挣扎着被搀扶起来的同学，尽管手臂疼痛，走路一瘸一拐，但眼角没有一点泪水，流露出倔强神情。八(2)班庞碧娇手捏粗索时笑靥如花，比赛中先后两次与同伴一起倒地，旋即艰难爬起熬住疼楚——她读书好，表现佳，谁说“多水的江南是易碎的玻璃”？黄土高原上的安塞腰鼓是“挣脱了、冲破了、撞开了的那么一股劲”，“百十个斜背腰鼓的后生，如百十块被强震不断的石头，狂舞在你的眼前”。而在“佳木秀而繁荫”的南方，暴雨、阵雨刚刚送走高温的5月11日下午，细雨霏霏，吹拂的寒风凉飕飕，然前山中学八年级百十来号人的拔河比赛热火朝天！莫斯科不相信眼泪，正在上山的前山人只信肯登攀！

拔河结束了，同学们意犹未尽，还在谈论比画着向教学楼走去。教学楼前大天井上，还有七年级学生挥着羽毛球拍；北边大操场绿如茵，九年级学生正在踢足球。环顾四周，偌大校园清碧如洗，鲜艳的五星红旗于阴云下高高飘舞。

(2011年5月12日)

拔河比赛

倒地瞬间

不甘心(左一为庞碧娇,今在绍兴读行政管理专业)

野草莓前寒岩晖

——“山前看前山”系列之三十九

美国狄金森有首惟妙惟肖模拟童心荡漾的诗:“篱笆那边,有草莓一颗。我知道,如果我愿,我可以爬过。草莓,真甜! 可是,脏了围裙,上帝一定要骂我。哦,亲爱的,我猜,如果他也是个孩子,他也会爬过去,如果他想爬过。”岂止是孩子们,我们这些“上帝”看到“草莓”,也会情不自禁奔过去的!

寒岩风光(寒山子隐居地) (陈梦怡　摄)

近日,我们七年级老师驾车去后岸村,见岩前溪由南往北铺着碧绸温柔飘动,鱼翔浅滩,丁字步的长方形巨石东西走向任人往返。几位女教师赤脚涉水,不禁欢叫! 见东北角夕照寒岩,东南西方向坦荡如砥,叠翠铺绿,远处群山隐隐环绕,纷纷驾车至寒岩。株株桃树掠过窗

明岩(与寒岩是同一座山脊两边,寒山子隐居地)　(陈梦怡　摄)

外,人言桃花盛开时赏景尤妙,然夏景有夏景之特色。下了车,只见从西北逶迤而来渐弯转至东边之“十里铁甲龙”山色关键处,寒岩赫然!

寒岩洞西侧小蛇探头依稀见,东侧大龟上山何快速。俯仰生姿的茶木、层层铺垫的碧草荆棘间,散满了红艳艳的野草莓。我们一干人迅疾散落在“夏夜繁星”里,有边采边咀嚼的,有用塑料袋盛着的,有用野藤串成“佛珠”的,小孩在欢叫,老顽童在还童。不久前,我校八年级学生去镇中数学比赛,车内笑声朗,走进考场新奇感顿生。结果8人获县三等奖,9人获县二等奖,其中1人为二等第3名。尽管此次暂缺一等,然我们师生渴望“草莓”,管他是否“脏了围裙”!

部分教师还被野草莓诱惑着离不开,而我们少数人沿着羊肠山径直奔寒岩洞,见十余人正在拍照。夕阳还未衔山,余晖泛着金黄,衬托得蓝天碧山更苍茫。一群群紫燕、蝙蝠盘旋着,能容纳一两千人的洞府尤显幽暗。

闻说东边的“寒岩夕照”为天台八大景之一,立马就奔向那儿。只见垂陡的峭壁上余晖灿烂,青天落着白雨;乱石嶙峋,石笋斜长,柔树幽篁映衬。登上斜晖脉脉的巨石,眺望西南,心旷神怡。前年深秋,层林尽染,陪着来自北国三画家,言正气充盈于山野间,景致配得如此刚柔相济,全国罕见,1300年前的寒山子极会选地方,极有眼力。如今,有女老师攀缘不上,被巨石上的老师拽上去,在逆光中与峭壁苍松构成剪影。极目景如画,岩前溪泛银光,后岸村炊烟袅袅,满目山野夕照明。

哦,暮色苍茫看寒山,山前草莓摘不尽。

(2011年5月30日)

寒山子塑像 (陈梦怡 摄)

天台西乡人文异

浙东天台自古民间有东乡、西乡之称，东乡指城关附近及以东的天台山区，西乡指以平桥、街头为主的天台山区，位于县城东北的白鹤被称为“小西乡”。平桥一带古称“翔鸾乡”，街头一带古称“积善乡”；而东乡古称“永葆乡”“太平乡”。东乡有道教南宗祖庭桐柏宫，佛教宗派之一的天台宗国清寺，还有济公故里和五百罗汉道场；美景有举世无双的琼台夜月、石梁飞瀑，佛道双修圣地赤城山有时借指天台甚或台州。宋代以来，台州各县许多名人以“天台人”为荣。

别以为天台山的精华尽在东乡，西乡也独具风骚。不必说明代谏官庞泮“直声动天下”，挣来了天台城乡民居可建“五凤楼”式样；不必说闻名武侠小说的《易筋经》作者胡宗衡(号紫凝道人)是明朝后期平桥田中央村人，世界上第一部植物学辞典《全芳备祖》作者吴咏亦为南宋初平桥大吴村人；也不必说隐逸诗人寒山子隐居70年的街头明岩、寒岩是和合思想集大成圣地；单是整个天台自古以来成就“肉身菩萨”共三尊，其中两尊就在天台西乡！

天台西乡南、西、北三面环山，天台母亲河始丰溪由西南往东越过平桥盆地，向东乡奔涌而去！平桥溪南二十四都(今东林片)位于东南的“青山卓”突兀云天，隔溪与西北方向“西张卓”遥遥相对，“西张卓”与北边的千佛山(即五百岙)之间是夕阳衔山美景。远眺千佛山，酷似佛祖仰面而卧，首西足北，全长16华里，光晕供奉。佛鼻下面的前面山岙中，是广严寺，成就了唐代第一尊肉身菩萨“道荣活佛”(平桥大吴村人)，距今1200多年，比济公早两三百年，惜在“文化大革命”中下落不明。如今广严寺新建，正焕发出勃勃生机。

远眺卧佛

广严寺

青山卓是五代时志公和尚的修行圣地，闻名东南亚的《五公经》诞生于此。距青山卓以西几华里的紫凝山麓张家塘，为道教南宗祖师紫阳真人故里（紫阳宫）。在青山卓与紫阳宫的中间靠南处有个会龙庵，民国时有个外号叫“人干”（天台话，念“银坚”，意思人瘦得枯干）的放牛中年人，平素人家打骂他，他总是合掌念佛，最终成就了第二尊肉身菩萨，供奉于该庵中，解放初时遗落于东阳，如今据云还在彼处供奉着。近来当地正在重修“会龙庵”，欲以“人干菩萨”为载体弘扬乡土文化。会龙庵面对着西北方向的巨大卧佛，天天虔诚朝拜。至于第三尊肉身菩萨于2008年成就，就在天台慈恩寺，即俗称“黑洞”之处。他是永慈老上师，慈恩寺位于天台东乡与西乡交汇点处，距青山卓十几里，距卧佛三四十里。

我天台西乡耕读传家，文化与工商并重，棕绳棕线牵扯着五湖四海，独一无二的“平桥筛网”发轫于青山卓北边隔溪的花墅片（庞泮故里）。天台西乡人亦有“台州式的硬气”，清末“西乡反”震动朝野。清同治十三年（1874），丁知县违反康熙帝“永不加赋”旨意，擅自加征钱粮，街头生员余鲁材等上省城控告被打入台州府监狱严刑审讯，逼反了上万人“火烧县堂”，遭到残酷镇压。清光绪元年（1875），余鲁材等被昭雪，丁知县充军，被焚烧的县堂则勒令西乡的贪官污吏加以重修。“鲁材闹粮”的故事传唱至今，给山水神秀的天台山增添了亮色，它伴随着“人干成佛”、紫阳真人传说、道荣活佛故事、庞泮事迹以及近代文学家陆蠡面对日本侵略者屠刀壮烈殉国的壮举走出天台山，走向全国。作为天台人，我们深感自豪！

（2016年6月）

江南第一县堂与天台庞氏

(《天台西乡人文异》之二)

清同治十三年(1874),天台知县丁澍良勾结豪绅,不顾连年旱灾,擅自加粮中饱私囊。街头贡生余秉锡偕孙余鲁材等上省城控告,却被台州府监禁,22岁生员余鲁材被严刑拷打几欲致死。这逼反了西乡民众,荷锄入城,火烧县堂,杀死兵勇18人,丁知县逃。浙江巡抚调绍、宁、温、台人马血腥镇压。清朝军机处"录副奏折"116卷同治年间"剿办台州抗粮抗捐"卷中有余鲁材、梅乌龙、王作新等11人闹粮被斩记载。清光绪元年(1875)浙江乡试,台州各县生员乘机呈告丁知县违抗《大清律例》私加钱粮,台州知府拷打忠良逼反民众,由主考官上奏朝廷,结果刑部判决丁知县充军三千里,知府革职回乡,余鲁材恢复名誉,余秉锡出监恢复原功名,罚张思村、平镇西余村几个劣绅重建县堂。

这天台县堂本是北宋大中祥符三年(1010),被贬到天台担任县尉兼主簿(公安局长兼县府秘书长)的庞正己主持建造的。天台立县于三国吴国黄武至黄龙三年间(222—231),至今1800年,唐宋年间县衙多次搬迁(天台两次成为府治)。庞正己有感于当时县堂在天台西乡大地林(在今雷峰乡,距平镇十几里),可惜"衙堂向朝西北,非王国所宜","此县基座山鹰嘴岩,后属铅锡坑,前对童岩仙,左边西岭二大地,右首金银一宝山。其地非不名胜,而邑基道街近数亩,又属山僻局促,莫可明言。""余曾题疏,批准部议,委仰到地,择处定方。"庞正己就在清溪畔建造了县堂,自此县衙上千年来再未迁移(新世纪县府搬出老县堂,这老县堂成为江南唯一保存的古迹)。庞正己"在邑建学庠,明伦纪,兴仕籍,整蛮风,合邑感戴",故解绶后"士庶留居,乐何如也",就定居于天台西

天台陆淞文化研究会成立庆典(陆淞,即陆游兄弟。在百姓挽留下,朝廷恩准为第二任天台知府。卸任后定居平桥岩头背。)

乡浮山村——即平镇东数里外的大路庞村。天台庞氏先后形成大路派、塘头派、花墅派、东林派等(以上见《天台庞氏宗谱》),成为西乡一大望族。花墅派在明朝中期出了"直声动天下"的谏官庞泮,明弘治帝恩准在花墅建造五凤楼,自此天台民居可建成五凤楼式样,明嘉靖年间天台县城开八门(本来只开四门)。东林派庞元积于明万历初年主持建成"岳碶",将始丰溪水从上游引入东林各村灌溉。后蒋村车伯献、范文程等在清乾隆年间修建漾油碶(位于会龙庵北面)和东坑水路,将岳碶的作用发挥得淋漓尽致。岳碶至今仍发挥着旱涝保收作用。20世纪90年代,东林派庞氏族人在"岳碶庙"西南的张家塘地方修建了"紫阳宫"(紫阳真人故里),紫阳宫云蒸霞蔚,一派兴盛景象。

因岳碶是当时知县岳如厚支持修建的。《天台县志》记载岳如厚是崇安人,明万历五年(1577)到任。东林派就命名为"岳碶",并建造岳碶庙,塑以岳知县和庞元积像祀之,让岳知县居东首尊位。南宋初,爱国诗人陆游兄弟陆淞为天台知县,做完一任后朝廷调他去外地任知府,因天台民众挽留,朝廷恩准以天台知府待遇再任一期。陆淞卸任后就迁居平镇岩头背一带(在此地有北宋的兄弟驸马府,至今大吴村还保留着“兄弟驸马匾”,南宋时的吴咏就是兄弟驸马府后代),陆淞后裔出了一名近代文学家、抗日志士陆蠡。庞正己、陆淞、岳如厚等清官与贪官丁澍良形成鲜明对照。“鲁材闹粮”故事传唱至今,岳碑庙香火旺盛至今,清官乡贤的口碑传说至今,陆家、吴家后裔与庞氏宗亲等异姓叔伯繁衍生活于天台西乡这方热土上,将平桥打造成“台州三桥”之一(另为黄岩路桥、临海杜下桥)。1939年,县长梁济康在共产党帮助下发动天台百姓踊跃参军,报名1714名,实征1353名,其中庞氏有60人参加抗日志愿军,天台成为抗战模范县。新版《天台县志(1988—2000)》的出版发行,受到全国各地的赞扬,东林派庞国凭主编功不可没。近年来,“平桥筛网”风靡天下,许多庞氏宗亲在商界叱咤风云;庞学贵等使沸头村闻名四方,2015年11月就在沸头“和园”召开了全国庞氏一届二次会议。如今,平桥人继承文化教育与工商并重的优良传统,为佛宗道源的天台山书写着新传奇。而天台老县堂成为“江南第一县堂”,正静静立于清溪畔,向中外游人诉说着上千年的天台山风雨沧桑。

(2016年7月)

康熙《天台县志》卷三“主簿”二十六页:“庞正己,大中祥符三年,以将士郎守县尉兼主簿,后家于台。”

大地林古县衙地址 (陈远志 摄)

明代尚书范理墓、岙口范双象庙碑记

范理墓碑记：始丰溪畔，青山邑后，前山片政府之东侧，长眠着“江南清官第一”操斋公，形成了范文村落，见证着五百余载风雨沧桑。石人石马静默，圣旨亭肃穆，文武至此下轿马，知县常致祭。有谁知，“大跃进”时为垦荒，堪悲“文化遗产”遭毁，所幸原神道碑仍存县博物馆。时至一九八六年，国富民殷，族人踊跃，揖别荒草堆之萋萋，初现明尚书之荣光。二〇一一年十一月，“四房范理墓亭筹备会”成雏形，公之墓庐得重“新”，操斋亭内立鳌碑，小石室中藏家珍，花木簇拥，山水辉映，学者联袂凭吊，官民络绎展拜。二〇一二年圣诞佳节临，“范理文化研究会”亮相于赤城山麓，范仲淹研究会、宁波天一阁诸宗亲齐聚于佛国仙窟，天台山文化谱新篇，范氏族史翻开新一页。抬眼望——青山“卓”突兀云天外！

天台范氏四房操斋公派管理委员会撰

公元二〇一三年清明吉旦立

范理墓楹联：

浙东进士连三世，江南清官数第一。

自古秀才占半县，至今俊杰布九州。

注：范理墓在天台县平桥镇前山片办事处东侧。今建有“操斋（范理号）亭”与“风范长存”石屋。

街头镇岙口范双象庙碑记：

白鹤崇和大帝赵公讳炳，东汉东阳人。《后汉书》首刊伟绩，两宋时屡封尊号。江南最早之水陆保护神，近两千年香火鼎盛。吾村双象庙奉祀大帝，道场肃穆：东西双象拜殿阁，南极象岭挽峰峦，修竹携松柏叠翠，行人伴禽鸟偕乐。庙侧池塘溢彩，锦麟翩跹;岙北田畴铺金,溪流环绕。谁料文革狂飙落,神州蒙尘;转瞬改革春潮起,乡邑增辉。公元二〇一四年,阖村戮力,新祠庄严,金炉赫赫;玉盏放光,圣德巍巍。眼见的佛宗道源归真诠,我大帝呈仁广惠昭沃土。是为记。

岙口范、岙口叶村老协拜撰

公元二〇一五年仲春吉旦敬立

范理墓庐(左石屋,右操斋亭)

范理后裔范荣苗(右)请笔者起草碑文

张家塘和紫阳真人

天台西乡平桥镇(亦称平镇)过东林大桥往南800米处的紫凝山麓,就是道教南宗祖师、紫阳真人张伯端的诞生之地张家塘。张家塘东边有蝙蝠山、东南有鹿山、东北边有寿星山,三星环抱着碧波粼粼的一口山塘水库,而蝠鹿山岢间有紫凝公路蜿蜒而过,山岢边原有摩崖草篆“万世道宗”。沿着塘坝向西走去,只见似横放花瓶的明堂之中矗立着仿古建筑“紫阳故居”(即紫阳真人纪念馆),在丛峦叠翠的陪衬下更加古色古香。紫阳真人纪念馆占地3亩多,建筑面积500多平方米,1997年4月由天台县文化馆批准,平桥镇上庞村老协筹资25万元,用了短短18个月即建成。纪念馆大门面对东边的水塘、蝙蝠山,门两旁有楹联云:“万世同尊太上道,千秋共赞紫阳功”。纪念馆南边为头朝东边的金龟山(其“头部”即鹿山)。而金龟后双腿立有石碑“紫阳真人故居”,相传即真人出生地。距此两三里外的南边为国家级风景名胜“开岩胜景”。紫阳真人幼时跟随开岩寺方丈读书习武,领悟佛教天台宗的鼻祖智者大师在紫凝诵经说法的真谛,创立健身操——《圆通功》,为晚年得道奠定基础。这石碑西侧“鹤冠”初露,峰峦起伏,远处双狮挪球。立于石碑旁,目光掠过纪念馆上空,北面的两个山包名叫笔架山,或曰如意山、仙桃祝寿山,巧合的是隐含着紫阳真人一生经历。先是读书做官(笔架山);然后转向道教,钻研长寿之道(如意山),最后写出养生宝典《悟真篇》,使弟子寿臻百岁(蟠桃祝寿山)。在仙桃祝寿山中还点缀着“张果岩”“叶里仙桃”(换一角度即为“双鱼太极图”)诸景,令人拍案叫绝:好一个人杰地灵!

而紫阳真人99年人世间,却历尽坎坷。紫阳真人,原名张伯端，字平叔，后改名用成，号紫阳，生于宋太宗太平兴国九年(984)，羽化于宋神宗元丰五年(1082)夏。出生前，其家庭由于宗族矛盾，父母由上张村(今上庞五村)迁居张家塘，所取的名、字包含“端平伯叔”之意。年轻时屡试不中，其经历正如他自称“仆幼亲善道，涉猎三教经书，以至刑法、书算、医卜、战阵、天文、地理、吉凶死生之术，靡不留心详究”。长而为台州府录事参军40年，是个爱民有治绩的“父母官”，然而未见升迁，可见“凡事不会拣择”者难以见容于险恶的宦海。果不其然，他看破名利及官场的黑暗腐败，遂纵火焚毁公文案卷，充军岭南，幸遇桂林知州兼驻军将帅陆诜，主管机要。陆诜也是个“劳碌命”，走马灯般调动，真人也跟随奔波不止。后陆诜镇守成都，真人亦为四川节度制置安抚司属官。但真人一心求道，其性状亦如本人所描述的：“仆以至人未遇，口诀难逢，遂至寝食不安，精神疲悴，虽询求遍于海岳，请益尽于贤愚，皆莫能通晓真宗，开照心腑。”到了86高龄，真人宿于成都天回寺，遇吕洞宾嫡徒刘海蟾得道，创“三教归一”之说，先后著《悟真篇》《金丹四百字》《内炼丹诀》《奇经八脉考》等养生宝典。得道后，人生亦非一帆风顺，“自后三传非人，三遭祸患，皆不逾两旬，当年疽生于项背”。陆诜于宋熙宁三年(1070)逝世后，真

笔者与袁水清(前右)等在紫阳故居原址前

人回转天台几年，又转徙于秦陇。在凤州，又受黥刑流放，于彬州大雪时碰到石泰，由后成为嫡传弟子的石泰向凤州太守说情后才获释。呜呼，一代南宗祖师阅尽人世沧桑，晚年还两次成为“贼配军”，天道何其不公！所幸的是真人在百步岭羽化前，在桐柏宫创立道教南宗(即“紫阳派”，或称“天台仙派”)。在天台又传弟子刘永年(“南宗七子”之一)，刘弟子翁葆光首次注释《悟真篇》，向世人指明了“先命后性，性命双修”的南宗修持之法，对后世影响甚巨：元明出现了道教净明派、(张)三丰派等；无巧不成书，明代天台紫凝道人胡宗衡广泛吸取天台山的“佛宗道源”精华，于明天启四年(1624)在紫凝山紫宵道院编撰成《易筋经》，首次形成了较为完整的武术内功体系，成为中华武术内功之集大成著作。而真人中年在台州做官时的临海城，街道命名为“紫阳街”；其晚年修炼的南宗祖庭桐柏宫，正在修建中；其诞生之圣地张家塘，以新的面貌呈现在世人面前。

2017年10月5日与庞冬青(左)在紫阳宫内

(此文发表于90年代末《天台报》)

为了拍摄电视剧

浙东天台山，山水神秀，佛宗道源，三教和谐相处，举世罕见。

所谓“道源”，即道教南宗孕育于天台山。其创始人张伯端(984—1082)，即紫阳真人，又称“南宗祖师”，诞生于天台西乡平桥张家塘。其晚年在桐柏宫著《悟真篇》，东南道教圣地一跃而为南宗祖庭。《悟真篇》与汉朝魏伯阳的《周易参同契》并称“万古丹经王”，《悟真篇》被西方学者称为世界上第一部研究人体科学的专著。他从一个落第士子到平凡府吏，从两次充军的罪犯至开宗立派的鼻祖，一生充满戏剧色彩。他文武双全，精通各门学科，创立紫阳掌、南宗剑；他热爱生命，坚韧执着，为求道奔波于大半个中国，主张三教归一，在历史上产生了深远的影响。数十年来由于金庸武侠的普及，北宗(全真教)享誉全球，然南宗却“冷水叮当”，盖缺少宣传缘故。

天台前山中学庞国斌、袁水清有感于此，利用教学之暇，阅读有关典籍，走访文史学者，寻访张氏遗踪，反复构思推敲，经五年

袁水清(左)、庞品芳(右)与鲍剑导演(中)交谈

耕耘，于2001年年底由中国文联出版社出版了电视剧本《张伯端》，成为全国第一部讴歌道教南宗祖师的人生传奇作品。2002年，《天台报》《台州日报》《浙江日报》《浙江广播电视周报》作了报导。数千本著作随着专家、学者的推介走向各省市，随着海内外朝拜南宗祖庭时带走该书从而使之深受推崇。2003年国庆期间，山东电视台偕济南电视台莅临台岳。他们是导演郭征超，摄影美术师申正中，济南台主任、编剧张念钧等。县宣传部、旅游局等领导陪贵宾们游览了国清、赤城、华顶、石梁、桐柏宫和百丈崖。贵宾言："你们书中将天台景致写得美，实际上确实有如此的美。我们平时知道国清寺，却不知道国清在天台，也不知天台山在哪儿。因为天台山地处偏僻，宣传力度不够。"宣传部副部长陈虹代表县委于金腾云酒店设宴款待，贵宾们要求天台拿出300万元，其余款项由他们筹备了。2004年5月13日，济南台电视剧制作中心正式发函："题材可报国家广电总局进行题材立项"，寻找合作赞助企业"如有实质性进展，即可进入实质运作"。原县委书记周学锋批文县广电局操作此事，然未果。

2005年11月12—16日，经山东电视台邀请，《张伯端》作者之一袁水清偕来自张伯端故里的老干部庞品芳去山东考察，受到诸位影视大腕的热情款待。2005年12月6—8日，电影《孔繁森》、电视剧《大染坊》总导演鲍剑以山东广播电视总台、山东影视制作中心艺术总监、导演、制片人身份，张建伟主任以山东银河广告实业总公司主任总经理、艺术学院客座教授身份，董海龙以山东广播电视总台、山东影视制作中心总编身份等一干人来天台考察并选景。县委常委、旅游委主任褚人福，宣传部副部长陈虹，风景旅游管理局杨志成，外宣办主任许飞虎等热情招待。市场处副处长陈徐龙为导游，陪贵宾们浏览国清、赤城、桐柏宫、琼台仙谷、石梁飞瀑、天湖景区、县博物馆等处。游济公故居时，言在此可拍"室内剧"，张家、史家、庞家都可在此"安家"；游后令摄影、美术诸人于下午再去详察。鲍剑等贵宾专门谈了电视剧拍摄合作事宜，预计总投资1500万元，山东台与天台各投资一半；并详谈了剧本进一步修改及如何运作问题。临别时贵宾表示先到国家广电总局将《张伯端》拍摄权批下，争取双方早日合作成功。然由于种种因素，第二次合作又未果。

2010年“5·20”，天台山举办全国首个县级旅游节。2011年“5·19”中国旅游日，来自全国各地的旅客争相游览天台山，天台山的知名度在国内外一炮打响！2011年7月19日，距第一个“中国旅游节”刚巧过去2个月，山东总台鲍剑导演打电话给庞品芳，说现今拍摄《张伯端》正适宜，符合“和谐社会”主题，准备于近日再来天台山。自《张伯端》出版以来，天台有识之士呼声不断，山东电视台情系天台山，多次来访，拍摄首部由天台人创作的、讴歌天台历史名人的电视剧条件已成熟，“佛宗道源”走出国门已是水到渠成。前几次最终未果，主要原因在于资金未到位，无法进行实质性操作。相信随着山东贵宾的第三度莅临，我们天台县府及社会有识之士联手襄举，把《张伯端》这部电视剧推向世界！

(2011年7月22日)

笔者在图书室倾听来自天台边陲龙溪的陈紫燕(右)与来自祥明的林紫英同学对《张伯端》等书的看法

春风梳出柳丝长

“五一”期间，参加好友女儿的婚礼，感觉与二三十年前大不一样。三十年弹指一挥间，日新月异。

那天中午，好友女儿的婚礼安排在赤城宾馆举行，甭说有数十桌宾客围聚庆贺，气氛热烈，单是别出心裁的场面就让人记忆犹新。在礼花漫空彩蝶般飞舞、花雨般轻扬中，只见身穿洁白婚纱的新娘，手持话筒唱着情歌，款款从南边楼台走来，走向宴会厅的中央；新郎从北边唱着情歌，缓缓走向新娘。举目注视中，新郎、新娘牵手唱着情歌，迈向大厅北面的舞台。舞台上，司仪致以热情洋溢的贺词：“百年修得同船渡，千年修得共枕眠。今后生下的儿子取名英俊，女儿取名美丽，因为新郎今天很英俊，亲娘更美丽。”一位天台十佳歌手引吭的《好日子》久久回荡，一阵阵掌声经久不息。呵，轻轻一声祝福，融入了所有人的心愿；浓浓的半句致意，倾注了无限的真诚。意悠悠的一首歌儿，静悄悄地填满了空间。凝眼望，只见新郎、新娘在舞台中央忘情地拥吻，久久地，久久地……我的脑海里不禁蹦出了几句古诗：“关关雎鸠，在河之洲。窈窕淑女，君子好逑。”

几天过去，意犹未尽。恰巧友人与我聊到改革开放三十年来的婚事变化，我说：“我80年代后期结婚，记得当时手表、缝纫机、自行车为‘三大件’，时髦得不得了。想不到二十几年过去，变化之快，难以用言语来形容啊！”

日前，偶尔翻阅二十多年前的“练笔”，发现其中有个话剧《春风梳出柳细长》，写的是两家1980年春天结婚前后的悲喜，一些细节当时记下来。今摘录如下，与大家一起分享：

“办喜事，总要有个头绪，有一个人总负责，厨头的，叫客催客的、烹茶烹酒的，借碗盏桌凳的……各方面都要派专人负责，一项一项都分得眉目清楚，但生活不能安排得太紧迫了，要留有一定的余地。”（如今农村办喜事亦如是安排。）

“我们办喜事，面子上要过得去，让那些前来送礼的亲戚朋友高高兴兴转回去。可也要防止某些帮忙的人趁机捞一把，在要紧关头地方特别要注意。比如，烹酒的会把酒灌到热水瓶里当作茶汤拿回家去；厨头上总的碗数多少，你也要记一记。还有那碗‘放洞房面的’，都是猪肉、鸡肉上最好的部位，这碗太好了，你也要亲自端去藏起来。以免帮忙的人……”（如今农村办喜事，防“帮忙的人”像防贼似的已很少见了。生活条件好了起来，谁还“小鬼头”似的。有吃有用，人的气量自然会大起来。）

“囡啊，今日三月三，是你出嫁的大喜之日哪!‘额角头皮理亮’的都请到了。村干部来送亲，面子天大呢!”（叹如今，送亲的“额角头皮理亮”岂独村干部哉!）

“囡啊，你看看走廊上，丝绸被十二条，‘双喜’的图案家具连了套，还有开司米、羊毛衫、尼龙衫、毛毯、毛线、毛料、窗帘等等。还有，不是人造革的皮箱，你哥哥送给你的一对沙发……请客费用不去算，已经花去了一千八百五十元钞票。送进的鸡蛋也有四五千个，准备全村分遍。”（如今结婚场面，起码十几万元，我们都耳熟能详，何必多加饶舌!）

“我记得老戏文《还魂带》《东洋镜》算稀奇了，想不到还有这些新玩意儿?”“老先生，还有哪，镌有外文字母的瑞士表、日本的‘三洋’，美煞你这个古代人!”（如今有哪些“新潮”“前卫”，谁个不知，哪个不晓?!）

“柳丝争牵恋人裳，溪水有情流远方；啊!新春停栖柳梢间，春风梳出柳丝长……”

初夏，垂柳依依在塘边，在堤岸，在溪畔……摇漾的长长柳丝轻吻着水面，与鱼儿亲密接触，正谱写出一首“百年歌好合，五世卜其昌”的抒情曲儿，哼唱着一遍遍《好日子》的欢歌……

（载于2008年6月6日星期五《天台报》“周末家常”版）

镜吾照世清勤慎

——写于天台庞氏大祭祖之后

2015年是天台庞氏始祖正己公来天台任县尉兼主簿1005周年。

如今，天台庞姓人口已有四万余人。无论在家乡，还是分散在全国各地，每当清明时节，为了难忘的纪念，宗亲们无论远近皆纷至沓来，齐聚始祖陵墓前祭拜，以寄哀思。先人与我，血脉接壤；千家万户，心驰神往。今年的清明节祭祖是由致四派轮值，别具一番肃穆庄严。

4月6日上午，天气多云，气温适宜，大路庞村与桥西庙的中间高地是始祖陵园，周围翠柏与杂树错落有姿，墓前长联、横幅的

天台庞氏祭祖现场

文艺表演

白底黑字凸显醒目，意义深厚。始祖陵墓保存近千年还是完好如初，墓前高耸的石碑象征着先祖丰功伟绩永垂不朽。石碑前的南边供桌上敬列先祖遗像，另增加三张八仙供桌都摆满祭品，左右分别供奉全猪、全羊各一，同时在祖陵前面摆放满新鲜花篮。

供桌西侧端坐着天台庞氏联谊会领导与各支派代表，东侧端坐着致四派主要致祭成员。

看供桌西侧上方白布黑字横幅："昔年曾感平波德，今日更蒙旺族恩"，说的是北宋大中祥符三年(1010)，先祖携全家横渡钱塘时暴风乍起，波涛汹涌，幸蒙"家先庙祀之神"佑之，安然渡过。正己公解缓后，定居浮山宅(今大路庞村)时拟写了这副家对"恭而祀之"(原对"保宅"今以"旺族"代之)。

看供桌东侧上方的横幅，白布黑字与西边横幅咫尺相对："庙堂论道一朝去，台岳挥羽万载来"。是说我们始祖一家"我祖、我父，位冠鼎台，三代在官，无忝'清慎勤'三字"，始祖"志切经世"，为秘书省校书郎时"雕锦玉骢，一时有'北门学士'之目"。待选节度使当儿受兄弟"获贿坏事"牵连贬官到天台，人咸惜之，正己公说："况吾闻天台'霞起建标，飞流界道'，昔人固有希心登陟，而无慕于层城者:而余乃重以天子命挥羽其间,不更快欤!”来天台后,建学堂,明伦纪,兴仕籍,整蛮风,并迁建县堂,恩泽始丰,乡邑感戴,辞官后深感天台好山水及民众的诚挚挽留而定居下来,因而平桥成为天台庞氏的主要发源地。千年历史烟云中先后形成了大路派、塘头派、花市派、东林派等,花市派又繁衍出致一、致二、致三、致四及庄后诸派。我族五百年前涌现出“直声动天下”的清官庞泮,给天台城乡民居“五凤楼”建筑式样带来福音。

再看文艺广场东侧上方的横幅正与西边横幅默默相对:“镜吾照世清勤慎,正己为人齐治平”。我们始祖号“镜吾”,俗话说“正人先正己”。而“清勤慎”三字,是古代清官的座右铭。所以我们要感恩始祖,继承始祖遗风,弘扬始祖遗德。

文艺广场中间正表演着致四派各村自编自排的文艺节目。锣鼓队铿锵有力,充满阳刚之气。女子表演队或擎花伞,或舞木兰扇,婀娜起伏,似风扶杨柳,似白鹤亮翅。人山人海,重重叠叠,观赏着、啧啧称赞着,有的端起相机、手机咔嚓着、复制着。铙钹催,唢呐低,乐曲萦,鼓掌急,声声盈耳;陵墓侧,甬道边,花坛上,绿树下,景景入画。千年来,我们天台庞氏根深叶茂,为形成天台山的独特文化增添了辉煌一笔!

节目表演完毕,九时正,致祭正式开始。由轮值致四派主祭跪拜后,紧接着由大路派、塘头派、庄后派、致三派、致四派、东林派按先后顺序进行祭拜。

在今年的祭拜现场,气氛浓厚又庄严肃穆。令人难忘的是我们东林派上庞村96岁老寿星标烈公。看老寿星精神矍铄,他的表情既庄重而严肃,恭敬如仪,三跪九叩。这让我们在现场观看的晚辈们个个心服口服。我们正己公后裔繁衍到今天,人丁兴旺,宗亲和谐,特别是为还有这位健朗的长辈参加祭拜而感到自豪!

今后,我们将在先祖的精神激励下慎终追远,为创建和谐美好天台庞氏新家园而践行!

(2015年4月6日)

沸腾吧，和园

2015年“五一”下午，阳光灿烂。应沸头村和园董事长的邀请，天台庞氏联谊会参与开园仪式。来到沸头，只见颇具规模的和园广场。和园为江南建筑风格的别墅园林，造型别致的木屋与水上乐园，漂亮整洁的三层联排别墅，气势磅礴的仿古建筑，珍珠般的池塘与飘带般的小溪流将“和园”和村居连成一个美丽的整体。绿树成荫，园内小桥流水绕凉亭，雪松与金桂牵手，茶花偕杨梅含情，迎客松携红毛杉相拥，在近村炊烟、远山含黛、蓝天白云的映衬下别具一番乡野风情。

和园外，庆贺的花篮行列错落有致，婀娜多姿的村姑排列迎

中华庞氏联谊会一届二次会议于2015年11月19日在沸头和园隆重召开

宾。进入和园，不觉陶醉了。两层楼建筑典雅别致，中间宽敞的庭院可容纳三十张大圆桌，东西两侧楼上楼下的每间厅室皆以“和”字开头命名，像“和气厅”“和悦厅”“和合厅”等。楼上南廊陈列有佛像菩萨、山间修道的木雕；楼上西北角有能环坐二十五六人的特大圆桌，西墙边矗立着酷似清代帝王风格的龙屏，北窗外阅不尽江南水乡春色。

是夜，开园的仪式开始了。和园内外张灯结彩，高朋满座，乡贤云集。北侧的舞台上，随着沸头村两委的集体亮相毕，一曲《沸腾吧，和园》的男子劲舞铿锵登台。接着，无论是清丽甜美的《大地飞歌》《好日子》，还是彩伞舞动的《烟雨天台山》；无论是绍兴小百花的婉约缠绵，还是古今京剧“串烧”的热血喷涨；无论是笑声阵阵，以“欲扬先抑”手法展现三星村两委领导带头改变沸头村的天台小品《眼见为实》，还是掌声阵阵、刚柔并济的省队歌舞，均是好戏连台，目不暇接，台上共台下互动，举杯近话筒交接，场面火爆。精彩的节目刚一尾声，和园外鞭炮声地动山撼，烟火斑斓的色彩透过“天花板”电影般呈现在宾客所仰视的上空而更加灿烂绽放！

沸头村，现代的三星村，连着起伏的天台山“沸腾”吧！

附：

不仅仅“南宁”

（贺中华庞氏联谊会二届二次会议在南宁闪亮登场）

云中雨雪纷纷下，云上叠棉绣晚霞。
甫见暗潮机翼裹，方知亮色九州嘉。
工商论道风帆挂，陕地描图祖业夸。
壮志凌云云捧月，澄清玉宇种红花。

2018年12月15日

金花盛放枝叶簇

中华庞氏联谊会二届一次会议终于在金华胜利召开了！2017年6月16日—18日，来自海内外的328位庞氏家人齐聚金华，谱写了一曲大团圆之歌。

自中华庞氏联谊会一届二次会议于浙东天台的和园圆满闭幕以来的一年半时间里，经海南会议、木贤进祠盛典、重庆再庆及金华决议，风里雨里一路走来多不易！海内外庞氏家人翘首以盼的换届会议最终金花盛开永不败。会后，各地争相贯彻“金华会议”精神，这就是民心，这是全族意愿的最好诠释。

6月17日上午，金华市会议中心。在“庞氏携手，共赢未来”的签字墙前，人山人海，签下的大名一串又一串，“咔嚓”声的永恒瞬间一幅又一幅。偌大的会场前，主席台上方“中华庞氏宗亲联谊会第二次代表大会”大字醒目，主席台前就坐着二届筹委会领导和贵宾；会场后方的横幅中间“脉承毕公，望出始平”，左右各为“金花盛放枝叶簇”“广宇澄清玉龙飞”，默默感受着济济一堂和谐热切的氛围。

会议开始奏国歌，再向黄帝及庞氏始祖毕公高像致敬。首届会长庞青年致开幕词，首届执行会长庞言良作工作总结报告；宣读并全票通过《中华庞氏宗亲联谊会章程》及《选举办法》草案；选举了由各地宗亲会推荐代表为理事并召开理事会议，通过筹委会提名理事会选举产生了各级领导，以及以庞言良为会长的由19人组成的中华庞氏宗亲联谊会第二届常务理事会。新会长带领新一届班子庄严宣誓，代表着近200万名九州庞氏家人开拓进取，共创辉煌。接着，全体参会代表在广场上留下了珍贵的“全家福”。

金华会议现场

横幅“金花盛放枝叶簇，广宇澄清玉龙飞”联为笔者所拟（中间“脉承毕公，源出始平”是其他宗亲写的）。

6月17日下午，相继成立了商会、文化研究会、教育宣传委员会、法律事务委员会、妇女儿童委员会、对外联络委员会。尤其是商会的选举别具一格，几十位精英一字排列于亲们面前，毛遂自荐，当场表决。6月18日上午，隆重颁发牌匾和证书，每一位接受者在台上亮相的一刹那，实际肩上扛着海内外宗亲的殷切期望，任重道远哪！有关家人捐赠了字画，“源远流长”“天下庞氏一家亲”的墨宝与牡丹富贵图等相映成趣，伴随着新会长的第二届工作展望报告的展望而展现出我们庞氏前程似锦的画卷。

这次换届会议得以隆重召开、胜利闭幕、圆满结束，离不开海内外庞氏宗亲的鼎力相助，离不开东道主浙江庞氏联谊会全体成员的辛勤付出。会议结束后，家人们参观了“青年汽车集团”。19日，秘书处与对外联络委员会主要领导等来天台观光国清寺、济公故居及庞泮五凤楼，拜谒了天台庞氏始祖正己公千年完好的墓庐，小型聚会和园，领略“山水神秀，佛宗道源”的天台山风情。两次会议的先后成功举办，最大的凝聚了我们庞氏的正能量，尤其是在这次夏汛暴雨逆袭中显得更为重要。金华会议得到海内外90%家人的大力支持和热烈拥护。真是：

长江梅雨怜月灾，盛夏逆转有几回？回望九州何企盼，冥思三春不易晖。

暴雨过后江海溢，金花开前莺蝶飞。天台金华连两会，朗朗天际金光来。

浙江庞氏联谊会秘书处

(2017年7月1日)

卷四 闯论坛

黄昏之所以壮丽，在于它收集了整整一天的阳光。每个人的生命过程都可以像一截木头，不同之处在于你是选择熊熊燃烧，还是慢慢腐朽。千万不要将知识与智慧混淆，知识教你如何生存，智慧告诉你如何生活。

——过尘客开示

试论桐柏宫为“道教南宗祖庭”成因

天台的桐柏宫被誉为我国道教南宗祖庭。这不是今人自封的,而是宋代以降所公认的。为什么举国那么多圣地,却将“祖庭”的桂冠落在我天台山头上呢?

一、桐柏宫的自然环境奇特,符合道教“八卦图”。桐柏山位于天台县城西北,由玉女、卧龙、紫霄、翠微、玉泉、莲花、华琳、香琳、玉霄九峰环绕,桐柏宫就处于其中心之处,前案山为“朱雀”,后山为“玄武”,近的左“青龙”、右“白虎”,较远的则有左剑山、右印岩等,而闻名于世的琼台双阙,有“小黄山”之称的百丈崖亦在桐柏景区。传说中华始祖黄帝曾赴桐柏琼台受金浆玉液,被封为九天仆射的伯夷、叔齐与周灵王太子晋主管桐柏山。

二、历代高道尤其是司马承祯的隐居修炼,朝廷的眷顾使“仙山”名扬天下,桐柏宫开道教丹法南宗祖庭先声。于史可稽查的是三国吴赤乌元年(238),高道葛玄来桐柏山炼丹,建法轮院。《台州文化概论》写道:“继东汉、三国的葛玄与晋代的许迈以后,南朝梁武帝天监七年至十一年(508—512),陶弘景在台州的天台山、灯坛山、括苍山、玉榴山精修道教,开创佛道双修理论,奠定了台州道教发展的理论基础。隋唐时期,以天台山的桐柏观为中心,教理研究十分活跃,道教上清派的高道辈出,先后有徐则、王远知、叶法善、司马承祯、田虚应、冯惟良、应夷节、徐灵府、叶藏质、杜光庭、厉归真、朱霄外等。唐代中叶,陶弘景的四传弟子司马承祯在天台40年,进一步发展佛道双修理论,名重天下,武后、睿宗、玄宗三代皇帝四次召见问道。唐景云二年(711),睿宗下诏为司马承祯重建桐柏宫,周围40里严禁樵猎。唐天宝三年(744),玄宗命立桐柏观颂碑于桐柏宫,并亲书碑额,开道教丹法南宗祖庭先声。唐咸通年间(860—874),陶弘景八传弟子杜光庭入天台山,融儒道学说于一体,将‘体、用’哲学范畴引入道教,为道教的理论发展开辟了新领域。”

桐柏宫东北五里的云盖峰,唐长庆元年(821),徐灵府在那里修炼,赐号方瀛山;南边的玉泉峰妙乐院,原有三国赤乌二年(239)修建的王乔(即太子晋)仙坛;北边玉霄峰,号为“小桐柏”,叶茂质居此,唐咸通十三年(872),奏为玉霄宫,宋大中祥符元年(1008)改名“洞天宫”;西有唐大中六年(852)建造的白云寿昌观、圣寿观、法轮院。

到了宋代,太宗、真宗、高宗先后赏赐御书、御衣、御笔及高丽经帘等多件。桐柏宫香火兴盛,相传桐柏道藏占全国道藏拥有量1/3以上。据统计,宋真宗命张君房等辑成的4565卷《大宋天宫宝藏》中,录自桐柏道藏的著述竟占1300余卷,占全藏的30%;在120卷的《云笈七籤》中,录自桐柏道藏的著述也有30多卷——足见桐柏道藏在此两部巨著中的重要地位。桐柏宫成为名副其实的“东南道教圣地”。

三、邑人张伯端在桐柏宫修炼,著《悟真篇》,开创道教南宗,

桐柏宫外景

桐柏宫水到渠成地成为“南宗祖庭”。

张伯端，字平叔，晚年名用成，号紫阳，生于宋太平兴国九年(984)，宋元丰五年(1082)羽化于百步(宋时属天台、今属临海管辖)。张伯端，天台平桥人，他一生求道之路曲折，人生遭际离奇，从一个落第士子到平凡府吏，从一个充军罪犯到道教南宗祖师。他自成都遇刘海蟾得道后，于宋熙宁三年(1070)回转天台山，著成有“万古丹经王”之称(汉魏伯阳《周易参同契》亦称“万古丹经王”)的、世界上第一部研究人体科学的专著《悟真篇》；逝世前几年，又著《青华秘文》《悟真篇外集》，在台州各地传道尽瘁心力。他在台州留下广益子刘永年、无名子翁葆光等别传弟子这一“双修派”，其中刘永年为“南宗七真”之一；他的嫡传有医生石泰、和尚薛道光、箍桶师傅陈楠、道士白玉蟾。为南宗发扬光大做出巨大贡献的白玉蟾，在天台祖师爷处修炼了十余年。

我国道教自产生、发展以来一直是天师派、丹鼎派占统治地位。唐宋以来，丹鼎派中的外丹术逐渐衰弱，内丹术萌芽初露。张伯端著成《悟真篇》，成为内丹的集大成者。张伯端本非道教徒，但他敢于打破道教清规戒律，在授徒中不是“单传”，而是“普

桐柏宫内传道

传”;他著书立说,基本上将“仙家不传之秘”的养生之道告诉世人,开创了道教“紫阳派”(又称“天台仙派”),被后人尊奉为道教南宗祖师。祖师修炼、著书、授徒的桐柏宫理所当然成为“南宗祖庭”。

四、天台山儒、佛、道三教盛行,相互影响,为“南宗祖庭”增添了光彩。我天台山自古有佛国仙山之美称。甭说书圣王羲之“永字八法”启蒙于华顶,甭说孙绰的《天台山赋》吸引了无数的高人雅士流连忘返;单是唐宋之际,天台山的“千僧”与“万道”双峰并峙竞风流。隋朝时智者大师创立了我国第一个中国化的佛教宗派天台宗。一方水土养育了一方人,宋时的济公活佛至今风靡五大洲!请注意,济公与张伯端一样,都是宋朝时的天台山水养育成长的,他们在各自的“岗位”上做出的可说是“横空出世”的贡献!在中国宗教大辞典中,我天台的宗教名人占了1/3还多,这是偶然的吗?佛教、道教中有两顶“祖庭”的桂冠落在我们天台山头上,这是神秀多姿的天台山水和悠久璀璨的天台山文化中所孕育的两颗明珠啊!

自从我桐柏成为“南宗祖庭”以来,在历史上做出了没有辱没他名声的贡献。桐柏宫自此名道辈出,影响及于海内外。元末,张三丰创立武当时专门派人前来桐柏取经;明时,天台紫凝道人胡宗衡吸收张伯端内丹及中华武学精华写成《易筋经》第一本武学专著;清雍正帝赐封张伯端为“大慈圆通禅仙紫阳真人”,在桐柏等地敕建紫阳楼。

“南宗祖庭”桐柏宫“隐逸”于碧波粼粼、浩渺有涯的桐柏水库底下没过几十年,重修桐柏宫的计划正在落实中;我天台提出的“旅游兴县”只是一个起步,恢复南宗祖庭的雄姿和风采,时不我待啊!

(2003年发表于《天台方志》)

试论张伯瑞的人生传奇性

根据有限的史料爬梳，我们发现张伯端在他的不平凡人生中，历尽磨难，终于在晚年得道。其所创立的道教南宗不仅在当时自成体系，而且影响深远，泽被环球。张伯端的一生大体经历了三个阶段，其人生道路充满传奇性。

一、出生到30岁时期是无书不读、学问渊博却郁郁不得志，进而转入好道时期

张氏出生前，由于宗族矛盾，其父母迁居紫凝山麓张家塘，再从他的名“伯端”、字“平叔”来看，寄寓着其父母的用心。以前，“字”要等18岁再起，对“名”起补充说明作用。根据张氏的名、字读成“端平伯叔”，这同传说相吻合，也不是偶然了。然而史载张“屡试不第”，接触佛道后，“顿悟无生”，又载其“少业进士”，可见张氏参加过科举考试，甚至参加过进士考试，却落了第，只能辜负其父母的期望了。张氏落第，并不是他才学不高，只能说明当时社会的黑暗。他在《悟真篇·自序》中说：“仆幼亲善道，涉猎三教经书，以至刑法、书算、医卜、战阵、天文地理、吉凶死生之术，靡不留心详究。”功名的失利，再加上他生长于天台山，难免受到佛宗道源的熏陶；当时宋真宗统治时期是儒、佛、道并行于世，对张氏一心倾斜于道教也有推动作用。故张氏“年过三旬，独与大道有缘焉”。

张氏出生前的上一代恩怨“纠葛”，年轻时功名的失利，再到“好道”过程，表明其人生第一阶段有“传奇”。只是由于时代久远，缺乏史料，只能凭借一鳞半爪的记载，推测出来。纵观历史，一般情况下，历尽磨难的人遁入空门或隐于深山修炼者大都在中晚年居多；而张氏年轻而好道，你能说其开始的人生轨迹不“奇”吗？

二、30岁后到86岁时期为艰难的求道时期

张氏看破红尘，在当时东南道教圣地的桐柏宫修炼。若干年后，被台州府诚邀出山，为台州录事参军，一干就是四十年。这四十年间，利用公务之暇翻阅道书，为百姓治病，治病的青蒿被后世尊为“紫阳蒿”。张氏留传下来的《奇筋八脉考》受到明朝大医学家李自珍的推崇，大约也在这时期写成。“独与大道有缘焉”的人为什么又要出山为衙吏？为什么没被提升？为什么四十年间能一直担任吃力不讨好的“录事官”？这些疑问本身就说明了他人生第二阶段的“奇”了。

由于“藏鱼扑婢”事的刺激，张氏火烧文书，谪戍岭南兵籍。张氏当时已经七八十岁了，在官场也混了几十年，难道连焚案卷要触犯刑律的道理也会不懂吗？根据他的喟叹“积牍盈箱，其中类窃鱼事不知凡几”及“刀笔随身四十年，是非非是万千千。一家

桥灯山月明我心

温饱千家怨，半世功名百世愆”的诗句可推测出火烧文书的缘由。张氏人生又一转折点真是充满着“传奇”的戏剧色彩。

充军岭南后，被桂林知府兼禁军统帅陆诜起用，掌管机要，随后陆诜调南宁、延州、青涧城，并在秦、凤、晋三州为官，张氏随往。张氏《悟真篇·后序》称“寝食不安，精神疲悴，虽询求遍于海岳，请益尽于贤愚，皆莫能通晓真宗，开照心腑”大约就在这一时期。张氏为求道而奔波不止，一个八十多岁的人意志如此坚强，毅力如此的大，你能说不“奇”吗？

三、得道后到99岁羽化百步岭为不辞艰辛的传道时期

张氏得道的第二年，陆诜逝世，张氏“身被百衲”，从成都回归天台山，筑室山居，始著《悟真篇》。从充军到故里的“奔涉山川，逾越险阻”的十年来却“貌不少衰，形不少疲”使探望的人连连称奇。然而，张氏几年后又出去，“转徙于秦陇一带”。得罪了凤州太守，又被判充军，风雪天在彬州“与护者饮村肆”时幸遇石泰，由石泰向凤州太守说情才被获释。张氏著成《悟真篇》后“三传非人，三遭祸患”，在凤州被判充军，是第三次“传非人”缘故。他传道石泰后，又传马默，又于96岁回天台传刘永年诸人。居于桐柏宫崇道观也没空暇，在台州一带奔波传道，直到99岁那年夏天羽化。

回顾张氏“历经尘世风尘将近百年”间，少年时屡试不第，直到两次为官，两次充军，三出天台，三传非人……他的人生“传奇”色彩太多、太浓了啊！正因为张氏在社会底层生活，历尽沧桑，一心抱着“今者切见嘉尔下民，孰无道器？伏惟太上好生，度人为重”的宗旨，“浪迹云水”，以常人难以想象的经历，孜孜不倦地求得大道，“伏冀人人依此炼成金宝，超出尘埃，世世相传。”

(载于1999年1月23日，《天台报》“天台风情”版)

“天台璎珞街”考证

袁水清　庞国斌

道教南宗祖师张伯端的乡贯问题引起争论，一说天台，一说临海人。到底是哪里人呢？

道藏精华第六集之一文山豚叟啸天石主编《悟真篇集注二种》第五页有“宋熙宁乙卯岁旦天台张伯端平叔叙”，《张紫阳事迹本末》开头：“紫阳真人，天台璎珞街人”。那么“璎珞街”在天台什么地方呢？

张伯端第四代嫡传弟子白玉蟾著述的注解中明明白白告诉我们——张伯端的乡贯“天台西去二十里”，而临海却在“天台”南面一百里外，真是风马牛不相及。

我们认为：“天台西去二十里”地方不是别处，真是现在的平桥镇！道藏书所载的“璎珞街”可落实在平桥镇之中。其理由为：

一、宋时，离“天台”县城西去二十里有集镇并有街的只有平头潭（即平镇，亦称平桥镇）。据载五代后梁时平桥开始形成集市（引自《可爱的家乡台州》），宋时更不用说了。

二、所谓的“平桥”，即为平坦的桥。而这“平桥”的材料由石梁石板等砌成，宋时已有记载（据新编《天台县志》）。由于洪水泛滥，这横跨始丰溪南北的石桥屡倒屡建，石桥北端一段在几十年前还残存，平桥成为著名“台州三桥”之一。而张伯端《石桥歌》首句“吾家本住石桥北”，可理解为张家“本住”于“石桥”的北面，即现在的平镇；后迁居“石桥”南边--即现在的紫凝山麓张家塘。而《悟真篇集注二种》第360页“石桥歌”下注有“此借石桥所居，以发明丹道……”。

三、张伯端《石桥歌》开头所写环境与平镇岩头背一带实地环境相吻合。

《石桥歌》开头说:“吾家本住石桥北,山镇水关森古木。桥下涧水彻昆仑,山下有泉香馥郁。吾归山内实堪夸,遍地均栽不谢花。山北穴中藏猛虎,出窟哮吼生风霞;山南潭底隐蛟龙,腾云降雨山蒙蒙。二兽相逢斗一场,元珠隐伏是祯祥。景堪羡,心暗喜,自斟自酌熏熏醉。醉弹一曲无弦琴,琴里声声教仔细……”平镇岩头背一带的风景,可与奉化溪口相媲美。诗中的“山南潭底”即岩头背南的岩下潭,这“山”即岩头背东北面的峡架山,把两者合起来就是“山镇水关”。而峡架山与岩头背隔溪的南边地方,古代树林葱郁(名为“东林”),不是“森古木”又是什么?!不用说唐宋时天台人口稀少,“森古木”中猛虎“咆哮生风霞”、蛟龙“腾云降雨山蒙蒙”!直到解放初,峡架山到东林溪滩一带还常有野兽出没,不时有豹头叼人事件发生。实际上,这一带风景异常优美。置身于此,沐浴清风,鸟瞰清流,眺望青山岊横空出世,紫凝山脉逶迤起伏,想起开创佛教天台宗智者大师在紫凝山诵经时有紫色祥云缭绕,唐茶圣陆羽把紫凝瀑布品评为天下最宜沏茶的第十七泉等等故事,可以想象,张伯端面对此情此景,怎能不“景堪羡,心暗喜”?怎能不“醉弹一曲”呢?

四、既然张伯端乡贯在平镇,那么“璎珞街”又在平镇的什么地方?站在“石桥”南边观赏北面偏东的岩头背一带,树木葱茏,宛如贵夫人的云鬓;从岩头背下的东边“官下基”起,经岩头背,往西北方向过官田村(通向官田村一段街又名“官田街”)直至八角亭村(今平桥中学西大门附近)的这条街道,恰似贵夫人颈项间围绕的“璎珞”(古代用一种珠玉穿成串,戴在颈项上的装饰品)。这不是活生生的“璎珞街”么?!

综上所述,笔者认为:张伯端的乡贯应是今平镇的官下基村经过岩头背通向张姓的八角亭村这条街道之中。张家后来迁到上张村(今东林片上庞五村),再到张家塘。

附带说一句,白玉蟾能书善画,精于篆刻、草书,曾在天台修炼多年。张家塘原有的“万世道(宗)”摩崖石刻,当出自白氏为纪念祖师而书。

紫阳真人张伯端生平研讨会在道教南宗祖庭桐柏宫举办

紫阳真人故里——张家塘

紫阳真人经历和思想性格的考证兼及电视剧《张伯端》的创作

庞国斌　袁水清

一、紫阳真人若干经历与思想性格的考证

张氏《悟真篇·自序》中说:“仆幼亲善道,涉猎三教经书,以致刑法、书算、医卜、战阵、天文地理、吉凶死生之术,靡不留心详究。唯金丹一法……仆以至人未遇,口诀难逢,遂至寝食不安,精神疲悴,虽询求遍于海岳,请益尽于贤愚,皆莫能通晓真宗,开照心腑。后至熙宁二年己酉岁,因随龙图陆公入成都,以夙志不回,初诚愈恪,遂感真人授金丹药物、火候之诀。其言甚简,其要不繁,可谓指流知源,语一悟百,雾开日莹,尘尽鉴明,校之丹经,若合符契。”可见张氏年轻时各种学问都钻研得很深,业余对道教的“攻关”尤其用心,凭着坚韧的毅力和“诚”心的精神,于86岁终于完成夙愿。皆云人生七十古来稀,张氏享年99,长寿之至矣!

张氏一生中几乎是业务钻研道术,最终成为南宗祖师,古今唯一。那么他是否中途做过道士?其《青华秘文·表奏》云:“念臣处世多虞,无有所为,为必颠踬。年迈三旬,独于大道有缘焉。回思穹苍,昔日使我无成者,正佑今日之有成也。”表明他一生多灾多难,得道前“无成”,30岁后“独于大道有缘”。张氏出生于宋太平兴国九年(984),30岁时应为宋大中祥符七年(1014),之后去桐柏宫学道。若干年后,为台州府吏40余年,其诗云“刀笔随身四十年,是非非是万千千”。张氏于宋熙宁二年(1069)得道,陆诜转年病逝后回乡。得道前被谪戍岭南及跟随陆诜共有10年(其《青华秘文·心为君论》中指出“且夫奔涉山川,逾越险阻者,于兹

十年,而貌不少衰,形不少疲者,其有术乎?”),宋嘉祐五年(1060)左右张氏被充军岭南时为77岁光景,37岁左右为“台州府吏”,在桐伯宫做道士共6年光景(况且诗中“四十年”亦非整数,这里只是约略推算)。张氏一生中绝大部分时间是业务钻道终成大器,“奔涉山川,逾越险阻”与《悟真篇·自序》“询求遍于海岳,请益尽于贤愚”意同,表明求道的艰辛,是在充军岭南后之所为。况且史载陆诜从陕西调到桂林任职,紧接着邕州(南宁)、延州(陕西延安)、青涧城、秦州、凤州、晋州、真定,直到成都病逝。陆诜每到一地,身为知州兼禁军统帅,先安定了岭南局势(自狄青平定侬智高后,岭南局势不稳。陆诜上任后,岭南各峒首领投奔陆诜麾下,陆诜“阅拣工丁五万,补置将吏,更铸印给之”,连一向骄狂的交趾国也“遣使入贡”。陆诜调走后,朝廷令继任者不得改变“陆诜法”);镇守延州时又慑服西夏国主。在陆诜帐下主管机要的张伯端年轻时所学的“刑法、书算、医卜、战阵”等甭说派上了大用场,况以“安抚司属官”身份了解民情之中还四处访道,“浪游云水”。接着,陆诜在“绥州”之战中受到“协助种谔不力”的处分;带病赴成都时,恰遇王安石变法,川陕大旱。张氏跟随之中的求道多了几分悲壮色彩!

陆诜病逝后,“张子野人,身披百衲,自成都归于故山,筑室于山青水绿之中”(《青华秘文·心为君论》),“于成都遇师傅授丹法,自后三传非人,三遭祸患,皆不愈两旬,当年疽生于项背。”《悟真篇》“既成,而求学者凑然而来,观其意勤渠,心不忍吝,乃择而授之。然所授者皆非有巨势强力能持危拯溺、慷慨特达、能仁明道之士。初再罹祸患,心犹未知,竟至于三,乃省前过。故知大丹之法至简至易,虽愚昧小人得而行之,则立超圣地,是以天意秘惜,不许轻传于非其人也。缘伯端不遵师语,屡泄天机,以其有身,故每膺谴患,此天之深戒如此之神且速,敢不恐惧克责。自今以往,当钳口结舌,虽鼎镬居前,刀剑加项,亦无复敢言矣。”这是张氏于“元丰改元戊午岁”(即1078年,张氏95岁)时《悟真篇》后序中的记载。在“余从师一十年”(《青华秘文·交会图论》)后,亦即撰写

《悟真篇》后序不久又写了《青华秘文》，原因是有个"状貌非凡"的"客"来访，张氏"敬肃待之"，客曰："子于金丹之道，训人亦至矣。但首尾未明，机关尚隐，后学何以为识？"张答："此亦不得已也。天机至重，玄律至严，子固美言，某敢不遵。"客曰："子但著为一书，尽底泄漏。苟有谴焉，某当其责。"张氏"再拜敬服"，"思此语，故著此书"即著《玉清金笥青华秘文金宝内炼丹诀释义》，简称《青华秘文》。疑"客"即"青华真人"，是张的师傅刘海蟾派来指点张的。因为张得道时，其师嘱咐"异日有与汝解缰脱锁者，当宜授之，余皆不许。"由于张氏"不遵师语"，三传非人，三遭祸患，晚年再次充军时被石泰所救，石泰成为张氏嫡传弟子；张自此发誓"虽鼎镬居前，刀剑加项，亦无复敢言矣"。但"《玄书》并《悟真篇》等行于世"，"首尾未明，机关尚隐，后学何以为识？"为师的不便改口，只能派好友前去指点迷津，使张氏打破顾虑，再著《秘文》，对内丹筑基、下手功夫作了系统具体的论述及感受，以便"后学"修炼，这表明张氏的思想境界又高了一层。再接着撰写《悟真篇外集》时，是作者参禅体会，将"有所未尽"的"本源真觉之性""庶几达本明性之道，尽于此矣"，表明张氏晚年思想已到达"三教归一"的最高境界了，亦即武侠人士"无招胜有招"境界了。

至于张氏为何为"台州府吏"40年呢？根据上面考证，张氏此时约为37~77岁之间，亦即公元1021—1060年之间。而宋真宗于997—1022年在位，宋仁宗于1022—1063年在位。宋真宗广建宫观，而宋仁宗却"罢修宫观"，身为道士的张氏既然还俗为吏(民间传说被台州府台恭请下山)，还怎能再去做道士呢？在当时形势下，在完成本职工作前提下，只能业余修道而已。

张氏身为"台州府吏"，到底是什么职务呢？民间说他是"录事官"，天台有俗语"你管录事一样格外会管些"，录事官即"录事参军"，掌管各曹文书，纠查府事。这与张氏处理满箱公案，由于婢女冤屈事慨叹"其中类窃鱼事不知凡几"相吻合。身为40年录事官而未见升迁，表明他善钻学问不善做官，既暴露出当时社会的黑暗腐败，也应与张氏个人品性有关。《悟真篇外集》中《禅定指迷歌》云:“我是无心禅客,凡事不会拣择。昔时一个黑牛,长大浑身总白”。张氏除了“凡事不会拣择”外,性如烈火,直到晚年仍保持着相同禀性:①确知婢女冤死后,怒烧公文案卷。尽管77岁左右的张氏思想已经到了“紫绶金章今已矣,芒鞋竹杖任悠然。有人问我蓬莱路,云在青山月在天”的地步,但知法“犯”法,充军岭南;②86岁得道后“三传非人”时还“疽生于项背”,也就是项背间生了“背痈”,若不是师傅的丹诀,恐怕不会痊愈吧?

不过,张氏禀性虽依旧,但思想境界在不断提高,由“昔时一个黑牛,长大浑身总白”,很不容易啊!得道、悟道后,还是“有时自歌自笑,旁人道我神少。争(怎)知被褐之形,内怀无价之宝!”(《悟真篇外集·禅定指迷歌》)晚年了还保留着纯真,保留着“怡怡然有所得”(《心为君论》),完全没有道貌岸然的“大人物”模样。

二、艺术张伯端的塑造

历史上的张伯端,其晚年道藏书有所记载,但一生大部分时间几乎全是空白。上面只是根据他的有关诗文和典籍零星记载,以及有关传说作一爬梳,那么要写成电视剧本,其难度可想而知。但紫阳真人作为天台平桥人,是我们的乡贤,值得我们自豪;他尽管遭际离奇,从落第士子(道藏书载其“少业进士”)到平凡府吏,从充军的“罪犯”到南宗祖师,但他坚韧不拔、执着追求的精神深深感染着我们。身为乡村教师,我们不懂道教,不懂电视剧,但我们在业余时间里除阅读有关书籍外,还走访乡土文史学者、专家,虚心请教有关知识;上桐柏、攀华项,过百步,走临海,寻访张氏遗迹,搜集有关故事,使人物更加血肉丰满,经过五年寒暑,终于完成了33万字的24集电视剧本!

对紫阳真人的性格特征,我们在艺术塑造时尽量做到“艺术的真实”。如“三传非人三遭祸患”后生背痈的事,我们提前到充军岭南路上。关于吃鱼冤死婢女事,明朝传灯和尚《天台山方外志》有记载,但事隔数百年之久,传闻未必是真实,纵使真实,若按“传闻”来写,必定损伤张氏形象。一个已有40年为政经验者,竟然扑打婢女自缢，是可忍孰不可忍！故剧本改为同僚和上司从捉弄直到“火烧文书”的诬陷，我们相信拍成电视剧，会被广大观众认同的。另外，为了剧情的紧凑连贯，我们将张氏40年“录事官”压缩为20年（百姓言张氏官清，一日一夜算两天）。将陆诜在桂林拔伯端出苦海直接安插在邕州地方。将陆诜病逝后张氏回转故里复又出外改为送陆诜灵柩回浙江余杭途中，由于得知妻死的猝然变故，在马默劝说下至汉阴山修道著书。天台桐柏宫成为南宗祖庭依据有二：一、张氏得道回乡后在“故山”——桐柏山筑室居住时，从游之士丛然而至且泣且拜，询问得道情由；同时有感而书成，见求学者络绎而至，“意勤渠”，谁料想一传或二传“非人”连遭祸患，被迫出去而至汉阴山、凤州，又传非人再次充军。二、张氏再次回来当为95岁，此后居住桐柏宫为主，同时授徒，其中刘永年为“南宗七真”之一，刘弟子翁葆光最早注释《悟真篇》。而剧本写他在汉阴山著书，这不能作为“历史真实”的依据。同样，天回寺在青城山下，至今有天回镇，但剧中安排于青城山中，因刘海蟾号“青城丈人”，青城同天台赤城山一样，亦为佛道双修之圣地。

紫阳真人塑像

2003年，文学社社长葛茜茜对《张伯端》一书提出修改意见

（平桥镇东方照相馆王华芬摄，她协校书稿）

剧本写了两条交叉纠葛的主线——既写张伯端与师弟史跃元、师妹庞舒雨的情感线，又将张置身于邪教黑白教、金轮教的尖锐复杂的矛盾漩涡中，身在官场的史跃元与金轮教教主既矛盾又利用；同时还贯穿着刘海蟾为寻找接班人而派何仙姑对张伯端一次次的考验和救助的副线，桐柏宫圣物“北斗圣像”的虚线，以及有关武打场面（武当剑谱中有《紫阳剑谱》；《奇筋八脉考》是张氏系统论述经络的专著，深受李时珍推崇；流传于世的《易筋经》为明时天台紫凝道人胡宗衡所著，融摄了张伯端内丹术，构建了武术气功体系）。将这些要素纠缠在一起，不惜重墨有头有尾地铺展事件，从而有血有肉地刻画了张伯端这个民间传说中被神化了的紫阳真人。

但《张伯端》还只是一个电视剧本，若搬上屏幕，还需要作者与导演再作富有艺术个性的创造，还需要各位有识之士鼎力相助。我们相信，电视剧《张伯端》在有识之士帮助下，有朝一日会面世，将推动天台旅游文化事业的发展，推动全世界的道教研究、《悟真篇》研究。

（本文发表于2005年4月，《天台方志》（总第15期））

白云生处有人家

——天台山隐逸文化初探

“远上寒山石径斜，白云生处有人家。”瞧，蜿蜒曲折的石径那头，而“寒山”在“白云”缭绕中若隐若现，那“白云生处”正隐居着寒山子这类高贤哩。《红楼梦》中有对联云：“烟霞闲骨格，泉石野生涯”，贾府小姐探春喜阔朗、不为俗务所拘，何况年轻时遭逢巨大变故，从豪华的京都千里迢迢奔赴天台山的“隐”了真名实姓的寒山子呢！还有那个被称为“诗仙”的李太白，高吟着“凤楼龙阙不肯住，飞腾直欲天台去”，在天台山留下了气势磅礴的《梦游天姥吟留别》《天台晓望》，表明“安得生羽翰，千秋卧蓬阙”“安能摧眉折腰事权贵，使我不得开心颜！”

浙东名胜天台山到底有什么魅力使得无数高贤、隐士来此访游、隐居甚至定居呢？晋朝的孙绰在《游天台山赋》中写道：“天台山者，盖山岳之神秀者也。涉海则有方丈、蓬莱，登陆则有四明、天台。皆玄圣之所游化，灵仙之所窟宅。夫其峻极之状，嘉祥之美，穷山海之瑰富，尽人情之壮丽矣。所以不列于五岳，阙载于常典者，岂不以所立冥奥，其路幽迥……”天台山中千峦拱秀，万壑争流，山光水色，掩映成趣。螺溪钓艇，双涧回澜，石梁雪瀑，华顶归云，寒岩夕照，桃源春晓，琼台夜月，赤城栖霞，誉为“天台八大景”，还有“台山十景”“台山二十景”等名闻遐迩。从嵊州、新昌方向通往天台的路径必过“一夫守关，万夫莫开”的关岭；而整个天台，四面山势巍峨连绵，自古以来很少有杀戮，成为洞天福地，所以一直流传着“大乱一半藏”的说法。被山势严严环抱着的天台盆地，俯瞰地形恰似一只振翅欲飞的大鹰，飘带似的始丰溪从西到东嵌镶其中，形成“世外桃源”。天台有个神话故事叫“刘阮遇仙”，与陶渊明的《桃花源记》一样驰名，一样影响深远。南朝刘义庆《世说新语》中也有记载，说的是东汉明帝永平五年(62)时，嵊州有两个小伙子刘晨、阮肇到天台山采集“长生不老药”——乌药时迷了路，十三天后“饥馁殆死”时吃了山上“大有籽实”的几个桃子，溪边碰到两个“姿质绝妙”的女子，洞中受到热情款待，并与两女子成亲，生活了半年。待“气候草木是春时，百鸟啼鸣，更怀悲思”，刘阮辞归故里，见到的却是“七世孙”，“传闻上世入山，迷不得归”，“至晋太元八年(383)，忽复去，不知何所”。根据近年来广西“歌仙刘三姐是刘晨后代”的考证，拨去神话迷雾，刘阮故事应有所本。笔者认为：刘阮来天台山采药，遇到两个村姑，就定居下来，直到刘阮下代去嵊州老家寻祖时，已隔了“七世”之久；至于“晋太元八年”，应为刘阮后裔不知何故离开天台山到广西一带的时间了。

天台山旖旎的风光，使得刘阮流恋忘返，久而久之形成了神话传说。三国两晋南北朝以来，北方战乱频繁，江南相对稳定，许多北方人民和僧道纷纷南迁，使素有“神山秀水”的台岳，又有了“佛宗道源”的美誉。吴大帝赤乌元年(238)，高道葛玄(天台人称

明岩风光 （陈梦怡 摄）

明岩风光 （陈梦怡 摄）

为“葛仙翁”）来山卓庵传道，建降真台、王乔仙坛等；书圣王羲之写《兰亭集序》前，来到山势似莲花簇拥花蕊的华顶山上，拜高道白云先生为师，学“永字八法”，使书法出神入化；陈太建七年(575)，高僧智者大师率徒入山，历经22年，创佛教天台宗，传到日本、朝鲜，国清寺成为佛教天台宗祖庭。唐代的司马承祯隐居天台40年，著有《天隐子》《坐忘论》等大量道教著作，使桐柏宫成为东道道教圣地，开道教南宗祖庭的先声；那个闻名天下的吕洞宾也在天台隐居过，留下了一首诗：“青蛇(剑名)绕地月徘徊，夜静云闲鹤未回；欲渡有缘人换骨，暂留踪迹在天台。”

无论是隐居的佛道僧侣，还是杖履游访的文人墨客，从东晋的支遁，唐朝的孟浩然，宋代的陆游、朱熹，明清时代直至现代的名流，或登山览胜，或结庐修炼，其中尤以华顶茅蓬最有特色，茅蓬里隐居着多少高才！他们吟诗作文，著书立说，给我们留下了大量的隐逸文化之瑰宝。在各地，佛道总是互相排斥的多；而在天台，“千僧万道”竞风流，并与儒教“三教归一”，和谐相处，在东西长54.7公里、南北宽33.5公里、总面积1400多平方公里的弹丸之地姹紫嫣红满园春色，不能不说是一大奇迹！因而从天台山走出了济公活佛，走出了道教南宗祖师张伯端——神魔小说《西游记》写到的那位“紫阳真人”，给天台山的“隐逸文化”增添了光彩。

还有许多人则是在天台做官后，慕天台山水之胜，定居于天台，子孙繁衍于天台。据《天台县志》载，大量南迁的人口姓氏以东晋为最早，两宋最多；入迁原因中，慕胜隐居的就占有39种，为天台“隐逸文化”大厦的最终形成添了砖铺了瓦。

如今，全国各地掀起了以开发“当地特色文化”为主题的旅游热潮。就以我天台山周围而言，我县东北边的新昌，抓住李白《梦游天姥吟留别》大做“天姥山”文章，实际上，有块巨石酷似“天姥”的却在天台境内！新昌还大造佛教天台宗创始人智者大师圆寂之地——新昌大佛寺的旅游声势，比咱天台国清寺还闹猛。十几年前，一部凭借我天台山水、寺院拍摄的《少林寺》电影却使河南少林寺“人气正旺”；而新昌接二连三拍摄《笑傲江湖》《天龙八部》，使该县旅游事业突飞猛进，真乃是“气盖势”。天台除了几集《济公》电视剧“鞋儿破，帽儿破”外，还剩下什么呢？再看南边的临海市吧，有“江南长城”，有国家名城；西边的横店影视城正倾倒天下——这些邻县正以大手笔勾勒着他们各自的“隐逸文化”“旅游文化”“影视文化”。而夹在其中的天台山，隐逸文化博大精深，正迫切需要有志之士来开掘！记得合著电视剧本《张伯端》出书后，山东和济南电视台有关人员于2003年10月1日前后来天台考察，他们说：“来天台时只知有‘国清寺’名，却不知道国清寺在天台！《张伯端》这本书将天台山风光写得那样好，有些不相信，实地看了赤城、百丈崖、华顶后，才知道天台山水真的很美、很美！这样天然的美景，影视拍摄怎么不早点起步呢？”

是啊，天台山的隐逸文化要走出去，走向全国，走向世界，在如今市场经济的大潮中，总不能单单凭着“白云生处有人家”的魅力吸引人家前来吧？！

（2004年）

朱熹控告唐仲友“造生祠”不合事实

内容提要：南宋淳熙九年(1182)发生在天台山的“朱唐交奏”成为中国文化史一大谜案。本文拟以事实证实朱熹控告台州太守唐仲友24罪中的“促限催税”事出有因，唐仲友不负主责；所谓唐仲友“造生祠”是失实，局部还唐仲友以清白。同时分析了朱熹控告失实的缘由及后果，对朱熹作出中肯评论。

关键词：“造生祠”控告失实兼评朱熹、唐仲友

朱熹(1130—1200)与咱天台山有缘，他两次主持天台桐柏崇道观，与道教南宗祖师的“号”一样为“紫阳”；而南宋中朝的“朱唐交奏”也发生在天台山，其中牵扯到一位天台“营妓”严蕊，对天台山文化及台州文化的走向起到深远影响。

所谓“朱唐交奏”，又叫“朱唐交恶”，是南宋淳熙九年(1182)，身为浙东提举的53岁朱熹六次弹劾47岁的台州太守唐仲友(1136—1188)，而唐亦上章自辩的事，在文化史上留下了一大谜案，千百年来聚讼不已。朱劾唐“违法扰民，贪污淫虐，蓄养亡命，偷盗官钱，伪造官会(伪造假币)”等24罪，将唐描述成一个犯有严重经济问题和生活作风问题，且成为“黑社会”总后台的“台州市长”；而束景南教授在《朱子大传》中称唐是“才子加流氓，狎客兼贪官”，与三个儿子成为鱼肉台州百姓“四虎”的十恶不赦者。而台州(尤其是原治所临海)人的主流舆论肯定朱熹对台州文教事业做出贡献的同时，对800年前的“父母官”唐仲友却不怎么反感，反而当作“台州名人”来称谓，这是怎么回事呢？

笔者翻阅有关资料，觉得朱熹作为一个清官，弹劾唐24罪有好大一部分应是真实的——否则，凭着姻亲王淮宰相的强硬后

台，唐最终不得不回归故里讲学、著述直至谢世(53岁)。然笔者觉得所谓唐“促限催税”事出有因，“造生祠”更是张冠李戴、移花接木。

1. 朱熹“浙东之行”事略。

南宋淳熙八年(1181)八月，浙东大旱，新任右相的王淮举荐在江西南康赈灾卓有成效的朱熹为“浙东提举”。是年农历十二月，朱熹上任，坐镇会稽提举司。淳熙九年(1182)农历一、二月第一次巡历浙东。于农历七月初六，奏劾江山知县；七月十六从绍兴府白塔院出发，由会稽、上虞、嵊县巡历到新昌，七月十九寄出《按唐仲友第一状》；七月二十一进入天台、宁海，七月二十三到台郡，将唐停职待参，寄出第二状，专门揭露唐“促限催税”罪。七月二十七日寄出第三状，奏劾唐残民、贪污、结党、淫乱24条罪；八月初八寄出第四状，进一步揭露唐罪，为“朱唐交恶”高潮。八月初十寄出第五状，奏劾唐派吏卒突入司理院椎打推司是朝中指使，要么将唐“早赐罢黜，付之典狱”，要么“议臣之罪，重置典宪，以谢仲友之党”。八月十四日，另差浙西提刑“究实”唐仲友的朝命到达，命朱熹“速往旱伤州郡相视”，朱上《乞罢黜状》。八月十七罢唐江西提刑新任，八月十八日朱熹离开台州，八月二十二巡历处州缙云县，上《又乞罢黜状》。九月初四至处州遂昌县，朝命到达，朱熹“进职二等”，除直徽猷阁(管理皇帝著作的清闲而高贵职务，一般老臣求之不得)，被朱辞免，寄出劾唐第六状(重点控告唐贪污偷盗，“伪造官会”)。九月十二巡历至衢州常山县，改除朱熹江西提刑的朝命到达，朱辞职返乡——转年主管天台崇道观，在台州各县讲学，使黄岩水利竣工(淳熙九年在台州，朱《奏免台州丁绢(人头税)》《奏兴黄岩县水利》，皆蒙恩准实施)。

宋史《朱熹传》：“知台州唐仲友与王淮同里为姻家，吏部尚书陈丙、侍御史张大经交荐之，迁江西提刑，未行。熹行部至台，讼仲友者纷然，按得其实，章三上，淮匿不以闻。熹论愈力，仲友亦自辩，淮乃以熹章进呈，上令宰属看详，都司陈庸等乞令浙西提刑委请强官究实，仍令熹速往旱伤州郡相视。熹时留台未行，既奉诏，益上章论，前后六上。淮不得已，夺仲友江西新命以授熹。辞不拜，遂归，且乞奉祠。”

2. 朱熹劾唐的“促限催税”主责不在唐仲友。

淳熙九年(1182)农历七月十六起，“遂间逢见台州流民之辈，通计四十七人，扶老携幼，狼狈道途。臣问其故，皆云本州旱伤严重，官司催税紧急，不免抛乡里，前去逐食……臣续访，闻知台州唐仲友催督税租委是刻急，官吏在县追呼，属邑奉承，转相催迫，急于星火，民不聊生。又闻本官在任，多有不法不公事件，众口喧哗，殊骇闻听。”朱寄出首份弹劾状。

应该说，劾唐“促限催税”大体合乎事实，但主责不在唐仲友。当时朝廷规定夏税八月底收齐，而户部擅改为七月底；唐规定属县六月底收齐，派干吏坐镇各县催逼，并将天台知县为“人质”。看来唐坚决执行朝廷旨意，上头紧催，下头催紧，层层催逼，难免一些“流民”出去“逐食”。事先朱熹向朝廷上奏“诏户部免征旧负，诏漕臣依条检放租税”(《朱熹传》)的中枢公文还没下来，事出有因——话说回来，坚决执行中出现了偏差，唐应负责任，但朱却将主要责任追究到唐头上，有失“严苛”。朱到台州，奏请免除台州人头税外，还奏请停止催收的夏税所欠部分，“同秋苗检放分数一并除豁”。

那47个流民控告“本州”“官司催税紧急”是实情，但“旱伤严重”吗？

3. 神祠≠生祠。

《朱文公文集》卷18：“本州贩香牙人应世荣奸猾小人，因其家资稍厚，左右引致。以曾与仲友建立生祠，乃延为上客，与之颂赞，亲自题写。世荣乃刻石夸张，因此妄作声势，出入宅堂。仲友专一信委，为腹心爪牙。”

当时台州府治是临海，抨击“大贪官”唐的资料也承认，台州大旱时，唐曾奏请拨常平义仓赈济诸县百姓。当今还留下的有关资料显示，唐为解旱情，两次求雨恰巧“灵验”。看朱状是如何将白鹤大帝或太子晋与唐仲友相“置换”的！

白鹤大帝，名赵炳，后汉时人，至南宋已立祠恭奉了千年。据说能护佑台郡风调雨顺，北宋宣和三年(1121)诏封“灵顺显佑王”，南宋建炎四年(1130)加封“灵顺显佑广惠王”，俗称“白鹤大帝”。这白鹤山在“城郡东南二十里，有庙曰灵康”，水路、陆路的香客络绎不绝，箫鼓香烟极为热闹。唐仲友于淳熙七年(1180年)农历十二月二十四到任，淳熙八年(1181)正月初十谒拜白鹤大帝；淳熙八年正月十六夜二更，城南失火，西风急，即将延烧至城内——风势突转西北，州城得以保全，率官兵救火的唐以为是赵炳护佑。淳熙八年农历六月，久旱不雨，唐于六月十二祈雨于灵康庙毕，旋即大雨，十日雨足。故唐重修灵康庙，自八月开工，淳熙九年正月竣工。他撰一碑记，云：

“仲友奉命来守，以淳熙辛丑岁正月丁巳谒于庙。行视栋宇，漏腐倾欹；像设图画，漶漫剥落；供帐杂器，故暗阙败。念承歉岁，方急救饥，幸得中熟，当议补葺。越六日癸亥夜，城南火，西风紧，将及城关，仲友率官兵扑灭，遐祷于神，须臾风转西北，城获全。六月不雨，复以丁巳祈于庙，毕事登舟，有云如练，向前山覆庙上，急雨，俄顷止。薄暮大雨，旬日沾足。乙巳，既谢神庥，即计工费，命临海令陈处俊、主簿向士斐董其事。于是州民欲献其力，有登仕郎应世荣者，谨恪能干，慨然先众人，身督工役，度材必良，择匠必能，易敝而新，坚壮工致。经始于八月乙巳，落成了正月壬午。竹木土石、搏植刮摩、设色之工凡一千八十二，用公钱二十五万有奇。自寝至门，旁及廊庑斋祓之馆，无不葺；图像器物，悉改旧观。距宣和复建六十年矣。自兹以往，民之事神，不懈益虔。”

《嘉定赤城志》(“嘉定”，“庆元党禁”即“伪学案”后，宋宁宗第二个年号；赤城，天台佛道双修的名山，此借指台州)卷31“祀庙门”夹注：“于是州民欲献其力，有登仕郎应世荣者，勤恪能干，慨然先众人，身督工役，度材必良，择匠必能，易敝为新，坚壮工致”，即原句引用了唐碑记;可见临海人陈耆卿离当时唐太守祈雨修庙不到20年,这记载应该真实可信吧？那有才干的商人应世荣委重任,包括犯人蒋辉受重用(雕刻的《荀子》今成绝响,日本还有一本奉为国宝,称“宋椠上驷”),“贱妓”严蕊被敬重,表明唐不拘一格用人才,这在理学大师看来都是大逆不道。

再看唐造“神祠”(不是“生祠”)的事吧。

太子晋(王乔)为天台山神,庙在天台桐柏山。五代时封元弼真君,北宋政和三年(1113)封元应真人,南宋绍兴十年(1140)加号“善利广济真人”。南宋绍兴七年(1137)朱熹主管天台桐柏崇道观,不会不知道太子晋的事。绍兴九年(1139)台州大旱,台郡李太守亲临桐柏山,迎神像刚至临海境内,骤然雨至。淳熙九年(1182年)夏,亦逢大旱,唐复迎神像,果然“至郊而雨”。于是就在天庆观内特立“元应善利真人(太子晋)祠”,专奉神像,还特作《台州淳熙祈雨记》,写下《步虚词》九章。其七云:“丹丘壤千里,水旱固所司。吾民实堪怜,有守孰不祈？应汝捷影响,乐岁免阻饥;万民齐叫阍,天子远亦知。”“催督税租”中有少数“流民”,同另外地区“道有饿民、弃儿,哭声震野”“蝗旱相仍”“饥馑荐臻”的惨景毕竟有距离,但不排除局部“旱伤严重”。

《嘉定赤城志》卷31“祀庙门”:“初,[王]乔为右弼真人,治桐柏山,掌天台水旱……祠初附桐柏。绍兴九年旱,郡守李汇迎像以祷,及境雨洽……其后唐守以旱祷亦验,故祠之。”

再看朱状谓“应世荣奸猾小人”“以曾与仲友建立生祠……与之颂赞,亲自题写”,“世荣乃刻石夸张”,不仅将唐等同于“右弼真人”“元应善利真人”,而且将唐礼赞“真人”的诗变成了对自己的“颂赞”,唐“亲自题写”自己“生祠”,而应世荣为唐“刻石夸张”了！灵康庙、太子晋神祠,若实地考察当是举步之劳。

4.“生祠”案控告失实的缘由及后果。

以朱熹的为人,能有意“诬陷”唐仲友吗？束教授《朱子大传》第490页写道:“朱熹却断然否定自己曾被小人附托利用。他在奏劾唐仲友中，总会有一些平时同仲友积有私怨的人起来乘机揭发报复，受唐仲友欺凌伤害的人也会发泄私恨，投井下石，这是不可避免的；但这并不能说是朱熹受了他们的附托利用，他的六大劾状也并没有反映那些想附托利用他的人的私人恩恩怨怨。”那所谓应世荣为唐“造生祠”的事该怎么解释才好？笔者还是认定朱熹整治吏治雷厉风行，为民请命刻不容缓，理学思想指导行动，严、苛、急、拗中难免“曾被小人附托利用”而不自知罢了。

发生于台州南宋淳熙九年(1182)“朱唐交奏”十数年后，沈继祖弹劾朱熹“臣窃谓熹六大罪者云，而他恶又不与焉”也用了同样手法：

“熹既信妖人蔡元定(朱熹最得意学生)之邪说，谓建阳县学风水，有侯王之地。熹欲得之，储用逢迎其意，以县学不可为私家之有，于是以护国寺为县学，以为熹异日可得之地，遂与农月伐山凿石，曹牵伍拽，取捷为路，所过骚动，破坏田亩，运而致之于县下，方且移夫子(朱熹像)于释迦之殿。设机造械，用大木巨揽绞缚圣像(佛祖像)，撼摇通衢嚣市之内，而手足堕坏，观者惊叹。邑人以夫子(朱熹)为万世仁义礼乐之宗主，忽遭时移之祸，而又重以折肱伤股之患，甚为害于风教大矣！熹之大罪六也。”《四朝闻见录》认为蔡元定当时“杜门著书，隐居不仕”，“诬以为公(朱熹)易置建阳分校基规为葬地”，一个“诬”字，控告朱熹“为害于风教大矣”不成立。然搬迁圣像过程中不慎损坏总是事实吧？将“孔夫子像”置换成朱熹“夫子”像亦是举手之劳！

从以上所谓朱熹的第六大罪中可读出，朱熹为建县学，不惜将佛祖圣像搬迁，此事在当地造成很大轰动，表明他以发扬光大孔孟道统为己任，对佛道不怎么敬重(有关史料记载是持批判态度)。可以推断：多年前朱主持崇道观——那是朝廷安置勋戚、老臣的闲职，用不着上任——在台州各地讲学为主，对什么太子晋的事或许不怎么放在心上；再加上唐的种种“残民”“贪渎”的传闻和“现实”充塞于双耳和两眼，这样的人还狗胆包天，在任上竟敢“造生祠”，是可忍，孰不可忍也！

还有，朱熹的人生信条是："读书志在圣贤，非徒科举；为官心存社稷，岂计身家？""天理存则人欲亡，人欲胜则天理灭"；杨万里举荐朱熹时评价朱为"临事过于果锐，性情过于狷介"。作为理学大师，严苛对人，不仅将古人荀子逐出儒家行列（认为他培养出韩非、李斯两个法家学生，是儒家叛徒，故仲友雕刻《荀子》一书也成一大罪状）；一句"莽大夫扬雄死"，将扬雄贬抑得在封建社会后期几乎无声无息了（《三字经》有"五子者，有荀扬，文中子，及老庄"）；更将当代活人唐仲友看成是十恶不赦的大坏蛋，唐的造中津桥（成为中国现存最早的浮桥）也是扰民的罪证了（唐派兵士对过往船只设卡收税），自以为不扳倒台州各县小民百姓头上的大贪官、大恶霸，升斗小民所遭受的苦难要比浙东的"大旱"还要水深火热；再加上"唐党"的反攻，朱熹急怒攻心，急不可耐，许多"罪证"短期内或许无法实地求证，书生意气造成了控告唐的24罪中有些不符合事实！

至于野史说唐诋毁朱"不识字"，故朱怀恨在心。19岁就中进士的一代大儒不会"小肚鸡肠"到如此地步，孔乙己面对"你当真认识字么？"的质疑还"不屑置辩"呢。朱与陆九渊的理学见解不同争得很厉害自不待言，与朱论战的陈亮骂理学"今世之儒士，自以为得'正心诚意'之学者，皆风痹不知痛痒之人也。举一世安于君父之仇也，不知何者谓之性命乎？"却与朱熹友情甚笃——要知道"正心诚意"是朱"平生所学，惟此四字，岂可隐默以欺吾君乎？"（《朱熹传》）朱唐交恶后，朱与"浙东学派"论战正式拉开序幕，这并不排斥平素唐对朱的理学不敬，朱唐之争客观上包含着学术之争上升为政治交恶的因素。

对16岁就成为进士的唐仲友来说，成为"朱唐交恶"的另一方，也有很大责任。这位被《金华府志》称为"博闻洽识，史学精绝，尤邃于诸经。凡天文地理，王霸兵农，礼乐刑政，阴阳度数，郊庙学校，井野畿疆，穷探力索，而会通其故，精粗本末，兼赅并举"的"百晓生"，来台州上任前"政颇有声"的能臣干吏，在上任台州时，不仅带来三子和许多亲戚，还"全无慈祥之意，大有肃杀之风"

(朱熹的指控一针见血),成为"成败萧何"的关键!具有"大有肃杀之风"者,往往专横恣睢,杀伐决断,威风凛凛地动山撼,既能做好事,也能做坏事,人们对这类铁腕人物往往毁誉参半,很难被当时的人说好。朱熹来台州,"索州印",逮唐党,"大快众人之心";朱离开时,"百姓甚惜其去,虽士大夫中不免纷纭"(陆九渊语),就说明了这个问题;何况朱"台州之事,是非毁誉往往相半,然为其振动则一也"。当时临海人对"白鹤大帝"较为熟悉,信仰极真诚;而来自天台山的"神灵"太子晋,一般民众并不怎么熟悉,且称之为"元应善利真人",为之题诗刻石——太子晋仙风道骨,唐太守风流倜傥,民间传闻中将两者混淆为一,也不是没有可能(包括不满唐的人士刻意加以渲染夸张)。那个"奸猾小人"应世荣由于修建白鹤大帝庙宇有功,被唐委以重任,与刻印《荀子》的流刑犯蒋辉一样,必将招来恃才傲物、个性张扬的唐太守手下一大批才俊的忌恨,于是似是而非,移花接木,蒙蔽正直而迂腐、清廉而固执的朱老夫子——朱老夫子本意虽好,"在浙东,大节殊伟"(陆九渊语),然毕竟控告唐罪中有些失实,并造成严蕊错案,朱熹有失察之责,我们不必为尊者讳。同样,唐仲友与陈亮、吕祖谦等成为"浙东学派"中金华学派的代表人物,在台州的19个月期间也做了一些好事,故千百年来台州人民也念叨他的好而忘了他的"歹"。

对于当时发生在天台山的"朱唐交奏"真相,《朱子大传》第487页写道:"《林下偶谈》作者吴子良为台州临海人,是永嘉水心叶适的弟子,又距朱熹劾唐仲友时间最近,他所记载的事实也最可信。"

"金华唐仲友,字与正,博学工文,熟于度数,居与陈同甫(陈亮)为邻……唐知台州,大修学,又修贡院,建中津桥,政颇有声;而私于官奴,其子又颇通贿赂。同甫访唐于台州,知其事,具以告晦翁(朱熹)。时高炳如为台州倅(副职),才不如唐。唐亦颇轻之。晦翁为浙东提举,按行至台州,炳如前途迓而诉之。晦翁至,即先索州印,逮吏旁午,或至夜半未已,州人颇骇。唐与时相王季海(王淮)为乡人,先密申朝省,嫌避晦翁按章,及后季海为改唐江西宪，而晦翁力请去职，盖唐虽有才，然任数，要非端士。或谓晦庵至州，竟按去之足矣，何必如是张皇乎……”

“朱唐交奏”过去800年了，朱唐均为台州做了好事，这是不可否定的。像朱熹兴修黄岩水利，其功绩与唐造中津桥一样利在千秋，他的“水利兴则黄岩无旱涝之灾，黄岩熟则台州无饥馑之苦”识见超群；他在台州刚直实干、为民请命，为促进台州文教事业的发展功不可没。然而不可否定的是，“朱唐交奏”后，程朱理学在台州生根发芽，却不能像永嘉学派、金华学派一样形成“台州学派”；天台山除“佛宗道源”成就了智者大师、寒山子、济公、张伯端等世界级人物外，元明清600年来几乎没有国内外一流的作家、艺术家、思想家的诞生(济公在“朱唐交奏”时还活着)，这不能不说是朱子的理学带来的负面影响。

总之，朱熹控告唐仲友所谓“造生祠”失实，不该将天台山神、道教神祇等同于人间太守；但朱却将道教南宗祖庭桐柏宫的主人——张伯端的号“紫阳”作为自己的别号，是巧合还是崇拜，则不得而知了。

（刊载于2010年8月12日《天台报》，题为《从“造生祠”的失实控告看严蕊错案》）

天台和合堂

朱熹控状之严蕊案终究是错案

内容提要:发生在天台山的南宋中期“朱唐交奏”,牵扯到“山花插满头”的天台营妓严蕊。严蕊与太守唐仲友“淫乱”了吗?朱熹在第三、四状弹劾唐时,指控唐严多次“蹀狎”;而宋野史载严蕊受朱熹刑杖,宁死不招。本文从野史的记载、朱状的前后矛盾及当时情景、严蕊案对后世影响等推断严蕊案是错案,还千古才女以清白,对朱熹作出客观评价。

关键词:严蕊错案兼评朱熹、严蕊

称为“紫阳真人”的张伯端在台州临海做府吏40年,平素喜嗜鱼。一次同僚将鱼藏于梁间,张氏误以为婢女偷食,加以责打,婢女含冤自缢,待真相大白,张氏后悔不迭,认为连“藏鱼扑婢”这样的小事都出现错案,平时满箱的公文案卷难道就没有冤屈的吗?于是火烧文书,触犯法律,发配岭南,最后求道的诚心感动了刘海蟾,成为我国历史上道教南宗祖师的大学者,千百年来受敬重,也没什么人非议生活在北宋中期的紫阳真人如何的“扑婢”。盖张紫阳有错自纠,为此七八十岁的老人经受了充军的磨难之苦,早已“赎罪”了。

而同样别号为“紫阳”的南宋中期的朱熹,于南宋淳熙九年(1182)身为浙东提举,在台州六劾唐仲友期间,案情牵扯到天台营妓严蕊,不慎制造了严蕊错案,却又怎样呢?

朱熹(1130—1200),字元晦、仲晦,号晦庵、紫阳,祖籍婺源,出生福建泉州,南宋时著名思想家、教育家,理学集大成者。他

19岁中进士后，为官共9年，帝师46天，其余时间讲学、著述，生徒云集，著作等身，被元明清三朝奉为大圣人。而唐仲友(1136—1188)，字与正，号悦斋，南宋金华人，16岁进士，“兼中宏辞，通判建康府”，曾上万言书给孝宗，“除著作郎”，又“出知信州，以善政闻，移知台州”(《宋元学案·悦斋学案》)，被朱熹弹劾后闭门讲学，成为“浙东学派”中首创经制之学的独树一帜大学者。

南宋孝宗时，形成了我国历史上第二次“百家争鸣”，主要有湖湘学派张栻、闽学朱熹、心学陆九渊以及永嘉学派叶适和永康学派吕祖谦、陈亮、唐仲友等(永嘉学派和永康学派总称“浙东学派”)。各学派展开争论，然朱与吕、张、陈等友谊甚笃。先是朱陆鹅湖之争，再是“朱唐交恶”，然后朱陈之辩，在新时期促进儒学思想的发展。而其中的“朱唐交恶”就发生在咱天台山。天台山在陈隋间形成了智者大师的佛教天台宗——全国第一个佛教宗派，北宋中后期形成了紫阳真人的道教南宗，至南宋中期“朱唐交恶”前后，道教南宗在白玉蟾手里日趋完善，活佛济公已趋晚年，基本上天台山形成了“佛宗道源”格局；而两大浙东学派恰形成于天台山东南端和西北部，史载“晦庵(即朱熹)传道江南，台郡尤盛”。朱在台州的大本营就毗邻“永嘉学派”前沿阵地黄岩，永康学派(又称“金华学派”)代表人物之一唐仲友于淳熙七年(1180)年底——淳熙九年间为台州知府。淳熙八年(1181)时浙东大旱，唐仲友姻亲、刚任右相的王淮荐举朱熹为浙东提举，于淳熙九年(1182)七八月间，朱唐两人就在天台山麓“交恶”了！

朱唐两人真是历史的宿命。两人父辈皆进士，两人都是三兄弟，都有三个儿子，两人都是少年高才生徒云集，著作等身。53岁的朱劾47岁的唐，唐在53岁时就撒手人寰。朱的学问大家耳熟能详，而唐仲友被《金华府志》称为“博闻洽识，史学精绝，尤邃于诸经。凡天文地理，王霸兵农，礼乐刑政，阴阳度数，郊庙学校，井野畿疆，穷探力索，而会通其故，精粗本末，兼赅并举”，在台州任上建造了中津桥这座我国现存最早的浮桥——他根据约长300米的灵江每天海潮涨落数米规律，于府衙按1∶100比例进行模型试验成功后再亲自督造，可见他理科精通在当时所有大学者中翘首可数，再加上家中开有彩帛铺，并刻印书籍，傲视群雄，这与生活清苦的朱熹立志要做“宇宙第一人”（辛弃疾赞朱“先心坐使鬼神妆，一笑能为宇宙春”，朱竟乐意享用）的抱负产生了尖锐的矛盾。张栻、吕祖谦病逝后，“东南三贤”只剩下朱熹一人了，他深忧“吾道不振”，就抓住唐的失误——所谓生活作风问题、经济犯罪问题大做文章了，其中就牵扯到天台人——台州营妓严蕊了！

关于严蕊的错案与否，千百年来众说纷纭，肯定者骂朱是“假道学、伪君子”，否定者认为严蕊案是虚构、诬蔑大圣人，甚至说“色妓”严蕊“恃宠”而“幕前幕后预政”等。实际情况到底如何呢？

一、关于严蕊和“严蕊案”的记载

严蕊真有其人，她名字正式出现于朱劾唐的三、四状中，如《朱文公文集》卷18：“行首严蕊稍以色称，仲友与之媟狎”“仲友又悦严蕊，欲携以归……”关于她的冤案，在南宋的《夷坚志》《齐东野语》《雪舟脞语》等野史笔记则有记载。

最早记载严蕊案的《夷坚志》（洪迈著）载：“台州官妓严蕊，尤有才思，而通书究达今古。唐与正为守，颇瞩目。朱元晦提举浙东，按部发其事，捕蕊下狱，杖其背，犹以为五百行杖轻，复押至会稽（绍兴），再论决。蕊堕酷刑，而系乐籍如故。岳商卿（即岳霖，岳飞子）提点刑狱，因疏决至台，蕊陈状乞自便。岳令作词，应声口占云：‘不是爱风尘，似被前缘误。花落花开自有时，总赖东君主。去也终须去，住也如何住？若得山花插满头，莫问奴归处。’岳即判从良。”

如果说洪迈的记载是孤证，那周密从“天台故里”听来的严蕊案在两本书中都有记载，反复强调，就是事实了。

周密《癸辛杂识》称严蕊“善琴弈，歌舞，丝竹，书画，色艺冠一时。间作诗词，有新语；颇通古今。善逢迎。四方闻其名，有不远千里而登门者。”周密《齐东野语》：“晦庵（朱熹）以节使行部至台，欲摭与正（唐仲友）之罪，指其尝与蕊为滥。系狱月余，蕊虽备受捶楚，而一语不及唐。然犹不免受杖。移籍绍兴，且复就越置狱，鞠之，久不得其情。狱吏因好言诱之曰：‘汝何不早认，亦不过杖罪。况已经断，罪不重科，何得受此辛苦耶？’蕊答云：‘身为贱妓，纵是与太守有滥，科亦不致死罪。然是非真伪，岂可妄言以污士大夫？虽死不可诬也。’其辞既坚，于是更痛杖之，仍系于狱。两月之间，一再受杖，委顿几死，然声价愈腾，至彻阜陵（孝宗皇帝）之所。”

邵玄同《雪舟脞语》亦载：“寿皇（孝宗）问宰执（王淮）以二人（朱熹、唐仲友）曲直，对曰：‘秀才争闲气耳。’仲友眷官妓严蕊奴，晦庵系治之。后晦庵移官，提刑岳霖行部至台，蕊乞自便。岳问之曰：‘去得安归？’蕊赋《卜算子》，岳笑而释之。”

从上面笔记中可知严蕊是个艺术全才，亦是个国内外一流的女词人。周密从“天台故里”听来的严蕊案过程中还记录了严蕊三首词，证实“间作诗词，有新语”所言不虚；也可见太守唐仲友确实“悦严蕊”，确实“眷官妓严蕊奴”；然“悦”“眷”就等同于“蹀狎”吗？

唐仲友于南宋淳熙七年（1180）农历十二月二十四到任，转年正月初十拜谒白鹤大帝，正月十六夜城南失火被扑灭；六月十二求雨“灵验”，八月重修“灵康庙（白鹤庙）”，淳熙九年（1182）正月完工。南宋临海人吴子良《林下偶谈》载唐“大修学，又修贡院，建中津桥，政颇有声”就在这一时期。唐到任不出几天就是过年，严蕊等四五十个台州官妓拜见新太守，唐太守或许对与众不同的严蕊初步有了认识；“唐与正守台日，酒边尝命赋红白桃花，即成《如梦令》，与正赏之（严蕊）双缣”（周密《癸辛杂识》），是说待三月桃花盛开，严蕊的《如梦令》使太守刮目相看，立即赏了两匹绢："道是梨花不是，道是杏花不是。白白与红红，别是东风情味。曾记，曾记，人在武陵微醉"，此词使严蕊成为"桃花神"。唐的赏绢，朱熹认定是民脂民膏，殊不知是给严带来牢狱之灾的缘起。而唐为太守，开彩帛铺，大搞航运，刻书印刷，官商一体，肥了官府也油了自家，他随手赏赐很阔绰，是对严小妹高才情的充分肯定，但这个"风流太守""私于官奴"(《林下偶谈》)，与妓女们打得火热，绯闻传得很远；严蕊作为台州头牌名妓，好事者趋之若鹜，在"朱唐交恶"中首当其冲，自在情理之中。

接着，到了淳熙八年(1181)"七夕"，黄岩有个谢元卿"大官人"要求以其姓为韵赋词，严蕊《鹊桥仙》出口成章："碧梧初坠，桂花才吐，池上水花初谢。穿针人在合欢楼，正月露玉盘高泻。蛛忙鹊懒，耕慵织倦，空做古今佳话。人间则道隔年期，怕天上，方才隔夜。"(《癸辛杂识》)谢某就与严缠绵了半年而去，看来时令是到了淳熙九年(1182)正月。接着严蕊就要求脱籍嫁人，唐于农历五月二十三为之除籍，严七月下旬被抓，朱熹离开后才被释放，一曲"不是爱风尘，似被前缘误……"流传千古，表明她"倚门卖笑"的生涯本非心甘情愿，身陷牢狱之灾差点被刑杖之死令人同情，"贱质何妨轻一死，岂承浪语污君子"的气节感动了千百年！我们怎忍心再责难她是所谓"笑里藏刀的特殊帮凶""恃宠残害小民"呢？下文论述到"朱状"控告严与唐"蹀狎"在淳熙九年(1182)农历二月十六、五月十七夜，亦即侧面至少证明，淳熙七年(1180)年底至淳熙九年(1182)二月十六前唐严两人是清清白白的。

二、从"朱状"的前后矛盾和当时情景推断严蕊"淫乱罪"难以成立。

"严蕊案"，就是《林下偶谈》中的"私于官妓"(有的作"适度于官妓")的组成部分，也即朱熹弹劾唐三、四状中控告唐严的"逾滥”或“蹀狎”问题。

“逾滥”或“蹀狎”，即床上做爱。“适度”，适，刚好，恰巧；度，与“超度”“度人出家”的“度”同一意思。恰好唐仲友为官妓落籍从良，或唐正同官奴们打得火热。“适度官妓”并不等于“适滥官妓”；同样，“私(偏爱)于官妓”就一定等同于“私寝”“嫖娼”吗?

官妓，是官府统一经营、掌控的妓业；营妓，部队中的“慰安妇”，“官妓”一类。官妓中多才多艺者称“艺妓”，一般卖艺不卖身(如严蕊，要卖身也卖给高品位的谢大官人)。官妓，亦称“官奴”、“弟妓”，与私妓(青楼妓女)不同。古代许多营妓本是良家女子，有的因父兄破产，有的出身仕宦而全家被抄，堕入妓籍的。

但有一点可以肯定：风流倜傥、专横恣睢的唐在各类节日欢庆、洽谈生意、官员升迁、文人聚会等大小宴会上频频招来官妓歌舞(大宋律令：宴会可召妓歌舞佐酒，不可“私侍枕席”)；平素与他们相处也亲昵，“绯闻”传得很远，故朱老夫子“有罪推定”，于农历七月二十三至八月初八这段时间对严蕊等人严审，“鞫得奸情”，两次向朝廷举报了。

那么所谓唐“亵昵娼妓”罪证有哪些呢? 据“朱状”第三状云：

“其父子各据弟妓，三子多出入王静、沈玉、张蝉、朱妙、沈芳之家，盘合简帖，络绎道路。本州士民有得其子所与弟妓书简受关节者，亦曾连黏投状，诉于提刑司”，是说唐父子“逾滥”，被人“告发”(注意：这里没有“严蕊”名)。

唐“近来又与沈芳、王静、沈玉、张婵、朱妙等更互留宿宅堂，供直仲友洗浴。引断公事，多是沈芳先入私约商议既定，沈芳亲抱仲友幼女出厅事劝解，仲友伪作依从形状，即时宽放。如应扬犯奸等事，并是临时装点此等情态”。笔者注意到此处也没“严蕊”二字，可见“恃宠”干预公务的是“沈芳”她们，而非严蕊(朱状中又说严蕊曾为某人向唐说情，说情者送了某些首饰，这能等同于“预政”吗?)

唐还竟敢将属县“追拘”来“弟子”(官妓)和教乐来府“祇应”，某一次竟达二三十人，名有宁海王丑奴、张百二，临海刘丑！嘿嘿，一听都是些“土”得掉渣的角色，连与“沈芳”诸人服侍知州“洗浴”的资格都没有，如何“祇应”？

“仲友又悦营妓严蕊，欲携以归，遂令伪称年老，多以钱物偿其母及兄弟”，仲友“悦”严蕊不假，为她落籍饯行也不假，“欲携于归”，最后“携归”了吗？“多以钱物偿其母及兄弟”，多谢朱熹，我们知道可怜的严蕊还有母亲和兄弟啊。

《按唐仲友第四状》控告“色妓”严蕊“淫乱”的证据就更“确凿”了：

是年(1182)二月廿六，宴会至夜深，与唐知州“逾滥”。严蕊要求除去乐籍名字，唐满口答应，还说用公家车马钱物将严送到婺州永康亲戚家中住，严很失望：严以为落籍后唐会娶她的，严欲住不得，欲去不甘。唐说：“如在彼处不好，却来投奔我。”

“五月十六日筵会，仲友亲戚高宣教撰曲一首，名《卜算子》，后一段云：‘去又如何去，住又如何住？待得山花插满头，休问奴归处。’”次日(五月十七)，唐知州贺转官，又举行宴会，用公家营妓当差侍候，深夜知州公然“蹀狎”。严蕊要求再次落籍，唐满口答应，并叫严蕊乘便与母同住。

五月二十三，唐知州正式给严蕊办了落籍手续……

按朱状证词，可得出几条讯息：①两次“做爱”都在宴会后深夜进行，表明以知州的高贵身份，平时不可能“猥自枉屈”到官妓们居住的郡治附近“勾栏巷”(后改“友兰巷”)去嫖娼；亦即严蕊等人只能趁宴会后，而平时也不能像沈芳那样随便出入唐府，更甭说去找唐帅哥了。②严蕊品味高于沈芳诸妓，不参与“洗浴”“预政”，只单独与情人幽会；至于如何“逾滥”则是天知、地知、唐知、严知了。③淳熙九年(1182)农历二月二十六，严蕊已有从良之心，到农历五月二十三，唐实现了诺言。④唐表弟高宣教的“去又如何去，住又如何住”与农历二月二十六深夜严与唐的对话相联系，严要嫁给唐，而唐只敷衍，使严“欲住不得，欲去不甘”——亦即透露出唐只“玩弄”一下严蕊，没娶她的意思；严蕊要“嫁”唐，与“山花插满头”的心愿相矛盾。

笔者认为，除唐、严两次所谓“逾滥”或“蹀狎”这个关键性问题是假证外，其余的大都应是事实。像朱控唐为自己造“生祠”案，除了将唐太守与天台山太子晋神像置换、将唐颂神明的诗变成颂扬自己外，其余应世荣的、监工的、劳工的都是事实一样，所谓唐严的约会都在宴会之后，举行宴会的时间地点人人都知道呐。再说谢严缠绵半年人所共知，稍微将时空错位一下，唐谢相互置换一下，“合情合理”么。

那么，农历二月二十六夜唐严的对话是真的吗？高作《卜算子》前半首呢？笔者推测：那日宴会上，严蕊提出要从良，唐答应了。农历五月十六那天严蕊再次表示不想在风尘，此身已被误，恳求太守“恩准”她从良嫁人。可能高宣教开玩笑：你还是嫁给太守吧？否则，“去也如何去，住又如何住？”严答：“待得山花插满头，休问奴归处。”高于是将严蕊心意编成《卜算子》，其前四句肯定与“定案”不利，故不引述。

至于严蕊被释放时，因她本来“颇瞩目”，新任官员令其作词亦合情理。高的“去又如何去，住又如何住”，与严的“去也终须去，住也如何住”比较一下，意蕴相差多少？后者的“住”，既指还“住”在监狱里，也指还没从良的妓院中！高的“待得山花插满头，休问奴归处”与严的“若得山花插满头，莫问奴归处”比较一下，彼时彼景、此时此景一样吗？“若得”与首句“不是爱风尘”照应，“莫问”与“休问”，语气、态度相差几何？相信读者诸君自能分辨出来。只能说严蕊好才情，能信手拈来，化腐朽为神奇！因此，《卜算子》主要作者是严蕊，高宣教最多只是编者而已。

《朱文公文集》卷19“据本州通判名应世荣家状，解到仲友亲戚高宣教绵五笼,并人力张四等四名,遂送司理,根问来历。据司理院申,已申州,牍兵官追提高宣教,缘本人藏闪宅堂,卒未出获。”就是说,在农历八月初八朱寄出第四状之前,高宣教即将捕获。既然“牍兵官追提”,同控告犯人蒋辉“至七月二十六日,见金婆婆急来报说:‘你且急出去,提举封了诸库,恐搜见你。’辉连忙用梯子布上后墙,走至宅后亭子上,被赵监押兵士捉住,押赴绍兴府禁勘。”加上《林下偶谈》载至台郡“逮吏”,“至夜半未已,州人颇骇”和“或谓晦翁至州,竟按去之足矣(也有人说朱熹来到台州,竟然将唐仲友弹劾去职了,于愿足矣),何必如是张皇乎?”只觉风雷激荡,巅峰对决。

八月初,唐党以“王氏”(王淮妹,仲友弟媳)出面追进司理院,这应是事实,尽管有夸大渲染成分。试想:严蕊是个艺术全才,平素闻名前来的多;此时闻见台州头牌名妓被捕了,还不蜂拥前来? 朱熹手下的“推司”肯定刑杖严蕊等“唐党”,群情激愤,殴打了朱的推司;朱党立即将人犯转移,那些被痛揍的“推司”们还会有好果子给严蕊尝? 朱熹劾唐最长的竟达到上万字,一万字就是如今毛笔书写起码得一天哪! 朱的怒,朱的手下愈怒,单以经济问题扳倒唐还不够,还须在生活作风上搞垮唐仲友。

朱第六状说犯人蒋辉在淳熙四年(1177)与人“伪造官会”事发,被临安府断配台州牢城的;并控告唐让蒋辉等人雕刻《荀子》一书“违法”,并逼迫蒋辉“伪造官会”等等。试想,蒋辉农历七月二十六被抓,而“伪造官会”案主谋之一的高宣教八月上旬被捕,且蒋辉即刻押送到绍兴勘问,而刻工们的口供在朱第六状(农历九月初四)出现,前后相距一月多,这些“口供”怎样得来的还不是一目了然吗? 可见朱离开台州还在遥控指挥,否则蒋辉“口供”如何从绍兴府传来?(唐家开彩帛铺了,生意做得很大,还需造假钞票吗?)高宣教的《卜算子》又严重涉及严蕊两次是否与太守“逾滥”问题。第六状集中针对唐经济犯罪问题,没再继续控告唐的生活作风问题，则侧面表明严蕊案是冤案，严蕊至死不招。可以推断：即使严蕊挨打得受不住，被迫招认了，事后必翻供；一翻供，加上唐党的“椎打推司”，又更狠狠地打……（《齐东野语》载严蕊“两月之内”一杖再杖几欲置死，有人说不合事实。农历七月二十三至九月十二，不是“两月之内”吗？）

贾宝玉对花袭人“初试云雨情”，对他所敬重的晴雯、林黛玉“试”了吗？“严蕊案”700年后浙江亦有“杨乃武与小白菜”案，相比之下，后者有余杭县的供词、杭州府的供词、朝廷大员复审的供词，小白菜都“承认”与杨乃武有奸情，毒杀了亲夫，铁板钉钉啊，结果呢？大家都知道。假如最后不是真相大白，千百年以后的人们会说小白菜有奸情乎？无奸情乎？况与朱“交奏”的唐也在不断“申诉”，唐承认了吗？还有，严蕊要从良得须太守恩准，据朱状供称严蕊都不能“保证”唐氏能“娶”她，她凭什么“恃宠干预公务”？那沈芳“恃宠”的账，怎么能算到严蕊头上呢？

退一步说，严蕊真的招认了与太守有一腿，释放出来后，人家早鄙视她了。据黄岩同仁考证，淳熙十一年（1184），由朱熹学生赵师端、陆九渊学生谢希孟（有人考证出那个谢元卿即是他原型）作伐，将严蕊嫁给已丧妻的赵师端堂兄赵师坚（随着南宋定都杭州，宋太祖一支后裔与谢姓大官定居黄岩）。那赵氏宗亲能将一个“滥妓”娶进门，侧面表明严蕊的气节感动了“天台故里”包括台郡诸县的人！她还引用李商隐诗句“神女生涯原是梦，小姑居处本无郎”是再次向世人表明她的清白。她实现了诺言，真正的“山花插满头”（喻义），从此世上再也没有她的后续新闻了。

她在《卜算子》中“不是爱风尘，似被前缘误”，没流露出抱怨朱熹的口吻；她嫁给赵氏宗亲后，照理讲可以报复朱熹，但她没做。或许是她看到身受冤屈后的第二年，朱熹为兴修黄岩水利而奔走，她认定朱熹不是有意制造了她的冤案。朱熹长孙女嫁给黄岩学生赵师端幼弟赵师夏；朱在南宋庆元二年（1196）被打成“伪师”“伪学”后，第三子朱在避祸于黄岩。严蕊成为朱氏远房亲戚，若要报复机会有的是！这只能说明严蕊的善良、豁达，不像朱子的徒子徒孙们对将朱子理学贬为伪学的韩侂胄耿耿于怀。严蕊不计较朱子的过失，但她在“朱唐交恶”中不幸蒙难，“天台故里”则为之抱不平，直到周密记下来。陆九渊说：“朱元晦在浙东，大节殊伟，劾唐与正一事，大快众人之心。百姓甚惜其去，虽士大夫议论中不免纷纭，今是非已渐明白。”既然劾唐深受百姓拥护，那“士大夫”为何还要“纷纭”议论？后“是非已渐明白”，难道就不包括“士大夫”们认定严蕊案是错案的吗？据黄岩同仁考证，连学术上支持朱熹的临海人谢深甫〔乾道二年(1166)进士，庆元六年(1200)任右相〕探亲回临海谢里王时，直言“朱子冤了严蕊也”！

综上所述，严蕊品味高于沈芳她们，平时自尊自爱，赢得了风流太守的真正尊重；关键时节有情尤有义，威武不能屈，故唯有她能名闻后世，岂偶然哉？因而，当代台州人将严蕊与黄岩历史上的67位名人塑像于黄岩博物馆中呐。

三、造成严蕊错案的原因和影响之我见。

严蕊错案不幸造成，客观原因是“风流太守”唐仲友“私于官妓”绯闻多，“其子又颇通贿赂”(《林下偶谈》)的证据又被朱熹抓了个正着(全祖望《宋元学案·悦斋学案》云唐仲友确有“不能粒束子弟，固无以自解于君子”之处)差点害死了严蕊；主观原因是朱熹性格偏执，理学思想作祟。

朱熹本人的某些性格正如凌濛初《硬勘案大儒争闲气，甘受刑侠女著芳名》中所指出的那样，“就是圣贤，也要偏执起来，自以为是，却不知事体竟不是这样的了”，以致忘记了事物普遍性中也有其特殊性——“行云飞絮共轻狂”的妓女中也有铁骨铮铮的侠女在！严蕊冤案前后，天台的济公还活着，他写诗“尼姑庙里讲禅机，娼妓家中说因果”。

我们知道苏东坡在诗、词、书、文诸方面是个全才性的一代大文豪，而朱熹却这样评论："苏氏之学，害天理，乱人心，妨道术，败风教，不在王氏（王安石）之下。其徒秦观、李荐皆浮诞轻佻，士类不齿。"苏东坡先后有二妻一妾，妾朝云就是歌妓出身，她死后，苏写了好几首情深意切的诗词怀念她；并在某些诗题上公开标明为某妓作字样，平素一本正经、谨严持身的朱熹怎看得惯？秦观留下来的400多首诗词中，竟有300首情诗（吟咏的大都是青楼女子），朱熹越发认为是"生之惰，师之过"了！宋代文人雅士狎妓成风，然朱熹的道统思想与当时"主流道德"要求相吻合。南宋佚名《州县提纲》卷1"严内外之禁"："闺门内外之禁，不可不严。若容侍妾令妓辈教以歌舞，纵百姓妇女出入贸易、机织，日往月来，或启子弟奸淫，或致交通关节。盖外人睹其出入深熟，嘱之以事，彼有所受。讼至有司事干闺门，尤难施行。要在责阍人禁止，仍常加察；不然恐有意外之事。"

朱熹说："凡有狱讼，必先论其尊卑、上下、长幼、亲疏之分，而后听其曲直之辞。凡以下犯上，以卑凌尊者，虽直不右；其不正者，罪加犯人之坐。"按照朱氏逻辑，"卑"严蕊与"尊"太守"逾滥"，"以下犯上"乎？"卑"严蕊"不正者"，莫非"罪加犯人之坐"，要"一杖再杖"乎？庆元党禁期间（1195—1200），朱子学生为了表示与"伪学"老师划清界限，纷纷携妓出游呢。

朱在台州严于执法没错，但不知"严"中会冤屈好人；控告唐二十四条罪中有许多还是不实之词。朱熹不到五十岁就看不清小字，并患有足疾，在短短的十几天中难以详察；《林下偶谈》载："时高炳如为台州倅（副职），才不如唐。唐亦颇轻之。晦翁为浙东提举，按行至台州，炳如前途迓而诉之。晦翁至，即先索州印，逮吏旁午，或至夜半未已，州人颇骇。"这个高炳如，后在"庆元党禁"中又是个反对朱熹的人哪。

朱熹在"朱唐交恶"数年后坦露心迹："海内学术之弊，不过两说:江西顿悟(指陆“心学”),永康事功(指金华学派)。若不极力争辩,此道(指自己理学)无由得明”;“浙中近年怪论百出,骇人听闻,坏人心术,强者唱,弱者和,淫衍四出……”(《朱文公文集》),“天下必欲受其祸者,而吾道盖以不振,此非细事也。”(朱熹《答吕子约书》)

严蕊案的野史笔记,细节难免失实,但故事框架总体可信。朱老夫子说严蕊不堪我们就要相信,那他承认自己不堪,我们该信吗?六十七八岁的朱在“庆元党禁”的政治高压中承认“罪多擢发”,承认政敌们对自己“私纳尼女”的指控,对抨击他“冢妇不夫而自孕”等“阴私”也没分辩(“果烦台劾,尽发阴私,上渎宸严,下骇闻听”),我们一定据此评断老夫子不堪吗?否则朱熹如何在众多学生面前为人师表?汤显祖《牡丹亭》中的杜宝、曹雪芹《红楼梦》中的贾政形象有朱熹影子,笔者推测严蕊案启迪了曹氏创作“笞宝玉”的情节等等,只能怪明清统治者将朱的理学负面影响发挥到淋漓尽致了!呜呼!

不过话说回来,朱熹对台州文教事业做出贡献,这个评价仍然没过时;笔者倒认为,朱熹在台州,无形中限制了“台州学派”的出现,只有永嘉学派、金华学派组成的“浙东学派”与朱熹理学在论战,此幸耶,不幸耶?浙东学派中的唐仲友拜朱所赐,七八百年湮没无闻,然“浙学”精华与陆九渊心学相融合诞生了浙东王阳明的“心学”,于明中后期成为反朱学的主流学说;浙学于今日改革大潮中涌现出“温州模式”和“义乌模式”,不知朱子在天之灵有何感想?

朱熹中年时意识到“字元晦”中的“元”是“乾”卦,立即改为“字仲晦”;难道我们就因为朱熹是孔孟之后的“大圣人”,不慎做错了事,也必须涂脂抹粉吗?!那一手制造了“庆元党禁”的韩侂胄怕天下士子结怨,于北伐前解除了“党禁”,谁料想“北伐”失败后被割了脑袋送到金国去,又被道学家的徒子徒孙列入宋史“奸臣传”,冤不冤啊? 洪迈丧失民族气节,而韩氏总没丧失吧? 朱熹有诗:“尘世难逢一笑。况有紫萸黄菊,堪插满头归。”严蕊也有词:“道是梨花不是,道是杏花不是。白白与红红,总是东风情味。”朱熹以继承孔孟道统自居,成为元、明、清时代读书人的偶像;而严蕊凭借一首桃花词,成为三月桃花神,一首《卜算子》列入《宋词三百首》。朱熹为人求全责备,晚年却在政治高压中最终没能坚持住节操,“草茅贱士,章句腐儒,唯知伪学之传,岂适明时之用?”而天台“色妓”严蕊年纪轻轻,却在道学家的刑杖下真正实现了道学的最高境界——严蕊真具有“台州式的硬气”呀!

张紫阳藏鱼扑婢后,深悔铸成错案;而朱紫阳造成严蕊冤案,却无悔恨的片言只语留下来。前者贵为南宗祖师,后世却无人非议;后者虽尊为大圣贤,却被一些后人指责,何也?

(2009年8月)

(载于《天台方志》2010年第1期及《东南文化》2011.5)

庞氏始祖毕公高，哪来什么"多源说"

我们庞氏如今在全国姓氏中，按人口数排名117位。自古以来，全国绝大部分家谱或碑文或传记，皆载毕公高为始祖，从无异议。试举几例：

唐贞观八年(634)时编撰的《新集天下姓望氏族谱》(敦煌莫高窟窖藏)载："雍州始平郡，出四姓：冯、庞、宣、阴。"

唐朝武周时《庞府君(同本)墓志铭并序》曰："原夫锡姬氏之昌苗，胙庞乡而得和姓。战国则涓善兵术，当途则延有盛名。蜀郡称展骥之才，襄阳挺高人之节。门风祖德，可略而言；弈叶本枝，其来自远。"

南宋初郑樵在《通志·氏族略》中写道："庞氏，姬姓，周文王子毕公高之后，其支庶封于庞，因以为氏。魏有庞涓，赵有庞煖。"

由"状元宰相"文天祥代序的《吉水仁寿庞氏谱序》作于南宋咸淳九年(1273)，开头曰："庞，古著姓。"

来自浙东天台的"直声动天下"谏官庞泮，任河南右布政时，于明弘治十六年(1503)夏五月在《送弟原润还家长歌》开头即说："吾家出自周文王，毕公之后封庞乡。得姓于今几千载，支分派别最久长。"

清嘉庆十五年(1810)广东龙头《松冈公谱序》云："吾族自毕公高之子封于庞地，遂以国为姓。自是以后，德业才望，代有名人。"

这些都说明起码在唐初，就已公认庞氏来自始平(陕西兴平)，始祖为毕公高。正如山东《汶上庞氏谱序》所言："他族皆有异派，维我庞姓则不然。凡属一姓，大略皆同宗而出者也。"

到了近年，才形成了所谓"庞氏多源说"，即毕公高说、庞降说、庞高屋说及改姓说等。2014年，某些人大肆宣扬"庞降始祖说”“南阳总源说”,不仅将子虚乌有的庞降首次与毕公并列,而且将毕公高户籍擅自从陕西兴平(毕塬一带)迁移到千里以外的河南南阳——将庞姓迁徙发展过程中所形成的各地分祖祖源地之一的南阳“上升”为总祖毕公高的总源地,这不是最大的不孝吗?

为了正本清源,老学者庞厚义翻阅了大量古文献,先后写出《庞氏祖源考辨》及《考辨补阙》《庞氏家族是地地道道的黄帝嫡系子孙》等重磅长文,从《左传·文公十八年》《史记·五帝本纪》入手,指出颛顼手下的“八恺”之一为“尨降”(并非“庞降”)。“尨”读[m á ng]或[m é ng]音,多毛狗意,引申为杂乱、杂色等。信史《左传》《史记》的记载,被唐史及其以后的权威韵书《唐韵》《广韵》《集韵》和《康熙字典》所认可。《考辨》并指明“尨降”为“尨”与“降”姓始祖及两姓的分布区域、历史名人,明确宣布:世无“庞降”,只有“尨降”。

那么,“庞降说”又是怎么来的呢?颛顼生活的时代距今4300年以前,到了距今1200年的唐朝柳宗元时,柳写《黔之驴》,将庞然大物写成尨然大物,因尨、庞意为“高大”时才通用,作姓氏与其他义项不通用。(虽带口旁的字有时可写作厶,但“吕、台、和、私”能通用乎?)至南宋时,罗泌《路史》中有“颛顼帝后有庞氏”这句话。所谓“路史”,道路上传闻之逸史也,能当信史乎?至清初,《百家姓注》才“确定”所谓“庞降”为庞氏起源之一,但没有形成气候,“毕公高始祖说”仍占主导地位,虽然“高阳氏(颛顼)”也进入个别家谱中。

某些人为了达到把庞氏祖源地搬到河南西南部南阳的目的,说什么“南阳地处中原,我国第一个朝代夏,曾在这里建都”。《考辨》作者指出:“此文作者只知如今伏牛山下的南阳,不知古时中原的南阳;况伏牛山下的南阳,地处古时中原之外。”查《辞海》的《地理分册》,南阳古地名有三:1.相当于今山东泰山以南、汶水以北一带。以在泰山之南,故名。2.相当于今河南济源至获嘉一带。以在太行山南、黄河以北,故名。3.今河南西南部一带,后古代中原的南部,位于伏牛山下、汶水之阳,故名。因为古时山南为阳(山北为阴),水的北面为阳(水的南面为阴),故这三地称为“南阳”。夏朝共八次迁都,是否在这三地之中作为都城乎?查《古本竹书纪年》:“帝杼(夏朝第六代王)居原(今河南济源),又迁老丘(今河南开封东)。”否决了夏朝迁都至“南阳”的说法。

《考辨》还通过大量文献资料,指出古代“中原”的范围,“兴平”所在的区域,理直气壮宣布:陕西兴平距河南伏牛山下的“南阳”相隔上千里,当时荒僻之地的“南阳”怎么能是庞氏始祖毕公高后裔的活动区域“庞乡”呢?如《郡望人物》:“庞氏望出始平郡,即今陕西省兴平县。”《中国古代史教学参考地图集》附古今地名对照表:“始平郡(西晋—北魏)——陕西省兴平县东南。”

他们煞费苦心的以打造“南阳总源纪念馆”品牌为由四处宣扬,结果效果不佳。于是,只好请人造势,拍摄微电影。

《郡望百家姓》:“周文王子毕公高之后代受封庞,因以封地为姓,封地属始平郡。”故而这次全国庞氏联谊会二届一次会议横幅对联为“脉承毕公,望出始平”(这是金华会议精神的核心与灵魂)。金华会议受到海内外90%以上家人的拥护,连河南网报道的郑州论坛文章中也承认“庞氏始祖毕公高”,没提到“庞降”什么的。

亦有人问:毕公高之前有姓“庞”吗?答曰:否!关于“庞”字,出现在早毕公高二三百年的甲骨文中。据《甲骨文大辞典》,庞有三义:邦国(地方)名、人名“妇庞”及神祇名。战将妇好为武丁妻,被“好”姓奉为始祖;而武丁妻室几十个,不能想当然将“妇庞”也当作庞氏始祖看待、将地方名的“庞”看作庞氏发祥地,因无史料依据,且历代庞氏不认可,还梦想寄希望于考古出现奇迹呢。初中历史书载西周时人口超过300万,查阅资料已知西周前的姓氏22个(不含当时僻远部落),西周初分封制后姓氏才“雨后春笋”迅猛发展。毕公高被奉为庞氏始祖,自初唐至今1300年了,我们这一代能撇开历代先人的信仰,有必要另寻所谓的开基祖吗?!

至于什么“襄阳庞高屋庞氏源流,就是庞氏起源的印证”,更是无证可依。三国庞德公隐居襄阳,庞德公是毕公后裔,襄阳是庞氏迁徙发展过程中的一个主要分祖源地,怎可与总祖源地"庞乡(兴平)"相提并论啊(起码与始祖毕公相差一千二百年哪)?东汉许慎《说文解字》:"庞,高屋也,从广,龙声。"隋唐时《汉书注》作者颜师古:"庞者,高屋之名。庞氏之先,资产殷富,好为室屋。乡党荣羡,谓之庞家,遂以立民,此说非也。"表明"高大的房屋"是"庞"这字的本义,而非引申义。所谓"庞高屋",是庞家的房屋高大而已,哪来的什么"庞氏起源之一"啊?

还有他族改姓的,这是老庞家的重要组成部分,理所当然是我们的骨肉兄弟。然这是一个重要支流,又怎么能与"总源"并驾齐驱呢!就以长江为例,她的源头是青藏高原的唐古拉山脉各拉丹冬峰西南侧。在长江6397公里流淌的过程中不断有大小无数支流汇入,如淮河大部分水量通过大运河汇入长江的,你能说"长江多源说"吗?

古人云:"道生一,一生二,二生三,三生万物。"有的姓氏确有"多源说",但向上追溯,结果还只是一个源头。何况我老庞家本是一个总源,根本就没什么可争论的所谓"多源说"。所谓"庞氏多源说",是个地地道道的伪命题。

庞氏始祖就是毕公高,根本没有"多源说"。

庞氏之歌

毕公之后封庞乡，三千年来历风霜。
望出始平源陕西，脉流纵横汇河港。
战国将帅竞风流，大汉孝妇传芬芳。
德公高挂龙凤榜，城隍低护穷街坊。
庞蕴居士济世穷，田园宰相恩泽广。
广宇澄清潜龙跃，湖海翻涌闪金光。
啊！广宇澄清潜龙跃，湖海翻涌闪金光。

毕公之后封庞乡，庞乡绝非今南阳。
庞乡、南阳千里遥，枝丫怎将根本忘！
始平郡望达鹿门，南安、南阳、谯郡壮。
改朝换代皆尘土，根深树高枝叶旺。
儿孙后世讲度量，岂容忤逆少主张！
敬祖致远首要事，方能睦族明方向。
啊！敬祖致远首要事，方能睦族明方向。

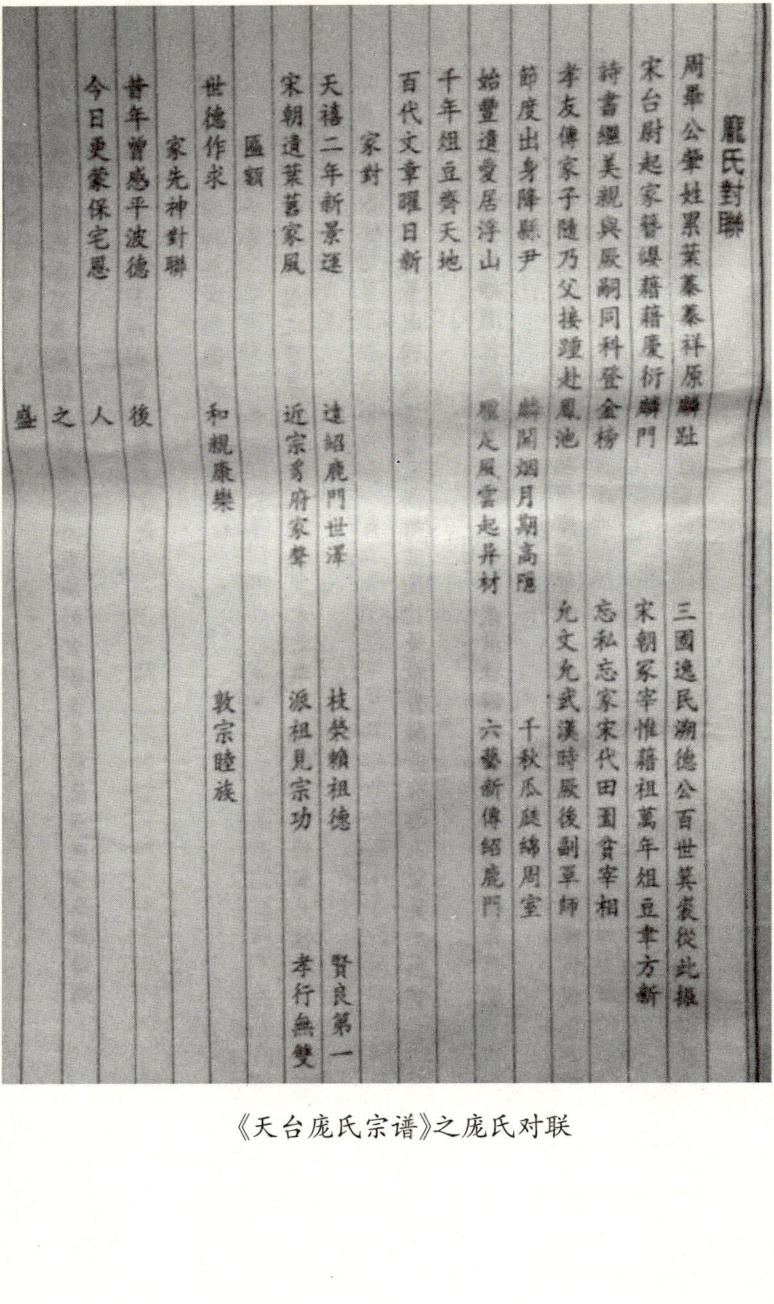

龐氏對聯

周畢公肇姓累葉蓁蓁祥原麟趾 三國逸民溯德公百世箕裘從此振

宋台尉起家晉嬰藉藉慶衍麟門 宋朝冢宰惟藉祖萬年俎豆聿方新

詩書繼美親與辰嗣同科登金榜 忘私忘家宋代田園貧宰相

孝友傳家子隨乃父接踵赴鳳池 允文允武漢時厥後副軍師

節度出身降縣尹 麟閣烟月期高隱 千秋瓜瓞綿周室

始豐遺愛居浮山 曜足風雲起异材 六藝薪傳紹鹿門

千年俎豆齊天地

百代文章曜日新

家對

天禧二年新景運 達紹鹿門世澤 枝榮賴祖德 賢良第一

宋朝遺葉舊家風 近宗豸府家聲 派祖見宗功 孝行無雙

匾額

世德作求 和覩康樂 敦宗睦族

家先神對聯

昔年曾感平波德 後

今日更蒙保宅恩 人

之

盛

《天台庞氏宗谱》之庞氏对联

和圣落户“和合故里”探“原”兼及寒山子姓“庞”的考证

摘要：何为“和”?“和圣”落户天台山之因是什么？寒山子为何能成为“和圣”？天台山尤其西乡为何能成为“和合文化”集大成处？换言之，成就“和圣”及“和合故里”桂冠的“原”是什么？兼及寒山子姓“庞”的考证，以及早期（书剑客）所经历“豪门狂少年，枉有文武艺——科考穷书生，嫌‘身’不得官”的两阶段是成就“和圣”这出大剧的引子。

关键词：和之含意、落户成“和圣”之因、和合故里之“原”

我国“和合文化”源远流长。《易经》中的“和”为和谐、和善意；《尚书》中的“和”指对社会、人际关系诸多冲突的处理，“合”指相合、组合。“和合”连用，“和”一般指和谐、和平、祥和，“合”指结合、合作、融合。“和合”是实现“和谐”的途径，“和谐”是“和合”的理想实现。本文“和合”还包括清雍正所封的天台寒山大士“和圣”及拾得大士“合圣”。

佛道典籍中也出现“和合”词，然为何要说“和合文化”集大成于浙东天台山主要在西乡（换言之，几乎跑遍全国的寒山子为啥偏偏隐居于此而得以成就？“和合文化”代表为何只能是寒山子）？天台庞氏发祥地与姓“庞”的寒山子有联系吗？成就“和圣”、天台山称为“和合故里”的“原”究竟何在？

一、“和圣”落户天台山之因

浙东天台山“山有八重，四面如一，顶对三辰，当牛女之分，上应台宿，故名天台山”。东晋孙绰《天台山赋》赞叹：“天台山者，盖山岳之神秀者也。”东汉刘晨、阮肇来此“遇仙桃源”，与陶渊明《桃花源记》一样驰名。魏晋以来北方战乱频繁，北人纷纷南迁至“神山秀水”地。三国葛仙翁传道山卓庵，书圣王羲之来华顶拜白云先生为师苦练“永字八法”；陈隋时智者大师创立汉地第一教派“佛教天台宗”，国清寺成为日韩祖庭。唐代司马承祯传道，桐柏宫为东南道教圣地；吕洞宾“欲度有缘人换骨，暂留踪迹在天台”。名人墨客纷至沓来，据统计描述天台山的唐诗竟占“全唐诗”的1/49[1]。至宋朝，邑人张伯端创立道教南宗，桐柏宫为南宗祖庭；活佛济公行侠天下。据1995年版《天台县志》统计：南迁姓氏，最早于东晋，最多于两宋，单隐居的就占39姓。天台山文化已“丰干饶舌”得耳朵生茧矣。

耶路撒冷为犹太教、基督教、伊斯兰教发源地，上千年来血火纷飞绵延不息。而天台山，自古以来少见杀戮，民间有“大乱一半幽(躲藏)”说法。盖从嵊州、新昌方向通往天台的路径必经过“一夫当关，万夫莫开”的关岭。而整个城乡，四周山势巍峨连绵，洞天福地；飘带似的母亲河始丰溪蜿蜒东去，两边盆地形成世外桃源。且三教和谐相处，千僧万道济济一山，故有“佛宗道源”美誉。因而寒山子落户天台70余年，除了几次去过故里咸京(长安)、一段时间待在姑苏寒山寺外，终老于天台山。其诗为证：

“我闻天台山，山中有琪树。永言欲攀之，莫晓天台路。
缘此生悲叹，幸居将已慕。今日观镜中，飒飒鬓垂索。”
“自见天台顶，孤高出众群。风摇松竹韵，羽现海潮频。
下望青山际，谈玄有白云。野情便山水，本志慕道伦。”
“卜择天台地，天台更莫言。猿啼谿雾冷，岳色草门连。
折叶覆松室，开池引涧水。已甘休无事，采蕨度残年。”

天台自古有“东乡”“西乡”之称，东乡指除去城关外的东边天台山区，西乡指平桥、街头一带的西边山区。至于人文胜景，东乡不仅是佛、道两祖庭所在地，五百罗汉道场，还有举世无双的琼台夜月、石梁飞瀑、铜壶滴漏、释道双修圣地赤城山等等。在人们心目中，可谓天台的精华多在东乡；那么寒山子来台之后，最终为何偏偏隐居西乡明寒岩，并以其隐居的山名作为字号呢？

从小范围而言，其出生地“咸京”一带亦有“寒山”，“山在长安西南四百里，溪谷险阻，非军兵所至……”（《高僧传》）彼寒山与此寒山在名称、方位、地理环境上相同。其以山为名，既是“哀哉百余年，肠断忆咸京”（推测寒山子故里就在彼处的“寒山”边上），又表明“寒山深，称我心。纯白石，勿黄金。泉声响，抚伯琴。有子期，辨我音”。其隐居的明寒岩，却巧位于一座山脊两边。明岩坐落于东边峡谷，不走近很难发现，况且与范增隐居的“九遮秀谷”近邻；而“寒岩洞”，是天台山最大天然洞府，洞中一泓神泉，洞外“满目青山夕照明，山源草木灿似锦”，“十里铁甲龙”绵延壮观。寒山子以此为家，“或向前溪照碧流，或向岩边坐磐石。心似孤云无所依，悠悠世事何须觅。”“碧潭泉水清，寒山月华白。”“吾心似秋月，碧潭澄皎洁。无物堪比伦，教我如何说？”

寒山子每逢去国清或他处，来时必经西乡平桥的溪边路径，会看到西北千佛山上十六里长的“卧佛”，云蒸霞蔚（佛鼻下的前山岙，有广严寺，晚唐道荣成就天台首尊肉身佛）。还有两岜隔溪遥对，这儿的青山岜，五代志公等演绎《五公经》；附近张家塘是道教南宗祖师（紫阳真人张伯端）故里，会龙庵民国时又成就了一尊人干活佛。

寒山子逝去270年前后，北宋大中祥符三年（1010），天台庞氏始祖正己公（956—1029）来天台任县尉兼主簿。他“生有异禀，志切经世”，任秘书省校书郎，雕锦玉骢，天下目为“北门学士”。（《康熙天台县志》卷三“主簿”页26：“庞正己，大中祥符三年以将士郎守县尉兼主簿，后家于台。”)待选节度使时，其二兄“在部获贿坏事”，故受牵连。赴台前，人咸惜之，公曰：“尺籍伍符[2]述六职，以辅治安，在枳棘非栖鸾地乎？况吾闻天台‘霞起建标，飞流界道’，昔人因有希心登陟，而无羡于层城(赤城山)者；而余乃重以羡天子命挥羽其间，不更快欤？!”任满后在民众挽留下定居西乡平桥，千年后庞氏在天台成为一大望族[3]。公言行与寒山子在精神层面上高度一致。2007版《天台县志(1989—2000)》第24页：“寒山子(约725—830)，原名庞任运(《通志·氏族略》)。”度娘告诉我们：《通志》是南宋初郑樵(1104—1162)的代表作，史学“三通”之一，其中的《氏族略》共六卷。若寒山子是庞家人，那公越发与之心灵息息相通；即使寒山子并非庞家人，他也是一个不是天台人的天台人。天台这地方吸引着多少个寒山子定居繁衍，生生不息，不断丰富着包括“和合思想”在内的天台山文化宝库。

二、和合文化的代表人物为何只能是寒山子这位“和圣”

“一为书剑客，三遇圣明君。”“忆昔遇逢处，人间逐胜游。乐山登万仞，爱水返千舟。送客琵琶谷，携琴鹦鹉洲。”“出生三十年，当游千万里。行江青草合，入塞红尘起。”“南方瘴疠多，北地风霜甚。”“极目兮长望，白云四茫茫。”表明早期寒山子这位“书剑客”，曾四处游历。若无强大的经济基础支撑着，如何“当游千万里”？

来到浙东，已自号为“山林人”的他陶醉了：“平野水宽阔，丹丘连四明。仙都最高秀，群峰耸翠屏。远远望何极，矶矶势相迎。独标海隅外，处处播嘉名。”“回耸霄汉外，云里路岧峣。瀑布千丈流，如铺练一条。下有栖心窟，横安定命桥。雄雄镇世界，天台名独标。”

定居东乡后，先是过着诗酒琴书自娱、拥有妻儿的田园“和合”生活(“投辇从贤妇，巾车有孝儿。风吹曝麦地，水溢沃鱼池。”

“茅栋野人居，门前车马疏。林幽偏聚鸟，谿阔本藏鱼。山果携儿摘，皋田共妇锄。家中何所有，唯有一床书。”“杂杂排山果，疏疏围酒樽。芦莦将代席，蕉叶且充盘。”），接着在仙山学道，一度自号“餐霞子”（“有一餐霞子，其居讳俗游。论时实萧爽，在夏亦知秋。幽涧常沥沥，高松风飕飕。其中半日坐，忘却百年愁”）；最终却选择了西乡明寒岩，至死不离不弃。离开东乡缘由是“炼药空求仙，读书兼咏史。今日归寒山，枕流兼洗耳。”“宁死待鹤来，皆道乘鱼去……饶你得仙人，恰似守尸鬼。”“沙门不得戒，道士不服药。自古多少贤，尽在青山脚。”隐居当中，有时也“手把两卷书，一道将一德”，对正信佛、道修持有加；尽管看不惯“福田一个无，虚设一群秃”（《天台山方外志》载其在国清“或廊下徐行，或时叫噪凌人，或望空谩骂。寺僧不耐，以杖逼逐，翻身拊掌，呵呵徐退”），但他还是与国清的丰干禅师、烧火僧拾得成为知己。他要么待在寺内与拾得烧它几日饭，要么出外闲逛，说来就来说走就走。“自从出家后，渐得养生趣。伸缩四肢合，勤听六根具。褐衣随春冬，粝食供朝暮。今日恳恳修，愿与佛祖遇。”“闲时识高僧，烟山万万层。师亲指归路，月明一轮灯。”

一个“书剑客”，来到天台后成为“山林人”（“元非隐逸士，自号山林人。仕鲁蒙帻帛，且爱裹疏巾。道有巢许操，耻为尧舜臣。猕猴罩帽子，学人避风尘”），又从“餐霞子”变作“寒山子”，“余家本住在天台，云路烟深绝客来”，“我家本住在寒山，石岩栖息离烦缘。”在穴居中又经过“一朝着病缠，三年卧床席”的生死考量，身背装着拾得给他的残羹剩饭（后世“讨饭背竹筒”出处），并在山民帮助下适应了“野人”的生活，最终在此成就了民间所尊称的“寒山老佛”。

一个“寻思少年日，游猎向平陵。国使职非愿，神仙未足称。联翩骑白马，喝兔放苍鹰”且“弟兄同五郡，父子本三州”的“三见圣明君”者，“东守文不赏，西征武不勋”（魏晋南北朝以来，世家大族把持朝纲，庶族根本挤不进去；而世家大族出身的寒山子却又“闻伐匈奴尽，婆娑无处游”）；再加上家庭的重大变故，“不觉大流落，皤皤谁见怜？”“缘遭他辈责，剩被自妻疏。”

失去望族的庇荫，但他还是自信满满：“盲儿射雀目，偶中亦

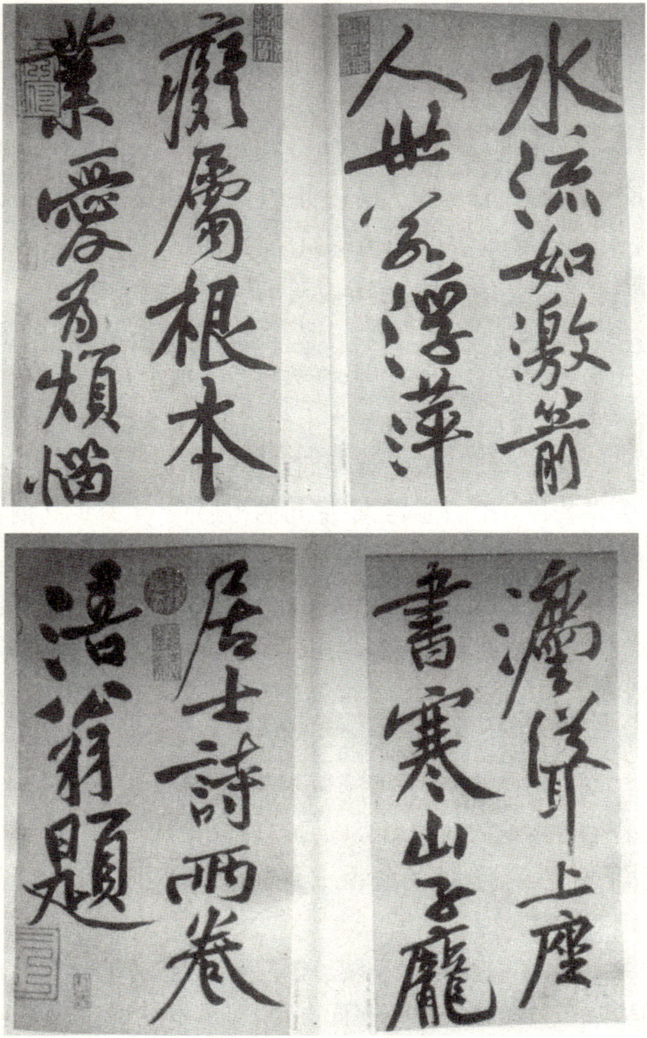

北宋黄庭坚书《寒山子庞居士诗》（局部）

不难。”隋唐破天荒实行科举考试，“个是何措大，时来省南院。年可三十余，曾经四五选”，似乎好运又光临似的。然而，自以为“神气卓然异，精彩超众伦”，可“书判全非弱，嫌身不得官。铨曹被拗折，洗垢觅疮瘢”。唉！只得“浪行朱雀街，踏破皮鞋底”。“囊里无青蚨，箧中有黄绢。行到食店前，不敢暂回面”。想凭真本领跳进龙门的路径又被一回回无情堵死，逼得他“抛却红尘境，常游好阅书”。成书于唐开元二十七年(739)的《唐六典》规定：“以四事择其才，曰身、言、书、判。”即体貌丰伟、言辞辩正、楷书优美、文理优长，寒山子每次都卡在“身”这关不得过上。呜呼！(笔者认为家庭变故后，有对立面不想使寒山子翻身。本是世家的么，可以荫庇的。这首先同当朝最高统治者有关。三见帝王自然是与“东守、西征”密不可分，之后呢？人生大转折也。)

直到隐居无数年后，对妻子的深刻变化仍历历在目：“昨夜梦还家，见妇机中织。驻梭如有思，擎梭似无力。呼之回面视，况复不相识。应是别多年，鬓毛非旧色。”(其“少小带经锄”，表明在当时是个“另类”，伏笔隐居后勉强还能自理生活。“未能得官职，不解秉耒耜。冬被破布衫，盖是书误已。”)红尘滚滚，电光石火，几次大跌跤后，他深深懂得“平生何所求，此世随缘过”，“我见世间人，茫茫走路尘”。

一个自视颇高的官宦后代，从彩云端跌落后又在四五回科考中惨遭人生打击，在山东某地做个胥吏(“仕鲁蒙帻帛”，笔者推测应是曲阜。按寒山子性格，非圣贤之地不会低就的)之后，痛定思痛，“一人好头肚，六艺尽皆通。南见驱扫北，西风趁向东。长漂如浮萍，不息似飞蓬。问是何等色？姓贫名曰穷”后，毅然决然、义无反顾的走向草莽山林间，以天台山为家。经数十年蝶变，彻底变为“寒山子”了。这还与其勘破生死的一面密不可分：早年“出身既扰扰，世事非一状。未能合流俗，所以相追访。昨吊徐五死，今送刘三葬。终日不得闲，为此心凄怆。”“骊马度荒城，荒城动客情。高低旧雉堞,大小古坟茔……所嗟皆俗骨,仙史更无名。”“白发会应生,红颜岂长保?但看北邙山,个是蓬莱岛。”在天台“一向寒山坐,淹留三十年。昨来访亲友,大半入黄泉”。“昔日经行处,今复七十年。故旧无来往,埋在石冢间。余今头已白,犹守片云山”。

自古以来,不得志而隐逸的不少,也留下一些佳篇;著名诗僧也有好几位(如宋代国清方丈志南就有“沾衣欲湿杏花雨,吹面不寒杨柳风”),精通三教的奇能异士绝非凤毛麟角,寒山子到底算个啥?

诵读其诗,可知其“老病残年百有余”之前,经历了咸京“书剑客”(豪门狂少年,枉有文武艺—科考穷书生,嫌‘身’不得官)——天台东乡“山林人”“餐霞子”(农隐至学道)—天台西乡“寒山子”(“癫狂汉”—俗家佛弟子—“和圣”)历程,极富代表性和传奇性。

他传世的320余首诗,既有直白如话(而唐代诗僧王梵志、庞居士诗几乎皆如此)一面,又有情文并茂的写景抒情、富有哲理性的讽喻劝诫,“不恨会人稀,只为知音寡。……忽遇明眼人,即自传天下”,以致千年后流传于大洋彼岸,至今如火如荼呢。

试想,“和合文化”代表人物的桂冠不落到他头上还能是谁?!

三、再探寒山子成就“和圣”(兼以姓“庞”的探究)、天台成为“和合故里”(天台山成为“和合文化”集大成圣地)之“原”

儒家强调“修齐治平”,而寒山子这个“少小带经锄”的“书剑客”,从一个“经眠虎头枕,昔坐象牙床”“三端自孤立,六艺越诸君”“能射穿七札,读书览五行”的时代骄子,直到“嫌身不得官”而举目无亲狼狈不堪,怎不令人唏嘘?!

上文说到其为庞某,诗中就有“任运遁林泉,栖迟观自在”,

"闲于石壁题诗句，任运还同不系舟"呢(也有人认为这"任运"是个词语，作"听凭命运安排"解)。除了《县志》记载外，北宋黄庭坚(1045—1105)《寒山子庞居士诗》告诉我们寒山子就是姓"庞"的。黄某书写寒山诗两首半：

我见黄河水，凡经几度清。水流如激(寒诗"急")箭，人世若浮萍。痴属根本业，爰为(寒诗"无明")烦恼阬。轮回几许劫，不了解无明(寒诗"只为造迷盲")。

寒山出此语，举世狂痴半(寒诗"复似癫狂汉")。有事对面说，所以足人怨。心真语亦直，直心无背面。临死渡奈河，谁是喽啰汉?(寒诗还有"冥冥泉台路，被业相拘绊"。)

寄语诸仁者，仁以何为怀？达道见自性，自性即如来。(寒诗还有"天真元气足，修证转差回。弃本却逐末，只为一场呆"。)任运堂试张通笔，为法耸上座书寒山子庞居士诗两卷，涪翁题。

这还不能说明"寒山子"与"庞居士"为一人乎(黄氏书写寒山子这个姓"庞"居士的诗。还要注意最后"两卷"，而非"两首")？中唐时亦有庞居士，那叫庞蕴(？—808)，人称"东土维摩"，有诗传世，却在《庞居士语录》中下卷所有诗中找不到黄某所书的诗句，尽管庞诗与寒山诗在修禅上意同。再者，黄庭坚书、示、赠寒山诗于友人有五六次之多，且诗云："前身寒山子，后身黄鲁直(诗人的字)。颇遭俗人恼，思欲入石壁。"黄某以寒山子自居呢。[4]以此为据，再将隋唐有关庞氏史料与寒山诗相结合分析，恐怕能打开研究的新思路也说不定。

汉魏两晋南北朝时，庞氏名流灿若繁星。隋唐时，正史记载的庞氏才俊就有十几位(多是武将)。唐初，庞孝泰征高丽为国捐躯，葬于广西博白；武周时有《庞府君(同本)墓志铭并序》；中唐有驸马庞郎；唐末庞勋起义……就拿正己公来说，谱载为庞玉十三代后裔。庞玉(陕西泾阳人)是初唐大将，任浙东总管，死后为全国四大城隍之一。其四代孙庞坚(陕西泾阳人)，初娶"邠王守礼女建宁县主”(县主,皇族女子封号);庞坚在平定“安史之乱”时忠义贯金石。(这里要说明一下,邠王李守礼是唐明皇嫡亲堂兄弟,李守礼长女金城公主和亲吐蕃,为唐蕃“和同为一家”做出贡献。另“邠王”不同于“邠阳王”,后者是“再造大唐”的郭子仪封号。)近来从正史和碑文中找到庞玉有弟名庞琳,有子除了谱载的庞翀(正己公为其十二代裔孙),还有庞廓(新发现贞观二十年《庞廓碑》)、庞廊,其父庞徽(“周载师大夫,隋使持节,仪同大将军……开国公”),祖父庞景(“魏天水、安山郡太守,龙骧将军,和州刺史,卫将军,周赠使持节……州刺史,南安烈公”),曾祖庞伯(北魏直阁将军),高祖为北魏的庞状云。正史中几代名讳有载,非有知名度能做到吗?而今江西等地历代宗谱的记载表明与庞玉密不可分呢,我们正在各地寻找的庞玉后裔已有蛛丝马迹……

尤其值得一提的庞卿恽家族六七代做官延续200年左右,对寒山子身世的研究颇有启发。

庞卿恽(594—628),《旧唐书·列传》言“并州太原人”,先后授开府仪同三司、上柱国,封真定县开国侯;贞观元年(627)诏授左武侯将军,封郕国公,食邑四百户。《唐文拾遗》卷13中有《左武侯将军庞某碑序》即庞卿恽碑文(碑载其“相州邺县人”),书法家虞世南所作。其曾祖为北齐镇西将军;祖父庞兴于北齐天宝元年(550)任北齐陈留太守;父庞茂,隋朝北海郡丞,正议大夫。庞卿恽三子:长同善,右金吾大将军;次同福,饶州刺史、左卫将军、安北都护;老三同本(624—693),13岁敕授左千牛,最后封安化县开国男,食邑三百户,死后成为陪葬于乾陵的十八墓葬之一。这三兄弟中有个女儿嫁润州刺史窦孝谌,生女窦氏;窦氏嫁睿宗李旦,生两女一子,子即玄宗李隆基。而同福子承宗,开元初仕至太子宾客;次子承训,将作监少匠(为将作监的副主官),传世有《唐将作监少匠庞承训墓志铭》。承训子庞履温第一个通过科考致仕,拜宣州参军,授莫州司功参军,于唐开元十九年(731)任元氏县(在河北省)县令,时人称"君有善政者七",去世后庞君"清德碑"碑文刻于开元二十四年(736)。

这表明寒山子"出身望族"的说法,既有其诗为证,又吻合当时庞氏历史事实。如庞同本13岁能担任"左千牛"(所谓左右千牛卫,专责"掌执御刀宿卫侍从",是皇帝内围贴身卫兵),而寒山子"东守""西征"当在20岁以内(接着参加四次科考,每次三年也要十二年矣)。至于寒山子是否与庞玉、庞卿恽或其他某一脉有关,则有待考证。

读寒诗,总觉得有两个早期寒山子:一个是与皇家关系密切的豪门子弟纵横驰骋恃才傲物的,一个是出身于小康之家却一次次科考无望陷入困顿的。尤其是"少小带经锄,本将兄共居"与"三见圣明君""弟兄同五郡,父子本三州"等,无法彼此"和合"。写传记的,写其家庭殷实,渲染"联翩骑白马,喝兔放苍鹰",却无法写出"国使职非愿,神仙未足称",更是避开"三见圣明君"之类。况且将"兄"只算一个,就没算成四个,而寒山子是最小的;其"东守""西征"与其"兄"相加不是"弟兄同五郡"么?他曾"去家一万里,提剑击匈奴"却半途夭折,"东守文不赏,西征武不勋"早已埋下家庭变故的悲剧。

笔者经过研究,觉得还是将其30多岁以前的经历分为两阶段为好:豪门狂少年,文武全才者,三见圣明君,立功却不赏——家庭大变故,科考穷书生,嫌身不得官,妻友俱疏远。他被抛弃到最底层后只过了一段"妇摇机轧轧,儿弄口喁喁。拍手催花舞,搘(支撑)颐听鸟歌。谁来当叹贺?樵客屡经过"的草根生活(应若干年。加上隐居寒明岩70年,估计活了110岁以上),学道又不成,隐居之初三年大病幸而未死,随后就以"风癫"示人好一段时日,"时人见寒山,各谓是风癫。貌不起人目,身唯布裘缠。我语他不会,他语我不言",幸耶?不幸耶?然能够在咱天台修成正果,又何其幸也!(不禁想起活了不到五十的曹雪芹,也是从与朝廷血肉相连的江南望族之彩云端一跤跌落凡间，于北京西郊某山村与草根为伍，十年辛苦不寻常，才写出字字看来皆是血的巨著《红楼梦》。）

寒山子修成“和圣”过程并非一蹴而就。所幸的是，他在天台山，尽管“昨日到城下，却被狗行相。或嫌裤太窄，或说衫少长”，平时“布襦零落，面瘦枯瘁，以桦皮为冠，曳大木屐”，也无“多少天台人，不识寒山子”中的哪个或某些“天台人”将他轰出城乡，王秀才笑其诗词不合平仄格律寒山子反而讥笑对方后对方也没拿他怎么样；尽管僧侣们笑他痴、赶逐他，但还是任其来去自如，将一个堂堂寺院当作路廊、旅店亦无妨。在天台，你要学道就学道，你要学佛就学佛，未见彼此的师父、师兄来干预指责，桐柏宫、国清寺依旧八风不动。你赞也好，你骂也罢，寺观依旧“和合”相处。他“惯居幽隐处，乍向国清中。时访丰干道，仍来看拾公”，与骑虎而行的丰干“和合”得不得了，与起码比他小几十岁的叫“拾得”的烧火僧成了忘年交！故这三人成为“和合”典范；寒拾为“和合二圣(仙)”，受到千家万户的欢迎。寒山子在天台的和合践行，其发明与推崇的风味小吃绞饼筒、洞房花烛夜喝“和气汤”、下葬时先用麦秆芝麻“暖圹”等形成天台习俗，上千年来影响着人们的衣食住行、为人处事。

天台山最终成就了这位“和圣”。他终于发现了自己所拥有的“可贵天然物”：“达道见自性，自性即如来”。总而言之，寒山子只有落户天台山才能成为“和圣”，“山水神秀，佛宗道源”的天台山凭着“和圣”的践行又添一顶“和合故里”桂冠。

寒山子成为和圣后，到了哪里，哪里就赐福。在姑苏某寺院只一住，那以其命名之“月落乌啼”寺院立刻“夜半钟声到客船”了；其挚友拾得到了日本，虽说相隔几千里，而二人的心灵却是出奇的和合！(一说拾得70岁圆寂于天台)“和”即“荷”，“合”即“盒”，两字音同，意蕴难分。和则合，不和则分也。其家庭从“和合”到“不和合”再到天台农隐的短暂“和合”，从学道及与寺僧的“不和合”到通过与丰干、拾得的“和合”践行，成就了亿万家庭与朋友间的和合；其与朝野世道的“和合”不了，来到天台后经历了漫长的“磨合”过程，最后在天台山及寒山寺、在中日间“和合”了，为人与人、人与家庭、人与自然、人与地方(国家)、人与社会等如何“和合”相处提供了活版本。

至此，或曰：“你将天台夸得一朵花，难道天台真的是和合的天堂吗？”天台山是娑婆世界中的沧海一粟，哪能没有问题呢？单是宗族械斗就让本地作家许杰写进《惨雾》小说中。但请注意，寒山子住世时所写的诗歌中，也没将天台夸成一朵花。(他这个“书剑客”曾游千万里呢，为何单单选择天台啊？之后的70多年间也数次出去过，若天台真的不好，完全可以再选心仪之地嘛，你说是不是啊？)天台的寺观存在着问题，天台的人文风俗与之有距离，但与“咸京”的天上人间比起来，小菜一碟耳(他来天台后有过草根生活，又遭遇某种挫折去学道，学道一段时日后又与宫观“拜拜”了，在隐逸中曾命悬一线，被当作“疯癫者”，但咋不离开天台呀？实际上，通过他的沧桑经历，更说明“和合”的可贵)。当时天台人口不到一万，地广人稀；寒山子之后，人口增多，社会成分复杂起来，相应来说出的问题也要多些，但这也只是支流。与各地相比，无论从哪个方面来说，我们天台还是个相对的“和合圣地”。如西乡始丰溪南后蒋村(会龙庵北不到二里处)，六七百年来十八姓居住在一起，民谚不是云“后蒋十八姓，梗竹锄头柄”吗？可见“和合文化”，是天台山文化的镇山之宝。而天台西乡，是寒山子“和合文化”的主要集大成处，这是一张不可多得的金名片呀！

寒山子是“和圣”，诸君可知何为“和”？追根还“原”：“和”，指以声音相应，和谐地跟着唱。“和”，由口和禾组成。“禾”在甲骨文像一颗成熟的果子，下有根，中有茎，上有叶，顶上一株垂向一侧的谷穗。"禾"表完整的谷子,秋收时大家一起收割才是最喜庆的。而甲骨文和金文的"和"与"禾"类似,仅在右上角有一"口"字,代替了"禾"字一侧的谷穗。表口中发出的声音应与谷穗一样成熟、和谐和美满,故引申为协调、适中、喜悦、和顺、和睦等义;"和"也成了古乐曲最前面部分,犹如今之引子。[5]寒山子的早期生活,不正是"和圣"人生大剧的"引子"么? 寒山子在天台山期间,主要与草根打交道,所写的诗也极受"锄禾日当户"的芸芸众生欢迎(也受白居易、苏东坡、黄庭坚、王安石、朱熹、雍正帝等名人的重视、一些高僧的唱和,但总的来说游离于主流社会边缘,只在近百年间大大吃香)。

和圣在天台山(尤在西乡)期间的修炼,是"和圣"大剧的开端、发展和高潮,是集三教"和合"内容的大成,是指导亿万民众和谐相处的"月明一轮灯"。其与拾得、丰干这三位一体的"和合"践行,在"烟山万万层"中显得尤为醒目。如何"师亲指归路"? 就是"家有寒山诗,胜汝看经卷。书放屏风上,时时看一遍"。

正是:和和和,合合合,天台成就"和合"歌。与己和,卸却名利心头歇;与人和,肝胆相照仁义携;夫妻和,相知相守月光协;一家和,福禄满门旭日泻。湖光秋色两相和,潭面无风镜未磨;人天和,天地和,万物蓬勃飞潜乐;家国和,天下和,和而不同乾坤阔。

几十年来,西乡街头镇对"和圣"的研究情有独钟,街头小学以寒山诗为乡土教材一以贯之,取得硕果。当前天台以建设"名县美城"为己任,建议以始丰溪(正打造始丰溪国家湿地公园,已有上万白鹭翩然栖舞)为龙身,以街头、平桥两镇为龙头、龙前爪,以"和合思想"集大成处寒明岩为龙眼,有机与广严寺、紫阳宫、会龙庵、青山卓及天台慈恩寺(俗称"黑洞")等宗教文化点联成一彩线缀着珍珠串,与东乡国清寺、桐柏宫、济公故居"和合"一起;并将庞泮五凤楼、吴咏(世界首部植物学辞典《全芳备祖》)与胡宗衡(武林宝典《易筋经》)故里等处的儒家文化、科技武术文化(包括抗日志士、平桥岩头背人陆鏊的诗文)加以挖掘提升,岂不最大的给"和合故里"以生动广告么?眼下应借这次放在咱天台举办"和合文化"暨"一带一路"国际研讨会东风,抽出时间去"和圣故里"走一走,领略一下咱"和合故里"的和合成果,岂不美哉!接着斥巨资拍摄《和合天台》大型电视剧,精心打造好寒山子这位和圣,还怕不与济公一样和合天下乎!

(1)天台山文化研究会学术委员会副主任安祖潮统计,见2007年2月《天台山文化研究》第13页。

(2)尺籍伍符,指记载军令、军功的簿籍和军士中各伍互相作保的守则。

(3)该段文字来自《天台庞氏宗谱》。

(4)见徐永恩《天台山和合文化通论》第187页,中国文史出版社出版。

(5)见袁义达、邱家儒主编《中国四百大姓》第639页,2017年11月江苏人民出版社出版。

(本文为参加2017年11月10日—12日国际性"和合文化论坛"交流的论文,本人以"联络员"身份参与全程服务。)

附:“天台山和合文化论坛”剪影

会场一角

2017年11月12日上午,在温泉山庄天台山和合文化论坛第二组交流时与日本鹤见大学女教授池丽梅(右)亲切交谈

和合碑揭幕

游览国清寺

《天下和合》剧演出

2017年11月11日下午与本县范坚军(中)、陈秋月(右)在温泉山庄大厅参加天台山和合文化论坛时随坐在一起,恰与会议名单上的名字顺序一样

为师为文两相宜

文/图 陈舟宝

庞国斌正在稻田里劳动

平桥镇前山中学的庞国斌老师是天台西乡屈指可数的才子。他一边当教师一边“爬格子”,教书出成绩,文章写出名,主副两业双丰收。鉴于庞老师二十八年来教书育人的成绩,他今年被评为县第四届“十佳师德标兵”。

庞国斌佳在何处,名在哪儿? 听我一一说来。

阴差阳错到旗前

1981年夏,24岁的庞国斌从台州师专温岭教学点中文班毕业。拿着师专毕业证的他踌躇满志,一心要当初中语文教师,在家乡平桥大干一场。有消息透露,他被分到平桥区校初中班,令他欣喜不已。8月19日上午,可是当他拿到报到单时,他擦了三遍眼睛,只见那上面赫然写着“街头区校”四字,白纸黑字证明他要教书的地方是“街小”,不是“平小”。他只得安慰自己说,街小,只是回家路远些,后生人有的是力气,反正两校都有初中班。

等到他汗流浃背赶到街小,那里的校长对他说:“你是平桥人,照顾你周末回家,就近分你到旗前小学教五年级语文吧。”他以为自己听错了,追问了一句,校长又重复了一遍原话。他做梦也没有想到结果和理想会有天壤之别,自然不甘心。他说:“当前农村初中班合格教师奇缺,高中毕业生教初中的算上等了,你们把一个合格的师专生分去当小学教师合理吗?”那位校长仔细一看报到单,“啊”了一声,连声说:“看错了,我还以为你是中专毕业呢。”他马上写条子要旗前小学把庞国斌安排到初中班任教。

五旗山下的“拼命三郎”

旗前村面山背水,因东南角五座山峰像五面锦旗而得名。抗战时,绍兴中学迁址该村两年。那里的群众有尊师重教的好风气。校长也看重庞国斌这位难得的师专生。庞国斌心里暗暗使劲,要在乡村中小学教出水平,教出成绩。

三年了,庞国斌任教的1984届旗前初中班毕业了,学生在毕业考、中考二次规范大考中,他所任教的语文成绩名列街头区第一;同时,他担任班主任的1982—1985届还在艰难跋涉中。1984年下半年,当他作为区先进班主任登台亮相时,人们才看到这位老师原来是一名头发散乱,穿一身褪了色的旧军装,裤脚卷得一高一低的小青年。在台上,他向同行介绍了教学经验。台下有人窃窃私语:“看不出这个‘穷代课’,原来是个货真价实的大学生呐!”

四年的负重拼搏,让旗前中小学校长对他格外倚重。庞国斌从普通教师的位置走上了“二把手”——教导主任的岗位。他提出了一些人连想也不敢想的口号:“小学追街小,初中赶街中。”

从1985年到1988年,不会讲普通话的庞国斌又创造了一项“奇迹”。他借小学老师在本校的光,拜他们为师,放弃休息日给初一学生补语音。学生们居然两次夺得街头区普通话比赛团体第一名的好成绩。这让街中教师大为吃惊。街头中学领导非常佩服庞国斌,称他为“拼命三郎”。

前山中学的“老黄牛”

在旗前的教学生涯,被庞国斌称为“八年抗战”。那八年,学校取得可喜成绩,但他体力透支。32岁的庞国斌居然弓背弯腰像个小老头。

1989年,“小老头”庞国斌调到前山中学任教。由于之前的业绩,他被学校任命为政教组组长兼教导助理。他以学生会为平台,让学生学会自治管理。他工作得勤勤恳恳,被大家称为“老黄牛”。不久,两场大病让他这个“拼命三郎”连根稻秆毛都撮不起来。他只好把校行政工作辞去,单做教学工作。

从1989年到1998年,他把精力落实在教学技能的探讨中去。他深知平桥是教育强镇,竞争非常激烈。他要总结“八年抗战”的实践经验,研究出一套适合当地学生学习习惯的教学方法。为此,他带领年级组教师到城关、白鹤等中学取经,用“它山之石”来攻前山中学这块“玉”。在教务处的支持下,他率先开展以教学反思为核心的“五环节备课”尝试和“范文探原法”探讨钻研,还研究自编了简明扼要、提纲挈领的课堂板书设计。

范文探原法就是让学习者将自己化身为当事人,探析揣摩作者的感受、立意和构思,让范文的读与写互动。这是思维的深层次启发和训练,学习者在读中学、学中思、思中练。这个研究后来与同校教师袁琳合作刊印成书出版。庞国斌的这整套教学经验被誉为“庞氏语文教学套路”。

“庞氏套路”让前山中学语文教学质量长足进步,部分学生语文成绩进步显著。

1981年,“庞氏套路”使他任教的慢班毕业考平均成绩达64.6分,超出各校慢班10分以上。20世纪90年代,他任教的学生在县级以上竞赛中有数十人获奖,其中有三人获全国“圣陶杯”作文奖,多篇习作在全国性刊物上发表。

1998年后的多次中考,前山中学的语文成绩名列县第四,成为全县独立初中的翘楚。

草根学者初试锋芒

从小怀有写“大部头”理想的庞国斌从没有忘记写作,他的钻劲和好奇促使他笔耕不辍。高中毕业回乡务农,他不满公社某干部作为,写过《奇文共欣赏》一文,隐晦地批评后来制造“犁豆事件”的那个人。在旗前时,他写了关于校园生活的大型话剧《清水浊流》,还有小说《走不出低谷》等习作。他认为,学中文教语文,如果自己提笔重千斤,是不能胜任语言文字教学的。

到前山中学后,庞国斌在学校支持下创办校文学刊《风华》(后来由于多种原因停刊了)。在办刊的六年间,学校中喜爱写作的学生接触了文学这块沃土,成为文学爱好者。薄薄的六本《风华》,虽然文字还很稚嫩,构思尚欠精到,但却点点滴滴记录了一批钟情文学者走过的道路,或许他们的人生航程就从那里起锚。

庞国斌说,我愿当红烛照亮别人,看到学生学有所成我会由衷高兴,但我更爱思绪翻腾、信马由缰的那种感觉。从20世纪90年代起,他就着手搜寻古邑人张伯端的相关史料。这对于一个身负教学重任的人来说,绝非撮虾下酒——手到擒来的事。但爱钻研历史的他“明知山有虎,偏向虎山行”,他的“一根筋”逼着他不断求索。他冒着酷暑游走在百步找感觉。他几下临海考察张氏遗踪求证史料。他数访文史专家聆听教诲。他造访学者以拨开迷雾。他与道教典籍为友。他拜电视剧为师寻求突破。经过数年辗转,他终于依据有限的史料和有关传说,梳理出了张伯端的

庞国斌与人合作出版的《范文探原法》和电视文学剧本《张伯端》

一生传奇。

为了写好这个剧本,他先后与几人合作过。经过一段时间的磨合,确定了最后的合作者——袁水清先生。

他说,一部24集电视连续剧的剧本,33万字,对于一个业余作者来说,只能把人家打牌、搓麻将的消遣时光用来“爬格子”,其间辛苦劳累自不待言。

功夫不负有心人。五年光阴,几易其稿,花费数万,一部天台人写的以天台山历史人文作背景,展示道教南宗创始人一生传奇的长篇宏著《张伯端》终于在2001年年底问世。

出了两本书,囊中羞涩的他一改过去不写“豆腐干”的初衷,开始在地方报刊发表历史考证文章。他先后发表的研究文章有《试论张伯端的人生传奇性》《紫阳真人乡贯、经历、性格考证兼及电视剧〈张伯端〉的创作》《天台璎珞街考证》《寒山子终隐天台山成因初探》《从朱熹对唐仲友“造生祠”的控告失实看严蕊错案》以及散文《张家塘与紫阳真人》《春风梳出柳丝长》等。

从此他有了“草根学者”的称号。

我问庞国斌，你收集了很多素材，为什么不趁现在精力充沛赶紧写？获评县“十佳师德标兵”以后还有什么计划？离退休还需“八年抗战”，会作何种谋划？

他说得很坦率也很无奈：“经济是基础，我得种好责任田供应全家口粮，区区工资先保证两个女儿的学习生活费用，其余三人只能算钱过日子。”他不好意思地说，现在评职他是卡在普通话不过关这个卡口上。为了评职称，曾经拼过语音这一关，只是驴叫终非马腔才彻底死了这条心。二十八年教龄，出过学术专著的他还是领着和小青年一样的工资。因此，他只能先管“物质”，现实总是基础，那些需要东奔西跑花费很多银子的美梦都只能等到“抗战胜利”后再去圆啦。

本文载于2009年9月11日《天台日报》

并非最后的话

人生六十春，弹指化烟云。校门复校门，书生意气重。书桌恩师遇，讲台浓荫扶。窗外望耕作，寸心知荣枯。堪喜天台山色翠，尤慕古国真善美。回眸生活品风味，又出拙作报春晖。赵征、舟宝赐佳篇，中清、编辑多诤言，大女儿、女婿助两万元，感恩亲们耕福田。

过尘客开示："我们都曾幻想过，如果时光能倒流，将所有的遗憾重新来一次，这样的人生会更加完美。可是没经历过失去的遗憾，又怎会懂得珍惜呢？很多事只有亲身经历过才会懂，也只有经历过许多遗憾的人才会明白该以一颗平常心来面对无常的人生。所以，不要计较这一路走来的苦与痛，感恩昨天的经历，活在当下。"亲们吉祥！

（2018年10月）

面对旅尘，笑指人生。

天台梦羽摄影工作室陈远志、陈梦怡（本书得其帮助）

图书在版编目(CIP)数据

天台山杂记 /庞国斌著. - - 北京:方志出版社,2019.1
ISBN 978-7-5144-3583-2

Ⅰ.①天… Ⅱ.①庞… Ⅲ.①中国文学-当代文学-作品综合集 Ⅳ.①I217.2

中国版本图书馆CIP数据核字(2019)第022273号

天台山杂记

著　　者:庞国斌
责任编辑:陈　菁
出 版 人:冀祥德
出 版 者:方志出版社
地　址　北京市朝阳区潘家园东里9号(国家方志馆4层)
邮　编　100021
网　址　http://www.fzph.org
发　　行:方志出版社图书经销中心
电话(010)67110500
经　　销:各地新华书店
印　　刷:杭州艺文报刊印务有限公司
开　　本:889×1194　1/32
印　　张:8.5
字　　数:233千字
版　　次:2019年1月第1版　　2019年1月第1次印刷
印　　数:0001~1000册

ISBN 978-7-5144-3583-2　　**定价:28.00元**